OSKAR FEIFAR

Gendarmentod

EIN BOMBIGER EINSTAND Bezirksinspektor Leopold Strobel hat es endlich getan. Er ist dem Ruf des Chefinspektors Travnicek gefolgt und zur Kriminalabteilung gegangen. Aber nur auf Probe. Immerhin ist es möglich, dass es ihm nicht gefällt. Und genau danach sieht es nach wochenlangem Dienst in einer Bank auch aus. Bis er schließlich einen Bankräuber zur Aufgabe überreden kann und dafür großes Lob seiner neuen Vorgesetzten erntet. So wird er mit anderen Aufgaben betraut und bekommt gleich einen grausamen Fall vorgesetzt: Neben der Autobahn finden Beamte einen Bombenkrater mit verstreuten Leichenteilen. Nachdem die Leiche identifiziert werden konnte, sucht Strobel im Umfeld des Toten nach Hinweisen auf den Mörder. Bis bei einer Befragung einer der Verdächtigen mehrere Polizisten erschießt und flieht. Eine der bisher größten Fahndungen der Republik wird gestartet und Strobel hat bald mehr Verantwortung als ihm lieb ist. Denn der Verdächtige zieht eine blutige Spur durch Niederösterreich und führt die Polizei ein ums andere Mal an der Nase herum.

© Sarah Koska

Oskar Feifar wurde 1967 in Wien geboren und verbrachte dann Teile seiner Jugend im niederösterreichischen Weinviertel. Nach einer Ausbildung als Kellner und einigen Jahren auf Saison, die in quer durch Österreich und um die halbe Welt führten, wechselte er 1995 zur Exekutive und verrichtete zwölf Jahre lang seinen Dienst in Niederösterreich. Im Jahr 2008 übersiedelte der Autor nach Salzburg, wo er beim Landeskriminalamt tätig ist. Seit dem Jahr 2012 schreibt Feifar nebenberuflich seine Kriminalromane, rund um Postenkommandant Leopold Strobel.

Bisherige Veröffentlichungen im Gmeiner-Verlag:
Maulwurfhatz (2016)
Zwergenaufstand (2015)
Wer mordet schon in Salzburg? (2014)
Fingerspitzengefühl (2014)
Saukalt (2013)
Dorftratsch (2012)

OSKAR FEIFAR

Gendarmentod

Kriminalroman

GMEINER SPANNUNG

Besuchen Sie uns im Internet:
www.gmeiner-verlag.de

Im Ehnried 5, 88605 Meßkirch
Telefon 07575/2095-0
info@gmeiner-verlag.de

1. Auflage 2017

Lektorat: Claudia Senghaas, Kirchardt
Herstellung: Mirjam Hecht
Umschlaggestaltung: U.O.R.G. Lutz Eberle, Stuttgart
unter Verwendung eines Fotos von: © Gortincoiel / photocase.de
Druck: CPI books GmbH, Leck
Printed in Germany
ISBN 978-3-8392-2113-6

Die Handlung basiert auf realen Begebenheiten, geht aber frei mit Personen, Daten und Ereignissen um.

Für Giesela, Kathi, Peter und Kristin.
Vielen Dank für die schönen Zeiten, die wir mit euch erleben dürfen!

KAPITEL 1

Die Wesensglieder des Menschen entwickeln sich in Siebenjahresperioden, sagen die Anthroposophen*. Ich habe ehrlich gesagt keine Ahnung, wer die sind und was das heißen soll. Die Vorstellung, dass sich unser Geist und unser Körper alle sieben Jahre verändern, ist spannend. Aber bei manchen Menschen, die einen über Jahre hinweg begleiten, kaum beweisbar. Manch einer neigt zur Sturheit. Vielleicht aus Angst vor Veränderung, vielleicht aber auch, weil ihm gefällt, wie er lebt. Möglicherweise aber auch, weil er keine Idee hat, was er mit seinem Leben anderes anfangen soll. Wer weiß?

Henry Ford hat einst gesagt, dass wer immer tut, was er schon kann, immer bleibt, was er schon ist. Möglicherweise kannte der Leopold Strobel, seines Zeichens Kommandant auf dem Gendarmerieposten in Tratschen, diesen Spruch und tat nichts weiter, als ihn

* Anthroposophie: eine von Rudolf Steiner begründete, spirituelle und esoterische Weltanschauung, die versucht, Elemente des deutschen Idealismus, der Weltanschauung Goethes, der Gnosis, fernöstlicher Lehren sowie der naturwissenschaftlichen Erkenntnisse ihrer Zeit zu verknüpfen.

zu beherzigen, als er im Frühjahr 1973 zur Kriminalabteilung nach Wien wechselte.

Vielleicht lag es aber auch an den Veränderungen, die sich in den letzten Jahren in Tratschen ergeben hatten. Die waren weiß Gott nicht spurlos an ihm und den Ortsbewohnern vorübergegangen. Oder aber, er suchte einfach eine neue Herausforderung. So ganz genau lässt sich das heute nicht mehr sagen, warum der Mann sich zu diesem Schritt entschloss. Genauso wenig, wie ich dir sagen kann, ob es für den Strobel besser gewesen wäre, hätte er dem Bösen nicht so tief in die Augen geschaut, wie er es nach seinem Wechsel getan hat. Aber wie auch immer.

Jedenfalls hatte der Strobel seine Wahlheimat und die Dienststelle verlassen. Probeweise, für drei Monate, wie es zwischen ihm, dem Major Schuch, seinem momentanen Vorgesetzten, und dem Chefinspektor Travnicek, seinem zukünftigen Vorgesetzten, vereinbart war. Diese Probephase sollte sicherstellen, dass der Strobel seine neue Tätigkeit auch tatsächlich mochte, aber auch zeigen, ob er in die Mannschaft passte. Falls nicht, stand ihm der Weg zurück offen. Und weil der Strobel von je her ein Mensch gewesen ist, der so seine Probleme mit wichtigen Entscheidungen hatte, war ihm das sehr recht.

Allerdings liefen die Dinge am Anfang überhaupt nicht so, wie er sie sich vorgestellt hatte. Nichts war mit den großen Kriminalfällen quer durchs Bundesland Niederösterreich. Und schon gar nichts mit eigenen Ermittlungsakten. Der Herr Bezirksinspektor Strobel fand sich stattdessen in einer Situation wieder, mit der er nicht gerechnet hatte. Er musste sich ganz hinten anstellen. Wie ein Lehrbub quasi. Das war etwas, das ihm in seinem Alter gar nicht leicht fiel. Zwar musste er nicht für alle Kaffee kochen, aber so manche Tätigkeit, die er ausführen musste, war für ihn nicht besonders weit davon entfernt. Aber so ist das halt oft im Leben. Wenn du der Letzte in der Schlange bist, musst du nehmen, was von den Leuten vor dir keiner haben wollte. Und das ist logischerweise meistens nichts Gescheites.

Und so ist es halt dazu gekommen, dass der Strobel am Freitag, dem 08. Juni 1973, um halb drei am Nachmittag in der Filiale der Sparkasse am Kepplerplatz in Wien saß und alle fünf Minuten auf die Uhr schaute. Sämtliche Kreuzworträtsel in den Tageszeitungen waren gelöst, und es fehlte ihm eindeutig an einer sinnvollen Beschäftigung. Deshalb zog sich die letzte halbe Stunde seiner Schicht auch wie der sprichwörtliche Strudelteig. Wenn du dich jetzt fragen solltest, was genau der Strobel denn in dieser Bank zu tun gehabt hat, dann will ich dir das sehr gerne erklären.

Heutzutage glaubt ja ein jeder, dass es eine neue Entwicklung ist, dass immer mehr Leute mit ihrem Geld nicht auskommen. Aber das stimmt nicht so ganz. Auch damals hat es schon haufenweise Menschen gegeben, die von einem Monat zum nächsten nicht so recht gewusst haben, wie sie ihre Rechnungen bezahlen sollen. In der Weihnachtszeit verschärfte sich das Problem dann aufgrund der Geschenkewünsche der Familie. Das trieb den einen oder anderen dazu, auf die Bank zu gehen und einen »Hände-hoch-Kredit« aufzunehmen.

Aber eben nicht nur zur Weihnachtszeit. Damals waren Banküberfälle, speziell in Wien, von Jahr zu Jahr mehr geworden. Deswegen kam man in der Führungsebene der Polizei auf die Idee, in besonders gefährdete Banken Polizeibeamte zu setzen. Das wurde freilich auch publik gemacht, um so mögliche Missetäter abzuhalten. Schließlich gehörte die Prävention ja auch damals zu den Aufgaben der Exekutive. Aber wie dem auch sei.

Weil die Wiener Polizei damals nicht genügend Leute hatte, um diesen Plan umzusetzen, musste die Gendarmerie aushelfen. Inklusive die Beamten der Kriminalabteilung. Den Strobel als Neuling traf es dann halt als einen der Ersten. Seit einem Monat machte er das jetzt schon. Gefallen hat es ihm aber nicht, weil diese Tätigkeit aus seiner Sicht unglaublich fad war. Der einzige positive Aspekt an der Bewachungsgeschichte war, dass er freitags um 15 Uhr Dienstschluss hatte und keinen Wochenenddienst machen musste. An diesem Wochenende wollte er zusammen mit der Frau Doktor nach Tratschen fahren, um dort seine ehemaligen Kollegen zu besuchen.

Ungeduldig trommelte der Strobel mit den Fingern

auf der Tischplatte herum und schaute abwechselnd auf den Eingang und auf seine Uhr. Sie schien still zu stehen. Und siehst du, zwei Minuten vor dem heiß ersehnten Dienstschluss ist es dann passiert. Murphy's Gesetz quasi. Alles, was passieren kann, wird auch passieren. Und so war es jetzt auch. Und zwar in einem Moment, in dem der Strobel es gar nicht gebrauchen konnte. Ich meine, so einen Bankraub brauchst du eigentlich nie wirklich, aber so kurz vor Dienstschluss schon gar nicht.

Der Ordnungshüter war geistig schon im Wochenende, als er den Mann beim Eingang bemerkte, der gerade sehr umständlich versuchte, eine Strumpfmaske über sein Gesicht zu ziehen. Im ersten Moment kapierte der vom Sitzen müde Strobel gar nicht, was er da sah. Erst der laute Knall, den es gab, als der Maskenmann hereinstürmte und dabei mit der Schulter gegen die Glastür rannte, weckte ihn richtig auf. Aber da war es schon zu spät. Der Kerl stand schon mitten in der Bank und schrie: »Hände hoch, das ist ein Überfall!«

Dabei fuchtelte er mit einem Revolver wild in der Luft herum. So richtig beängstigend sah das allerdings irgendwie nicht aus. Schon deswegen nicht, weil die Strumpfmaske nicht so gut saß, wie sie sollte. Sie war eher kurz ausgefallen und reichte ihm nur bis unter die Nase.

Die beiden Kassiererinnen und die letzten beiden Kunden wurden trotzdem schlagartig stocksteif und leichenblass. Folgsam rissen sie die Arme in die Höhe.

Nicht so der Strobel. Der saß an seinem Platz, stützte immer noch den Kopf auf die rechte Hand und rührte sich nicht. Nur mit der Fingertrommelei hörte er auf und starrte den Räuber überrascht an. Das klingt jetzt so, als wäre der Strobel voll der abgebrühte Hund gewesen. Ein cooler Typ quasi. Aber das war er ganz und gar nicht. Im Gegenteil. Starr vor Schreck war er und konnte deshalb gar nicht mehr tun, als den Mann überrascht anzuschauen. Der Räuber selbst schaute den Strobel genauso überrascht an. Weil der in seiner Haltung so gelangweilt wirkte, dass es dem bösen Buben glatt die Sprache verschlug.

Der Strobel überlegte, dass es wahrscheinlich besser war, sich nicht zu bewegen. Erschießen wollte er sich so kurz vor seinem freien Wochenende nämlich auf keinen Fall lassen. Die beiden Kassiererinnen und die Kunden sahen den Mann des Gesetzes auch ziemlich blöd an, weil er so gar nichts machte. Aber einmal ganz ehrlich, was hätte er auch tun sollen?

Gendarm hin und Bankbewachung her. So eine große Waffe, wie der Räuber sie hatte, treibt den meisten Menschen den Schweiß ins Gesicht und die heldenhaften Gedanken aus dem Kopf.

Freilich entging dem Strobel nicht, dass die Leute darauf warteten, dass er irgendwas machte oder sagte. Also tat er ihnen den Gefallen und sagte halt etwas. Und zwar das Erste, das ihm einfiel:

»Grüß Gott, der Herr. Wir sperren leider schon zu. Kommen S' doch am Montag wieder.«

Ich schwöre dir, das hat er wirklich gesagt.

Worte, die auf den Maskenmann eine seltsame Wirkung hatten. Ganz abrupt hörte der damit auf, mit seinem Revolver herum zu wedeln, und glotzte mit leicht geöffnetem Mund ungläubig in Richtung Strobel. Ich glaube, der Kerl hatte eine genaue Vorstellung im Kopf gehabt, wie sein Überfall ablaufen sollte. Und in dieser Vorstellung hat der Strobel mit seinem komischen Verhalten keinen Platz gehabt.

Auf jeden Fall war der Räubersmann offensichtlich sehr verwirrt und kam voll aus dem Konzept. Irgendwie verständlich. Weil für so eine Situation hatte er sicher keinen Plan. Außerdem war er so nervös, dass der Strobel ihn einfach fragen musste:

»Ihr erster Bankraub? Oder?«

Dabei verzog er keine Miene. Auch seine Sitzposition veränderte er nicht. Die Tatsache, dass ihm der Maskierte eine Antwort schuldig blieb, interpretierte der Strobel als Zustimmung. Deshalb erklärte er seinem Gegenüber, dass er sich deswegen nicht zu genieren brauchte. Und das meinte er wirklich ehrlich. Immerhin war es ja auch für den Strobel das erste Mal, dass er sich mitten in einem Banküberfall wiederfand. Was er dem Mann dann auch gleich beichtete. Die übrigen Anwesenden konnten gar nicht glauben, was da vor ihren Augen und Ohren ablief.

Der Strobel seinerseits bemerkte, wie der Räuber immer unsicherer wurde, und führte das Gespräch weiter. Er fragte, ob er denn so viele Schulden habe, dass er so einen Blödsinn machen müsse, und redete ihm ins Gewissen. So von wegen, er solle sich überlegen, was seine Kinder in der Schule sagen sollen, wenn sie zukünftig nach dem Beruf vom Papa gefragt würden. Bankräuber vielleicht? Außerdem, so meinte der Strobel, mache sich so eine Tat im Lebenslauf nicht wirklich gut.

Der Maskenmann stand mit hängenden Schultern mitten im Schalterraum. Fassungslos hörte er dem Ordnungshüter zu, der ihm ganz ernst erklärte, dass es eine brotlose Kunst sei, an einem Freitagnachmittag eine Bank zu überfallen. So kurz vor dem Wochenende hätten viele Leute Geld abgehoben, und deswegen sei logischerweise fast keines mehr da.

Der Möchtegern Jesse James sagte immer noch kein Wort. Er stand nur da und zielte mit der großen Kanone in Richtung Strobel. Zumindest so ungefähr. Dabei wischte er sich ständig mit dem Handrücken über die Stirn. Anscheinend schwitzte er unter seiner Maske ganz schön.

Vor der Bank sammelten sich bereits etliche Schaulustige und glotzten bei den Fenstern herein. In einiger Entfernung waren die Sirenen der Streifenwagen zu hören, und dem Strobel war klar, dass er schnell eine Lösung herbeiführen musste. Und zwar, bevor seine Kollegen da waren und der Räuber vielleicht irgendeinen Blödsinn machte. Also gab er sich einen Ruck und würgte seine Angst hinunter. Er erklärte dem in der Zwischenzeit zu einem Häufchen Elend verkommenen

Bankräuber, dass es sich nicht auszahlen würde, wegen ein paar tausend Schilling sieben oder acht Jahre ins Gefängnis zu gehen oder gar von der Polizei erschossen zu werden.

Die Worte erzielten mehr Wirkung, als er zu hoffen gewagt hatte. Denn plötzlich begann der Maskenmann tatsächlich zu weinen.

Das musst du dir einmal vorstellen! Da stand er nun mitten in der Bank, mit einer Maske auf dem Kopf, einem Revolver in der Hand und heulte. Unglaublich, aber wahr.

Der Strobel gab den Kassiererinnen und den Kunden Zeichen, sich langsam in Richtung Ausgang zu bewegen. Er selbst blieb auf seinem Stuhl hocken und machte weiter Konversation. Natürlich wollte er damit den Räuber von den vier Menschen ablenken, die gerade dabei waren, sich aus dem Staub zu machen. Wie ein Mantra betete er immer wieder die gleichen Sätze herunter. Dass das doch alles keinen Sinn habe, weil die Polizei sowieso gleich da sei und der Räuber seine Situation nicht noch schlechter machen solle.

Irgendwann fragte der Maskenmann dann kläglich, was er denn jetzt machen solle.

»Aufgeben«, sagte der Strobel. »Und zwar, bevor die Kollegen da sind und die Situation vielleicht eskaliert.«

Dann sagte er noch, der Mann solle die Maske abnehmen und ihm seinen Revolver geben, weil dann ganz sicher alles gut ausgehen werde. Außerdem, so fügte er noch hinzu, sei das ein Milderungsgrund für den Richter. Und stell dir vor, der Typ machte das wirklich. Da waren die Kassiererinnen und die Kunden allerdings schon draußen.

Der Strobel warf einen Blick auf die Waffe, die ihm der Bursche entgegenhielt, und sah, dass es ein Spielzeugrevolver war. Er holte seine Handschellen hervor und hielt sie dem Mann entgegen. »Schlüpf da bitte schnell rein«, sagte er freundlich zu ihm. Und wirklich wahr, der Bursche nahm die Handschellen und legte sie sich ohne Widerrede an.

Der Strobel, dem die Situation wie ein Traum vorkam und der sich lange nicht so entspannt fühlte, wie er es sich gewünscht hätte, beobachtete ihn dabei und betonte immer wieder, dass das eine gute Entscheidung gewesen sei. Der Räuber schluchzte vor sich hin und schaute drein wie der Krambambuli am Grab seines Herrchens.

Da packte den Strobel sogar ein bisschen das Mitleid. Er stand auf, ging zu dem Mann, holte ein Taschentuch hervor und reichte es dem heulenden Elend. In dem Moment stürmten auch schon vier Uniformierte mit Pistolen in den Händen in den Schalterraum. Sie hielten genau auf den Strobel zu, der ja noch immer den Spielzeugrevolver in der Hand hatte.

»Polizei! Waffe fallen lassen! Sofort! Runter auf den Boden mit dir!«, hörte er einen von ihnen brüllen und verstand nicht sofort. Der Räuber auch nicht, wie man seinem ausgesprochen blöden Gesichtsausdruck deutlich entnehmen konnte. Bevor der Strobel etwas sagen konnte, riss sein Gefangener die Hände mit den Handschellen in die Höhe.

»Nein! Halt! Ich bin der Räuber …«, rief er laut, und die Ordnungshüter blieben verwirrt stehen und machten ziemlich ratlose Gesichter. Trotz der wenig erheiternden Situation musste sich der Strobel das Lachen verkneifen, fand aber seine Sprache wieder und wies sich als Kollege aus.

Einer der Uniformierten sprach in sein Funkgerät, dass die Lage unter Kontrolle sei und sie mit dem Festgenommenen hinauskommen würden. Sie flankierten den immer noch weinenden Räuber und gingen in Richtung Ausgang. Der Strobel selbst bekam in diesem Moment derart weiche Knie, dass er zu seinem Schreibtisch gehen, sich setzen und ein paar Mal tief durchatmen musste. Sein Hirn spielte ihm derweil in den wildesten Szenen vor, was in der letzten halben Stunde alles hätte passieren können.

Als er die Bank dann schließlich verließ, standen vor der Tür eine ganze Menge Leute. Darunter auch schon einige von der Presse, die gerade dabei waren, mit den beiden Kunden und den Kassiererinnen zu reden. Kaum kam der Strobel aus der Bank, begannen einige der Umstehenden zu applaudieren und »Bravo« zu rufen. Die Reporter ließen ihre Gesprächspartner stehen, stürmten auf den völlig überraschten Strobel zu und bombardierten ihn mit Fragen. Gleichzeitig brach ein wildes Blitzlichtgewitter über ihn herein. Jetzt war der Mann im Zusammenhang mit der Presse ja schon einiges gewöhnt, aber das Tamtam übertraf für ihn alles bisher da gewesene. Von daher weigerte er sich einfach, irgendwas zu sagen, und suchte das Weite. Nicht zuletzt deshalb, weil er auf keinen Fall länger Dienst machen wollte, als nötig war, um den Papierkram zu erledigen.

KAPITEL 2

Obwohl der Strobel noch gar nicht so lange aus Tratschen weg war, fremdelte er ein kleines Bisschen, als er, gefolgt von der Frau Doktor, die Dienststelle betrat. Dieses Gefühl verstärkte sich, als er feststellte, dass der Schulz Berti, der während seiner Abwesenheit das Kommando hatte, hinter seinem Schreibtisch hockte. Das war etwas, das es normalerweise nicht gegeben hätte. Sein Platz war unantastbar gewesen. Persönliches Hoheitsgebiet quasi. Plötzlich nur noch Gast zu sein und auch als solcher empfangen zu werden, behagte dem Strobel nicht so recht. Anmerken ließ er sich das aber nicht.

Der Berti freute sich offenbar sehr über den Besuch und überschlug sich förmlich mit seinen Erzählungen, was in den letzten Wochen so alles passiert war. Besonders spannend fand der Strobel das allerdings nicht, weil es genau jene Dinge waren, die in Tratschen ständig passierten. Mit Ausnahme der Gewaltverbrechen natürlich. Die kamen eher selten vor. Und seit der Strobel nach Wien gegangen war, hatte es keine gegeben. Jetzt war es ja nicht so, als hätte der Strobel in dieser Zeit Gott weiß was erlebt. Ganz im Gegenteil. Er hatte sich ja überwiegend bei den Wachdiensten in der Bank gelangweilt, aber das, was ihm der Berti da erzählte, brachte sein Blut auch nicht in Wallung.

Vielmehr fragte er sich insgeheim, ob das tatsächlich jahrelang sein täglich Brot gewesen war, und wie es hatte sein können, dass er seinen Spaß daran gehabt hatte. Eine Überlegung, die klarerweise zu nichts führte. Zu seiner Erleichterung wurde der Berti in seinem Redefluss unterbrochen. Das Telefon läutete. Seine Frau wollte wissen, ob der Besuch schon da sei, und wann sie etwa mit ihnen rechnen konnte.

»In ungefähr zehn Minuten …«, antwortete der Berti. Dann schickte er den Strobel und die Frau Doktor voraus, weil er noch auf den Pfaffi warten musste. Also machten sich die beiden auf den Weg und schlenderten gemütlich die Hauptstraße entlang. Die wenigen Menschen, denen sie begegneten, begrüßten den Strobel freundlich. Manch einer war neugierig zu erfahren, wie es dem Ordnungshüter in der Großstadt so gefiel. Aber mehr als ein kurzer Small Talk wurde daraus nie. Der Strobel war deswegen fast ein bisschen traurig. Irgendwie hatte er geglaubt, dass seine Abwesenheit eine größere Lücke hinterlassen würde, als es tatsächlich der Fall zu sein schien. Gesagt hat er aber freilich nichts. Ich meine, wie hätte sich denn das angehört, wenn er deswegen herumgejammert hätte? Aber wie dem auch sei.

Als sie das Haus erreichten, erwartete sie dann allerdings eine Überraschung, die den Strobel wieder mit der Welt versöhnte. Es stellte sich nämlich heraus, dass er und die Frau Doktor nicht die einzigen Gäste waren. Der Konrad Christian, seines Zeichens Feuerwehrkommandant, und der Bürgermeister Fürnkranz – beide übrigens nebst Ehefrauen. Das Ehepaar Elsner. Und der Pfarrer Römer, der seinem Herzen offenbar einen Stoß gegeben und für diesen Anlass doch noch einmal in den Ort gekommen war. Besonders beim Anblick seines besten Freundes überkam den Gendarmen eine Rührseligkeit, die man ihm so nicht zugetraut hätte. Zumindest diejenigen nicht, die ihn nur oberflächlich kannten.

Die lange Geschichte kurz erzählt ist, dass der Abend ein voller Erfolg war. Und zwar in jeder Hinsicht. Die Frau Schulz hatte sich küchentechnisch wieder einmal selber übertroffen. Sie hatte einen Schweinebraten mit Semmelknödeln und Kartoffelsalat auf den Tisch gebracht, von dem der Strobel drei Wochen später noch schwärmen sollte. Die Frau Bürgermeister war mit einer Malakofftorte angerückt. Nach Urgroßmutters Rezept, wie sie stolz betonte, als sie ihm den Teller mit der unglaublich rumhaltigen Süßspeise in die Hand drückte. Und die Elsners hatten einige Flaschen ihres inzwischen schon berühmten Rotweins dabei. Das Ganze gespickt mit dem unglaublichen Humor vom Pfarrer Römer, den der Strobel so schmerzlich vermisst hatte, und dem Austausch verschiedenster Weltanschauungen. Ein Abend unter Freunden eben.

Es war bereits weit nach Mitternacht, als sich die Gesellschaft nach einer herzlichen Verabschiedung auflöste. Einzig der harte Kern, also genau gesagt der Strobel selbst und der Pfarrer Römer, dachten noch nicht ans Schlafengehen. Sie waren wild entschlossen, noch die letzten beiden übrig gebliebenen Weinflaschen zu leeren. Die Frau Doktor kapitulierte allerdings und zog sich ins Gästezimmer zurück, das die Hilde für sie gerichtet hatte. Die beiden Herren wollten die allgemeine Nachtruhe nicht stören und begaben sich deshalb hinaus in den Garten.

Der Strobel verkniff sich wohlweislich die Frage danach, warum sein Freund den Ort Hals über Kopf verlassen hatte. Er wusste, dass der Römer ihm das ohnehin nicht sagen würde. Deshalb vermied er, bei ihrem gemeinsamen Ausflug in die Vergangenheit auch den Sommer des großen Unwetters zu erwähnen. Es blieben auch so genügend Dinge übrig, die sich dazu eigneten, zwei Weinflaschen lang in Erinnerungen zu schwelgen.

Der Pfarrer Römer seinerseits verzichtete darauf, den Strobel danach zu fragen, wann der jetzt endlich seine Beziehung auf die nächste Ebene heben wolle. Was diese Frage anging, war Hochwürden nämlich ein gebranntes Kind und hatte sich schon einiges von seinem Freund anhören müssen. Von daher also ein klares Unentschieden bei den Themen, die nicht angesprochen wurden. Es graute bereits der Morgen, als der Gottesmann sich aufmachte, um seine Unterkunft im Pfarrhaus aufzusuchen.

Dem Verlauf der Nacht war es wohl geschuldet, dass der Strobel erst kurz vor dem Mittagessen den Weg aus den Federn fand. Bis zum späten Nachmittag war er dann für nichts zu gebrauchen. An diesem Sonntag lernte er zu schätzen, dass der Berti so leicht Kopfschmerzen bekam und deshalb immer einen großen Vorrat an Tabletten daheim hatte.

KAPITEL 3

Als sich der Strobel am Montagmorgen auf den Weg nach Wien machte, fühlte er sich immer noch, als wäre eine Dampfwalze über ihn hinweggerollt. Das war, so glaubte er zu wissen, auch schon ein wenig auf sein Alter zurückzuführen. Die Zeiten, in denen er nächtelang feiern und am nächsten Tag arbeiten gehen konnte, als wäre nichts gewesen, waren offenbar vorbei. Jetzt kam er in die Phase, in der er für eine durchzechte Nacht mindestens drei Tage leiden musste. Aber, so dachte der Strobel, es spielte bei der Bankbewachung ohnehin keine Rolle, ob er ausgeschlafen war oder nicht. Die Wahrscheinlichkeit, dass gleich nach dem Wochenende schon wieder ein Räuber auftauchen würde, lag für ihn bei null. Von daher würde er sich ohne Weiteres ausruhen können. Immerhin hatte er einen Monat lang Gelegenheit gehabt, sich in der Kunst des Schlafens mit offenen Augen zu üben.

Kaum hatte er sein Auto im Hof der Rennwegkaserne abgestellt und sich in den dritten Stock geschleppt, kam alles anders. Der Chefinspektor Travnicek wartete nämlich bereits auf ihn. Und mit ihm die ganze Kollegenschaft und der Leiter der Kriminalabteilung, Oberst

Ernst Kummer, höchstpersönlich. Um ihm zu seinem grandiosen Einsatz am vergangenen Freitag zu gratulieren, nämlich. Damit hatte der Strobel freilich nicht gerechnet. Umso mehr freute er sich, als er jetzt in die vielen freundlichen Gesichter seiner Kollegen blickte, die ihm überwiegend völlig neidfrei erschienen. Außer der Novotny vielleicht, der ziemlich weit hinten stand. Aber sicherlich nicht aus Neid, sondern eher aus Missgunst. Immerhin war er seit ihrer ersten Begegnung vor etwas mehr als zwei Jahren der erklärte Intimfeind vom Strobel. Von daher konnte er sich natürlich schlecht freuen.

Der Oberst Kummer hielt dann eine kurze Rede, in die er eine Menge Eigenlob packte, und die er, ganz im Stil eines Imperators, mit einer Ankündigung beendete. Du weißt schon, was ich meine. Diese Brot-und-Spiele-Politik. Der Herr Oberst erklärte, dass es zur Feier des Tages eine Leberkäsjause für alle geben werde, und ließ sich dafür mit einem kräftigen Applaus feiern. Jetzt kannst du denken, dass der Strobel ein bisschen undankbar gewesen ist, weil er seine Eindrücke vom Oberst später genau so beschrieb. Aber das war er nicht. Ich meine, er war vom Major Schuch in Sachen Theatralik schon ein bisschen was gewohnt. Aber was der Oberst da ablieferte, war noch einmal von ganz anderer Qualität.

Als sich die Versammlung dann auflöste, forderte der Travnicek den Strobel auf, mit in sein Büro zu kommen. Dort offerierte er ihm die zweite Überraschung des Tages: »Heute brauchst nicht in die Bank zu gehen, Strobel. Und morgen und übermorgen auch nicht. Ab jetzt darfst du mit den großen Jungs spielen …«

Während er diese Worte sagte, die für den Strobel, nebenbei bemerkt, doch sehr arrogant klangen, wuchtete er einen ansehnlichen Aktenstapel auf seinen Schreibtisch und schlug sogleich mit der flachen Hand darauf.

»Das, mein lieber Strobel, ist momentan unser großes Sorgenkind. Einbrüche!«

»… Einbrüche …«, wiederholte der Strobel und klang dabei anscheinend nicht besonders euphorisch. Weshalb der Travnicek noch etwas konkreter wurde:

»Eine Serie! Fünf Einbrüche in Villen, bei denen sich die Täter nicht mit Kleinzeug aufgehalten haben. Die Tresore haben sie mitgenommen! In jedem Einzelnen dieser Häuser. Vier davon haben wir schon gefunden. Gesprengt und leer …«

Er hatte den Aktendeckel geöffnet und dem Strobel einige Fotos von den völlig zerstörten Panzerschränken hingelegt.

»Da kannst dir was anschauen, da waren keine Amateure am Werk! Oh nein! So arbeiten heutzutage echte Profis. Keine verwertbaren Spuren und keine Verdächtigen.«

Der Strobel hörte gespannt zu, wusste aber nicht, wie er das Ganze kommentieren sollte. Also blieb er vorerst stumm. Nur zur Vorsicht, um zu verhindern, dass er eventuell Blödsinn redete. Eine Haltung, die dem Travnicek nicht zu gefallen schien.

»Gar nicht beeindruckt, Kollege Strobel? Oder ist dir Einbruch zu minder? Hast vielleicht gar geglaubt, du darfst gleich Mordfälle klären?«

Das hatte der Strobel freilich nicht geglaubt, und er beeilte sich deshalb, das auch zum Ausdruck zu bringen: »Nein! Natürlich habe ich das nicht geglaubt, aber ich weiß ehrlich gesagt nicht, was ich dazu sagen soll. Mit Tresorknackern habe ich ja überhaupt keine Erfahrungen …«

»Geschenkt …«, unterbrach ihn der Chefinspektor mit einer lässigen Handbewegung und wirkte schon wieder viel entspannter. »Weißt', Strobel, ich bin halt auch schon ein gebranntes Kind. Du hast ja keine Vorstellung, wie viele Kollegen zu uns kommen und dann gleich Ansprüche stellen. Noch bevor sie sich bewiesen haben. Aber so geht's halt nicht. Alle hier haben ganz unten angefangen. Mit Bagatelldelikten. Vom Ladendiebstahl zum Handtaschenraub, wenn du so willst. Dir bleibt also eh schon einiges erspart, wenn du am Einbruchsakt mitarbeiten darfst. Verstehst?«

Klar verstand der Strobel. Der Travnicek war ja sehr deutlich gewesen. Was er sagen sollte, wusste er aber immer noch nicht und beschränkte sich daher auf ein Nicken. Gespannt wartete er darauf, dass der Travnicek weiterredete. Und der enttäuschte ihn nicht.

»Bis jetzt haben fünf Mann an der Sache gearbeitet.

Die Kollegen Steinwender, Malz, Oberkofler, Kostelic und Novotny.«

Der Strobel spürte förmlich den lauernden Blick seines Chefs, als dieser den letzten Namen aussprach. Deshalb bemühte er sich um einen möglichst neutralen Gesichtsausdruck, während er darüber nachdachte, ob der Travnicek es tatsächlich so weit treiben würde, ihn mit dem Novotny zusammenzuspannen. Im Hinblick auf seinen neuen dienstlich zugewiesenen Freund war der nämlich nicht gerade seine Wunschbesetzung. Wenn du verstehst, was ich meine.

»Keine Sorge …«, riss ihn der Chefinspektor aus seinen Gedanken, »der Novotny wird nicht dein Partner werden. Ihr seid zwar in einer Arbeitsgruppe, aber dein Partner wird der Kollege Steinwender.«

Du glaubst gar nicht, wie erleichtert der Strobel sich in diesem Moment fühlte. Den Kollegen Steinwender kannte er zwar vom Sehen, hatte aber nie direkten Kontakt mit ihm gehabt. Von daher war der Strobel da komplett vorurteilsfrei.

»Komm, ich stell dich ihm vor …«, sagte der Travnicek und war flugs draußen bei der Tür, um zwei Räume weiter bereits wieder abzubiegen. Der Kollege Steinwender gab sich dann zwar freundlich, aber eher gelangweilt. Das verunsicherte den Strobel ein klein wenig. Woher hätte er auch wissen sollen, dass der Mann, der ihn von der Figur her sehr an den Berti erinnerte, vom Wesen her das genaue Gegenteil war. Der Berti hatte beim leisesten Anzeichen von Stress Kopfschmerzen bekommen. Wogegen sich der Steinwender im Laufe ihrer Zusammenarbeit als ausgesprochene Robustnatur ohne Nervenkostüm, dafür mit gesegnetem Appetit erwies. Wunder war es aber keines, dass den Mann nichts mehr erschüttern konnte. Wie viele Jahre er genau dabei war, musste er selber nachrechnen, und er stand kurz vor seiner Pensionierung.

»Na dann, gutes Gelingen die Herren«, meinte der Chefinspektor, drehte sich um und ging.

»Servus«, sagte der Steinwender und hielt dem Strobel die Hand hin. »Ich bin der Georg. Aber alle nennen mich Schurli …«

Dem Strobel gefiel der kräftige Handschlag des Mannes, und er erwiderte den Gruß: »Ich bin der Leopold. Mich nennen's alle Poldi …«

Das wars dann zum Thema Konversation. Zumindest fürs Erste. Der Strobel stand mit dem Aktenpaket unter dem Arm da und wartete. Worauf, wusste er selbst nicht so genau zu sagen. Auch dann nicht, als sein neuer Kollege eben diese Frage stellte: »Worauf wartest denn, Burli? Schau her, der Schreibtisch ist frei.«

Er deutete auf den linken Tisch, der tatsächlich sehr verlassen wirkte.

»Da kannst dich hinsetzen. Sessel hast du halt im Moment noch keinen. Und eine Lampe auch nicht. Besorgen wir alles morgen. Ist ja quasi dein erster Tag, und in zwei Stunden gibt' s die Jause.«

»Ja, aber wir haben da doch diesen Akt…«, setzte der Strobel zu einem vorsichtigen Einwand an, wurde aber sogleich vom Steinwender unterbrochen: »Jaja, ich weiß. Der wichtige Akt. Aber glaub' mir, die Einbrecher werden das Zeug über Nacht nicht zurückbringen. Wir müssen also morgen auch noch suchen. Verstehst? Außerdem ermitteln unsere Kollegen sowieso fleißig.«

Damit schien das Thema für ihn erledigt zu sein. Er nahm den Autoschlüssel vom Tisch und marschierte am staunenden Strobel vorbei. Zwischen Tür und Angel blieb er dann noch einmal stehen.

»Was ist, Burli? Kommst du oder bist festgewachsen?«

Bei dieser Anrede zog es dem Strobel die Kopfhaut zusammen, und er überlegte kurz zu protestieren, beschloss aber, die Sache bei nächster Gelegenheit zu thematisieren. Immerhin, so dachte der Strobel, redete er den Kollegen Steinwender auch nicht mit Opa an. Für den Moment beließ er es dabei und fragte nur: »Wo fahren wir denn hin?«

»Zum Brandtner. Den Leberkäs holen.«

Ich glaube, der Strobel hätte es nicht aufgeschoben, den Steinwender darauf aufmerksam zu machen, dass ihm diese Anrede nicht passte, wenn er auch nur geahnt hätte, welchen Spitznamen sich die übrigen Herren deswegen für ihn ausdachten. Weil für den Rest der Truppe war er schon bald nicht mehr der Strobel, sondern das »Schurli-Burli«. Aber wie dem auch sei.

Sein erster Tag als Erhebungsbeamter verging mit dem Kennenlernen seiner neuen Kollegen. Das waren immerhin 30 Mann, deren Namen er sich im ersten Anlauf nicht merken konnte. Die Mehrzahl der Herren ist dem Strobel offen und freundlich gegenüber getreten. Es gab aber auch welche, bei denen er nicht das Gefühl bekam, besonders willkommen zu sein. Einer davon war freilich der Novotny, der sich nicht einmal bemühte, seine Abneigung zu verbergen.

Die Leberkäsjause zog sich wegen der vielen Gespräche, die er führen musste, ein wenig in die Länge. Das bemerkte der Strobel allerdings erst, als der Chefinspektor Travnicek auf ihn zukam, um ihn nach seinen ersten Eindrücken zu fragen und ihn nach Hause zu schicken.

»Ich glaube, das war genug Neues für einen Tag. Oder? Mach Schluss für heute, Strobel. Ab morgen beginnt für dich der Ernst des Lebens.«

Ein Satz, der in den nächsten Tagen den Status einer Prophezeiung erhalten sollte. Aber das konnte der Strobel natürlich nicht ahnen. Beschwingt und und gut gelaunt besorgte er noch eine Flasche Rotwein, bevor er sich auf den Heimweg machte, um der Frau Doktor seinen Tagesablauf zu schildern. Und zwar bis ins kleinste Detail. Wie aufgezogen redete er, wie die Frau später erzählte. Und die Aufregung, die mit dem ersten Schritt in einen neuen Lebensabschnitt verbunden war, stand ihm dabei deutlich ins Gesicht geschrieben.

KAPITEL 4

Müde vom durchwachten Nachtdienst, steuerte Revierinspektor Jürgen Kleinschmidt den Dienstwagen durch den frühen Morgen dieses 13. Juni 1973. Vom Beifahrersitz drang das leise Schnarchen seines Kollegen, Revierinspektor Hans Sampl, den die Müdigkeit dahingerafft hatte. Kein Wunder, wenn man bedenkt, dass sie seit einigen Stunden Streife fuhren und nichts, aber auch rein gar nichts geschehen war. Vor allem die Fahrten auf der menschenleeren Süd-Autobahn hatten es da in sich. In immer gleichbleibendem Tempo, ständig geradeaus, begleitet vom monotonen Brummen des Motors. Die einzige akustische Abwechslung waren die Dehnungsfugen zwischen den Betonplatten. Da durften einem als Beifahrer die Augen schon einmal zufallen.

Jürgen Kleinschmidt war freilich auch kein Supermann und deswegen ebenfalls krampfhaft darum bemüht, die Augen offen zu halten. Sein Rezept war das Auswendiglernen der Kilometertafeln. Das war auch der Grund, warum er mit dem cremefarbenen Puch 500 so weit rechts fuhr. Nämlich, um die kleinen blauen Tafeln besser sehen zu können. Ob er die verbogene Leitschiene und das große Loch im Boden übersehen hätte, wenn er ganz normal gefahren wäre, kann ich dir nicht sagen. So aber wurde er gleich darauf aufmerksam, als er sich der Brücke näherte, die sich bei Guntramsdorf über die Autobahn spannte.

Da war er gleich wieder putzmunter, der Revierinspektor Kleinschmidt. Das kannst du ruhig glauben. Deshalb lenkte er den Wagen auf den Pannenstreifen und hielt an. Sein Kollege erwachte sofort und wollte wissen, warum er stehengeblieben war.

»Da schau … die Leitschiene … da muss was passiert sein …«

Er stieg aus dem Fahrzeug und ging im Licht der Scheinwerfer auf die Stelle zu. Sein Kollege rieb sich schnell den Schlaf aus den Augen und folgte ihm. Und da standen sie nun, die beiden Ordnungshüter, und begutachteten die stark beschädigte Leitschiene und das Loch im Boden.

»Na servus«, meinte der Sampl sichtlich beeindruckt, »da muss es aber ganz schön gekracht haben. Aber da steht weit und breit kein Auto.«

»Stimmt«, bestätigte Kleinschmidt und fixierte dabei das graue Metall der Leitschiene.

»Was rinnt denn da runter?«

»Wo?«, wollte Sampl wissen.

»Na da«, antwortete Kleinschmidt und zeigte mit dem Finger. »Das schaut von da aus wie Blut …«

»Meinst?«, fragte Sampl und ging etwas zögerlich so nahe heran, dass er die Stelle problemlos mit der Hand erreichen konnte. Nachdenklich betrachtete er seine Fingerkuppen und roch schließlich daran.

»Ich glaub' du hast recht, das ist Blut, und schau dir einmal das riesen Loch da an. Das ist ja ein richtiger Krater, wie von einer Bombe …«

Die Gendarmen ließen ihre Blicke schweifen und versuchten zu begreifen, was sie da sahen. Diesmal war es Sampl, der eine Entdeckung machte. Er deutete mit dem ausgestreckten Arm auf einen Punkt im Scheinwerferlicht.

»Schau, da liegt was. Was meinst? Könnt des ein Stück Fleisch sein?«

»Hmm …«, machte Kleinschmidt, drehte sich um und ging zum Auto zurück, um den Handscheinwerfer zu holen. Derart ausgerüstet, wendete er sich wieder dem Ort des Geschehens zu und ging zu der gezeigten Stelle. Im Licht des Handscheinwerfers erkannte er, dass sein Kollege recht hatte.

»Ja, eindeutig ein Brocken Fleisch, und da drüben liegen noch ein paar, und dort auch …«

Er leuchtete jedes Mal in die entsprechende Richtung, weswegen der Sampl auch genau sehen konnte, was da so in der Gegend herumlag.

»Da hat einer eine Sau gesprengt, oder so was in der Art«, redete der Kleinschmidt weiter und klang dabei fast heiter.

Der Sampl kratzte sich nachdenklich am Kopf, bevor er seinen Kommentar dazu abgab: »Also, Verkehrsunfall war das keiner. Ich glaub', da hat' s einen auf Putzfetzen zerrissen.«, verlautbarte er dann das Ergebnis seines Denkprozesses und schlug sogleich vor, über Funk Verstärkung zu rufen. Eine Idee, die sein Kollege überaus gut fand. Immerhin konnten sie seiner Meinung nach gar nicht wissen, womit sie es hier zu tun hatten. Seltsam war es aber allemal. Von daher konnte es nicht schaden, weitere Meinungen einzuholen. Überdies war der Kleinschmidt in dem Moment sehr froh darüber, dass der Sampl Patrouillenkommandant war und deswegen auch den Funkspruch absetzen musste.

Um es kurz zu machen, der Sampl berichtete vom Krater, der verbogenen Leitschiene und den Fleischbrocken. Der Kollege von der Leitstelle wollte daraufhin wissen, ob sie von einem Tier oder einem Menschen stammten. Da wollte sich der Sampl aber absolut nicht festlegen lassen und antwortete deswegen, dass er das nicht wisse. Ich meine, vielleicht wäre alles anders gekommen, wenn er auf ein Tier getippt hätte. Wer weiß? Aber so löste der Fund zunächst einmal einen Großeinsatz aus.

Gott und die Welt kamen angefahren. Mehrere Streifen, die Feuerwehr, ein Jägersmann, ein Gerichtsmediziner und natürlich auch zwei Beamte von der Kriminalabteilung, die Bereitschaftsdienst gehabt hatten. Und wenn du jetzt denkst, dass einer der beiden der Strobel gewesen ist, dann liegst du damit absolut richtig. Weil selbstverständlich waren die Kriminalisten ebenfalls verständigt worden. Immerhin konnte zu diesem Zeitpunkt ja noch gar nichts ausgeschlossen werden. Noch nicht einmal ein Kapitalverbrechen. Ganz unfroh war der Strobel über die Tatsache nicht, dass ihn der Kollege Steinwender zur Zurückhaltung mahnte.

»Langsam, Burli, wir warten einmal ab, was die Kollegen feststellen und mischen uns erst ein, wenn's uns was angeht. Verstehst?«

Natürlich verstand der Strobel, der noch keine passende Gelegenheit gefunden hatte, sich gegen dieses »Burli« als Anrede zu wehren.

So ist es halt gekommen, dass unter den wachsamen Augen der Kripo bald eine stattliche Zahl an Beamten neben der Autobahn auf Spurensuche ging. Und sie wurden fündig. Ein Fleischteil nach dem anderen tauchte auf. Keines größer als ein paar Zentimeter. Eines davon war so extrem behaart, dass einige der Beamten auf ein Tier tippten. Der Gerichtsmediziner war da nach genauem Augenschein allerdings völlig anderer Meinung.

»Das ist kein Tier g'wesen. Ganz sicher bin ich mir ja nicht. Aber ich würde sagen, dass das Menschenfleisch ist!«

Du kannst dir wahrscheinlich vorstellen, was da für ein Raunen durch die Menge gegangen ist. Weil mit Resten von einem Menschen hatte keiner der Beamten ernsthaft gerechnet. Auch der Steinwender Schurli nicht, der im Moment der Verkündung einen tiefen Seufzer ausstieß, bevor er den sichtlich schockierten Strobel mit dem Ellenbogen anstieß.

»Komm Burli, jetzt sind wir dran.«

Mit diesen Worten stieß er sich vom Fahrzeug ab und ging mit forschem Schritt auf den Gerichtsmediziner zu, um sich zu vergewissern, wie sicher sich der seiner Sache tatsächlich war. Damit machte er dem Mediziner offenbar eine große Freude. Der hielt nämlich eines der Teilchen in seiner behandschuhten Rechten, hielt es dem Schurli vor die Augen und erklärte alles Mögliche über Farbe, Fettgehalt und Struktur. Der Strobel versuchte, sich im Hintergrund zu halten, um nicht zu nahe an das Leichenteil heranzumüssen. Er scheiterte damit aber schon im Ansatz, weil der Schurli gar nicht daran dachte, ihn damit zu verschonen.

»Komm her und hör dir das an! Da kannst was lernen!«

Er unterstrich sein Ansinnen mit einer Armgeste und sah den Strobel abwartend an. Der rührte sich zunächst nicht vom Fleck. Seine Gesichtsfarbe bekam einen leichten Grünstich, als sich sein altbekanntes Problem bemerkbar machte. Weil trotz allem, was der Mann in seiner Laufbahn schon an Grausamkeiten gesehen hatte, konnte er immer noch kein Blut sehen.

»Was ist? Hast einen schlechten Magen, Burli?«

Der etwas ätzend klingende Tonfall, gepaart mit der Anrede, zwangen den Strobel förmlich, die paar Schritte nach vorne zu gehen. Immerhin hatten viele der umstehenden Kollegen die Worte gehört und blickten amüsiert in seine Richtung. Was also hätte er anderes tun können?

Wie in Trance stand er dann neben dem Schurli und versuchte, durch das Fleischstück hindurchzusehen und sich mehr auf die Umgebung zu konzentrieren. Das ging solange gut, bis ein Uniformierter in sein Blickfeld geriet, der sich nach einem weiteren Fundstück bückte, es aufhob und eingehend betrachtete, bevor er sich in ihre Richtung auf den Weg machte.

»Schauen S' einmal, Herr Doktor, das schaut fast ein bisserl aus wie ein Stück Haut.«

Der Angesprochene warf sogleich einen interessierten Blick auf den Fund, nahm ihn in die Hände und zog ihn auseinander.

»Ja …«, bestätigte er dann, »das ist ein Stück Haut. Genauer gesagt, vom Bauch. Da können Sie den Nabel erkennen …«

Der Schurli und der Kollege in Uniform sahen dann tatsächlich den Bauchnabel. Der Strobel nicht. Der war nämlich schon beim Anblick der Haut zurückgewichen, um hinter das Dienstfahrzeug zu kotzen. Denn wenn er schon nicht verhindern konnte, dass ihm schlecht wurde, so wollte er wenigstens nicht den ganzen Tatort einsauen. Zudem wollte er auch nicht unbedingt von allen gesehen werden.

Sein Kollege bekam das natürlich mit, sagte aber nicht sehr viel zu dem Thema. Genau genommen beließ er es bei der Frage, ob der Strobel etwas Schlechtes gegessen habe. Der betrat diese goldene Brücke, nickte und spuckte den Rest seines Mageninhaltes aus.

»Im Moment können wir hier nichts weiter tun, als warten«, sagte der Schurli und schlug vor, zur Dienststelle zurückzufahren, um die Kollegen zu informieren. Weil, dass sie es hier mit einem ungewöhnlichen Fall zu tun hatten, stand völlig außer Zweifel. Von daher konnte es nicht schaden, von Anfang an möglichst viele Kollegen einzubinden. Der Strobel war mehr als dankbar für diesen Vorschlag.

Die Beamten der Spurensicherung arbeiteten noch den ganzen Tag über und suchten das Gelände Zentimeter für Zentimeter ab. Ihre Funde dokumentierten sie sehr sorgfältig. Nummerieren, fotografieren, eintüten, beschriften, katalogisieren. Alles fein säuberlich und genau. Insgesamt fanden sie Leichenteile mit einem Gesamtgewicht von 16 Kilo. Wobei die größten Stücke gerade einmal handtellergroß waren. Ganz schön grausig. Das kannst du ruhig glauben. Noch am selben Abend ging ihr vorläufiger Bericht zur Kriminalabteilung. Weil fertig wurden die Herren mit ihrer Arbeit an diesem Tag nicht.

KAPITEL 5

Der Besprechungsraum im Erdgeschoss des Gebäudes war bis auf den letzten Platz voll. Alle im Dienst befindlichen Beamten waren gekommen, um zu hören, was vorgefallen war. Der Chefinspektor Travnicek hatte ziemliche Mühe, die vielen Stimmen zu übertönen, die da durcheinander redeten. Als er die volle Aufmerksamkeit auf seiner Seite hatte, erzählte er in kurzen, knappen Worten, was passiert war und welche Erkenntnisse bisher vorlagen. Naturgemäß gab es da aber nicht sehr viel zu sagen, was klarerweise jede Menge Raum für Spekulationen aller Art ließ. Und das zeigte sich auch gleich, als die ersten Theorien zum Hintergrund aufgestellt wurden. Immerhin war, vom Selbstmord angefangen, vieles denkbar.

Der Strobel kannte den Kollegen nicht, der den Travnicek unterbrach und als Erster das Wort ergriff. Die Selbstmordtheorie, die der Mann aufstellte, führte zu heftigen Diskussionen.

»Wieso sollte sich jemand selbst in die Luft sprengen?«, fragte etwa der Novotny, »kommt dir das nicht ein bisserl aufwendig vor?«

Verschiedene Einwände und Fragen prasselten dann auf den armen Kerl ein, der gar nicht mehr zu Wort kam.

»Meine Herren!«, rief der Travnicek laut in den Raum, »ich muss doch sehr bitten! Lassen Sie mich einmal ausreden. Dann kann jeder sagen, was er denkt. Tatsache ist, dass wir im Moment noch gar nichts wissen. Weder um wen es sich bei dem Toten handelt noch wie es zu dem Unglück gekommen ist. Oder wie er überhaupt dorthin gekommen ist. Sämtliche Beweisstücke liegen im Moment bei der Gerichtsmedizin. Vor morgen Nachmittag kommt von dort aber auch nichts. Wir fischen also im Trüben.«

»Ich glaube«, meldete sich der Novotny zu Wort, »die Sache könnte etwas mit unserer Einbruchserie zu tun haben. Wir haben bisher drei gesprengte Tresore und keine Spur von den Tätern. Vielleicht ist da ja was schiefgegangen.«

»Ja! Oder die Täter wollten einen ihrer Komplizen loswerden«, schlug Kollege Malz in dieselbe Kerbe, worauf sich eine Diskussion über das Für und Wider dieser Theorie entwickelte. Da diese aber relativ gesittet ablief, sah der Travnicek keinen Grund, sich einzumischen. Erneut kam das Selbstmordthema zur Sprache. Der Strobel selber beschränkte sich aufs Zuhören.

»Hat sich eigentlich schon einer von euch überlegt, dass da vielleicht ein Attentat schief gegangen ist?«

Schlagartig wurde es ruhig im Raum, und alle Köpfe drehten sich in Richtung vom Oberkofler, der diesen Satz gesagt hatte.

»Attentat …?«, fragte der Travnicek etwas verwundert. »Was meinst du mit Attentat?«

»Na ja …«, begann der Oberkofler zögerlich, »… wegen der Nazis meine ich. Die Burschen darf man nicht außer Acht lassen.«

»Wie kommst du denn jetzt ausgerechnet da drauf?«

Der Travnicek sah in dem Moment tatsächlich sehr interessiert aus. Der Oberkofler beeilte sich, seine Theorie näher zu erklären, bevor die Stimmen des Protestes ihn übertönen konnten: »Vielleicht kann sich ja der eine oder andere noch an die Attentatsserie vor acht Jahren erinnern? Die Telefonzellen, die mit den alten Artilleriegranaten in die Luft gesprengt worden sind. Und die Bomben am West- und am Südbahnhof?«

»Ja genau …«, meldete sich ein weiterer Beamter zu Wort, den der Strobel von seiner Position aus nicht sehen konnte, »das waren ja die zwei rechtsextremen Deppen, die kurz danach den Eissalon in die Luft gejagt haben. Und ein Jahr später dann das Büro von der Alitalia am Opernring. Oder? Wie haben die schon wieder geheißen …? Irgendwas mit K, Kogler oder Kuller oder so etwas in der Art. Beim zweiten weiß ich es auch nicht …«

»Kubart und Falk«, mischte sich der Steinwender in das Gespräch.

»Wie bitte?«, fragte der Oberkofler, der ihn offenbar nicht verstanden hatte.

»Emanuel Kubart und Hannes Falk. So heißen die zwei. Die sind kurz nach dem Anschlag am Opernring verhaftet worden. Haben beide sechs oder sieben Jahre aufgebrummt bekommen. Der Kubart ist aber schon wieder draußen. Gute Führung, oder so …«

»Warum weißt du das denn so genau?«, fragte der Oberkofler, und Zweifel schwangen in seiner Stimme mit.

»Weil ich damals bei den Ermittlungen dabei war und mich die Sache interessiert hat. Immerhin sind die Taten der beiden ziemlich einzigartig«, antwortete der Steinwender.

»Das ist alles schön und gut, aber was hätte dieser Kubart auf der Autobahn in die Luft sprengen sollen?«, fragte der Novotny nicht ganz zu Unrecht.

»Da ist gestern ein Fernschreiben gekommen. In den nächsten Tagen soll wieder ein Bus voller russisch-jüdischer Emigranten diese Strecke entlangfahren. Vielleicht war der das Ziel?«, vermutete der Oberkofler, worauf Stimmen laut wurden, denen das alles in allem zu viele unbestätigte Vermutungen waren. Und es brandete wieder eine Diskussion auf, die der Travnicek diesmal allerdings stoppte.

»Dann kommt dieser Kubart also rein theoretisch als Täter infrage. Überhaupt, wenn die Sache mit den Emigranten stimmt. Seine Gesinnung wird er im Häfen* ja nicht gleich abgelegt haben«, meinte er.

Nach dieser Aussage gingen die Emotionen wieder hoch, und es kostete den Chefinspektor Mühe, Ordnung ins Chaos zu bringen. Ich meine, im Grunde war

* Häfen = umgangssprachlich für Gefängnis

das, was der Oberkofler da auf den Tisch gebracht hatte, genauso wahrscheinlich wie alles andere. Immerhin gab es in Schönau an der Triesting damals tatsächlich ein Emigrantenlager. Für russische Juden nämlich, die nach Israel auswandern wollten. Dieses Transitlager war von 1965 bis 1973 im Schloss Schönau untergebracht.

Was zum Zeitpunkt der Besprechung freilich keiner wissen konnte, war, dass dieser Attentatsgedanke so abwegig gar nicht war. Das bestätigte sich vier Monate später, am 28. September. Da nahmen nämlich zwei Palästinenser insgesamt vier Geiseln – drei jüdische Emigranten und einen österreichischen Zollwachebeamten – in einem Zug, der aus Russland gekommen war. Die beiden Geiselnehmer forderten dann die Schließung des Transitlagers und freies Geleit in den Nahen Osten.

Was glaubst du, wie viel Kritik sich die österreichische Bundesregierung unter der Führung vom Bruno Kreisky damals hat gefallen lassen müssen, weil sie diesen Forderungen nachgegeben hat. Und zwar noch am gleichen Tag. Ich meine, die Terroristen haben ihre Geiseln ja auch freigelassen, keine Frage. Aber dass man sie dann trotzdem noch nach Tripolis geflogen hat, fanden viele Menschen damals nicht so großartig, wie man vielleicht annehmen möchte. Aber wie dem auch sei. Zum Zeitpunkt der Besprechung wusste das freilich noch keiner. Und eine terroristische Bedrohung wollte sich deshalb niemand so richtig vorstellen. Egal, ob durch Palästinenser oder unbelehrbare Rechtsextreme.

Trotzdem entschied der Chefinspektor Travnicek, dass der Kollege Oberkofler in diese Richtung ermitteln sollte. Es sei ihm nämlich wesentlich lieber, eine Zeit lang einer falschen Spur zu folgen, als eine zu ignorieren, die sich später vielleicht als die richtige herausstellte. Nicht von der Hand zu weisen, diese Logik. Vor allem brauchte der Chefinspektor natürlich auch Stoff, mit dem er die Presseleute füttern konnte, die vor der Rennwegkaserne darauf warteten, eingelassen und informiert zu werden. Da waren ihm drei Theorien natürlich allemal lieber als eine oder gar keine.

»Schurli, du und der Strobel, ihr haltet bitte Kontakt mit der Gerichtsmedizin. Eure Hauptaufgabe ist die Identifizierung des Mannes«, sagte der Travnicek und warf dem Strobel einen undefinierbaren Blick zu. Irgendwo hörte der Strobel jemanden »Schurli-Burli« sagen, achtete aber nicht weiter darauf, um kein Wasser auf die Mühlen der Spötter zu schütten.

Dem Novotny trug der Travnicek auf, nach Anhaltspunkten dafür zu suchen, dass es sich bei dem Toten um einen der Tresorknacker handelte. Weil es, so meinte er, durchaus ein wenig Druck von ihnen nehmen würde, sollte sich herausstellen, dass sich die Panzerknacker gegenseitig aus dem Leben sprengten.

Danach gab er seiner Truppe noch ein paar Worte der Motivation und – wenn sie den Fall innerhalb einer Woche lösen konnten – das Versprechen einer Belohnung mit auf den Weg.

Nach dieser Besprechung endete der erste Arbeitstag vom Strobel. Der Steinwender meinte nämlich, er solle nach Hause fahren, weil es bisher ohnehin keinerlei Ermittlungsansätze gebe. Der nächste Tag, so prophezeite der Travnicek dann auch noch im Vorbeigehen, würde noch hektisch genug werden und von ihnen allen vollsten Einsatz fordern.

Der Strobel für seinen Teil war während der Heimfahrt nach Korneuburg hin und her gerissen. Zum einen, weil er nicht wusste, an welche Theorie er glauben sollte. Und zum anderen, weil er sich jetzt schon fragte, ob seine Entscheidung, nach Wien zu gehen, tatsächlich so schlau gewesen war. Zwar fast ein bisschen zu früh, aber durchaus verständlich, wenn man bedenkt, dass der Mann im Grunde seines Herzens ein Landei gewesen ist, und diese Sache eine ganz andere Dimension für ihn hatte als alles, was er bisher kannte.

Die Frau Doktor bemerkte freilich auch, dass ihrem Liebsten etwas auf der Seele lag. Und weil sie aus den Medien schon wusste, welchen Fund die Gendarmerie in Guntramsdorf gemacht hatte, konnte sie sich auch ungefähr vorstellen, was für eine Laus ihm da über die Leber gelaufen war. Da sie ihn aber nicht bedrängen wollte, stellte sie keine Fragen, sondern wartete geduldig, bis er von selbst zu reden anfing. Das tat der Strobel an diesem Abend allerdings nicht. Aber nicht, weil er meinte, vor seiner Herzallerliebsten besonders auf das Amtsgeheimnis achten zu müssen, sondern weil er ihr die ekelhaften Details ersparen wollte.

Gespräche über harmlose Themen kamen allerdings auch nicht wirklich zustande. Das spielte aber keine große Rolle, weil es ohnehin schon spät war. Innerlich war der Strobel jedenfalls ziemlich aufgewühlt und verunsichert. Dazu kam der Schock über die Grausamkeit des Verbrechens. All das hielt den Strobel wach. Als er so im Bett lag und keinen Schlaf finden konnte, stellte er sich die Frage, wie er mit einer solchen Situation wohl in Tratschen umgegangen wäre. Er kam zu dem Schluss, dass er wohl den Travnicek angerufen hätte. Auch hoffte der Ordnungshüter inständig, dass ihm der Anblick menschlicher Fleischfetzen in Zukunft erspart blieb. Aber irgendwie ahnte er schon, dass dieser Wunsch eher nicht in Erfüllung gehen würde.

Gut geschlafen hat der Strobel in dieser Nacht nicht. Das war seinen Träumen geschuldet, in denen er immer wieder dieses große Hautstück mit dem Bauchnabel sah. Er schlief so unruhig, dass die Frau Doktor neben ihm aufwachte und besorgt die Stirn in Falten zog, bevor sie seine Hand nahm und ihm einen zärtlichen Kuss auf die Wange hauchte, der ihn gleich ruhiger werden ließ.

KAPITEL 6

Eine noch nie zuvor gespürte Unruhe war es, die den Strobel am nächsten Morgen schon zeitig aus dem Bett trieb und dazu veranlasste, früher als notwendig nach Wien zu fahren. Als er bei der Rennwegkaserne ankam, warteten dort bereits die ersten Journalisten vor dem Tor, die ihm nur widerwillig Platz machten. Keuchend erklomm er die Treppe in den dritten Stock und fragte sich, ob er sich je an diesen Aufstieg gewöhnen würde. Als er ziemlich atemlos oben ankam, lief ihm prompt der Travnicek über den Weg. In Feinrippunterwäsche, mit zerzaustem Haar und einem Badetuch unter dem Arm stand sein Chef auf dem Gang und sah ihn überrascht an.

»Was machst du denn schon so früh da?«

Eine Frage, die gar nicht so leicht zu beantworten war. Weil wirklich gewusst hat der Strobel das selber nicht. Von daher gab er keine Antwort, sondern fragte seinerseits nach, warum der Travnicek schon da war. Noch dazu in diesem wenig werbewirksamen Aufzug.

»Ich hab' hier übernachtet und gedenke jetzt zu duschen. Es hat doch noch länger gedauert gestern. Der Herr Oberst will unbedingt gleich in der Früh eine Pressekonferenz abhalten und hat für die Vorbereitung Informationen gebraucht. Aber na ja …«

Damit drehte er sich um und ging davon. Der Strobel sah ihm nach und war leicht irritiert ob des Anblicks. Sein Chef war in Unterwäsche um einiges weniger Respekt einflößend als im Anzug. Wie schon die Oma Strobel zu Lebzeiten zu sagen pflegte: »Das Gwandl macht's Mandl.«

Der Strobel machte sich im Gemeinschaftsraum daran, Kaffee zu kochen. Das war er zwar überhaupt nicht gewohnt, weil er das als Kommandant in Tratschen so gut wie nie getan hatte. Aber hier, so dachte er, war er quasi der Lehrling und somit für den Kaffee zuständig. Außerdem war sonst noch keiner da. Der Aufenthaltsraum war leer und wirkte auf den ersten Blick irgendwie unaufgeräumt. Das lag wahrscheinlich an den Tellern und Tassen, die in der Spüle standen und darauf warteten abgewaschen zu werden.

Die Wände präsentierten sich in bräunlichem Nikotingelb und zeugten von einer ausgeprägten Rauchkultur unter den Beamten. Damals war halt nichts mit dem Rauchverbot in öffentlichen Gebäuden. Oder gar in Lokalen. Dafür fehlte es noch am nötigen Wissen. Es wurde immer und überall geraucht: in der Bahn, im Bus und auch im Flugzeug. Ja sogar im Fernsehen gab es kaum eine Diskussionssendung, in der die Teilnehmer nicht vor sich hin qualmten. Männlein wie Weiblein. Da durfte der Marlboro Mann seine Freiheit noch genießen. In vollen Zügen quasi.

Viel Gutes hat das dem Mann mit dem Hut allerdings nicht gebracht. Also genau genommen war es ja nicht nur einer. Im Laufe der Jahre gab es mehrere Darsteller der Werbefigur. Aber dass die Leute früher noch eine ganz andere Einstellung zum Rauchen hatten, zeigt schon die Tatsache, dass der erste Marlboro Mann ein Profisportler gewesen ist. Charly Conerly hieß der Mann, der Quarterback bei den New York Giants gewesen ist. Heutzutage ist so etwas undenkbar. Überhaupt drüben bei den Amis. Die lassen dich in kein öffentliches Gebäude mehr rein, sobald auch nur dein Atem nach Zigaretten riecht. Aber damals …

Conerly folgten noch einige andere Darsteller, die sich, im Gegensatz zu den heutigen Werbeschauspielern, wirklich mit dem von ihnen beworbenen Produkt identifiziert haben. Ich meine, schau dir die Geschichte vom Marlboro Mann und seinen Darstellern einmal an. David Millar starb an einem Lungenemphysem, Wayne McLaren erlag mit 51 Jahren dem Lungenkrebs, und Eric Lawson erkrankte an COPD*. Die Herren haben also nicht nur so getan, als würden sie gerne rauchen. Wenn du so willst, war da noch Ehrlichkeit in der Werbung. Aber wie dem auch sei.

Dem Philodendron, der hinter einer der Sitzecken stand, schien es nichts auszumachen, sein Dasein in einer Selchkammer fristen zu müssen. Die Pflanze reichte bis zum Blafon** und hatte ziemlich große und sehr grüne Blätter, die nicht so aussahen, als litten sie unter Atemnot.

* COPD: Chronisch obstruktive Lungenerkrankung

** Blafon: eingedeutschter, französischer Ausdruck für Zimmerdecke (Plafond)

Wer auch immer für die Einrichtung verantwortlich gewesen war, hatte das Resopalmobiliar eindeutig nach seiner Funktionalität ausgewählt. Typisch zwar für diese Zeit, aber deswegen nicht weniger hässlich. Gemütlichkeit war hier also nicht das Thema. Die übervollen Aschenbecher machten die Sache nicht besser. Weder optisch, noch geruchstechnisch. Deswegen öffnete der Strobel, der seit je her kein Freund kalten Rauches war, zuerst ein Fenster, bevor er sich auf die Suche nach dem Filterbecher für die Kaffeemaschine machte.

Hinter ihm öffnete sich die Tür, und eine Frau trat ein. Sie trug eine geblümte Kleiderschürze und ein Kopftuch. In einer Hand hatte sie einen Eimer, in der anderen einen Besen. Der Strobel betrachtete die dickliche Person kurz, die er unschwer als Putzfrau erkannte. Er schätzte sie auf Mitte 30.

»Guten Morgen«, grüßte er sie freundlich, wartete aber vergeblich auf eine Antwort. Sie nickte nur, stellte Eimer und Besen ab und verschwand wieder. Aber nur, um kurz darauf mit ihrem Putzwagen zurückzukommen. Gerade rechtzeitig, um den Strobel umständlich mit der Kaffeemaschine hantieren zu sehen. Es war eine Wigomat 140. Das tut zwar grundsätzlich überhaupt nichts zur Sache, aber ist trotzdem nicht ganz uninteressant. Weil, wer kann sich schon noch daran erinnern, dass die Wigomat die erste Filterkaffeemaschine gewesen ist? Wenn du mich fragst, eine der besten Erfindungen, die je gemacht wurden. Ich meine, es kann ja wohl kaum Zufall sein, dass der Erfinder mit Vornamen

Gottlob hieß. Gottlob Widmann, um genau zu sein. Daher auch der Name des Geräts. Wi-go-mat. Wobei die letzte Silbe freilich für Automat steht. Sei's drum.

Jedenfalls wurschtelte der Strobel so hilflos herum, dass sich die Frau genötigt sah, ihm zur Hand zu gehen.

»Lassen das bitte, Chef«, sagte sie, während sie ihm den Filterbecher aus der Hand nahm, und klang dabei gar nicht unfreundlich .»I schon machen Kaffee, is bissel kompliziert mit diese alte Maschine, Chef. Müssen wissen, wie geht des.«

Noch bevor der Strobel einen Kommentar abgeben konnte, hatte die Frau Filtertüten und Kaffeebohnen aus einem der Oberschränke genommen. Aus dem Unterschrank holte sie eine Kaffeemühle. Ruck zuck, quasi. Bohnen rieselten aus der Tüte in die Mühle, sie setzte den Deckel drauf und drückte auf den Einschaltknopf. Der Strobel zuckte wahrhaftig zusammen, als das Gerät mit infernalischem Lärm seine Arbeit begann. Ab und zu schüttelte die Frau die Kaffeemühle, wodurch sich der Ton änderte. Es dauerte eine gefühlte Ewigkeit, bis ihr das Pulver fein genug war und sie es in den Filterbecher kippte. Mit einem Lappen wischte sie noch alles weg, was daneben gegangen war, und sah den Strobel freundlich an.

»Du sehen Chef? So muss machen Kaffee.«

Der Strobel nickte und streckte ihr einem inneren Impuls folgend die Hand entgegen.

»Ich nix Chef, ich Strobel, also Poldi … äh … na ja eigentlich Leopold.«

»Warum du reden so komisch, Chef?«, fragte die Frau und sah ihn direkt an. Das war dem Strobel schon ein bisschen peinlich, dass er sich in dem Moment so blöd verhalten hat, das kannst du ruhig glauben. Und die Frau hat das scheinbar auch bemerkt. Denn anstatt auf eine Antwort zu warten, stellte sie sich nun ebenfalls vor: »Meine Name Vesna. Kommen aus Jugoslawien. Dubrovnik. Du wissen Dubrovnik, Chef? Du schon gewesen?«

Seine immer noch dargebotene Hand ergriff sie jedoch nicht. Weshalb er sie wieder sinken ließ, bevor er eingestand, weder in Dubrovnik noch sonst wo in Jugoslawien gewesen zu sein.

»Schade für di Chef«, stellte sie mit Bestimmtheit fest, »is schön. Und gibt' s gute Kaffee.«

Der Strobel wusste nicht so recht, ob sie sich mit dem letzten Satz über ihn lustig machen oder tatsächlich nur ihre Heimat bewerben wollte. Vorsichtshalber hinterfragte er diesen Punkt nicht weiter, sondern stellte mit einem langsamen Kopfnicken sein Interesse an ihren Ausführungen zur Schau. Und so ist es halt gekommen, dass der Strobel seinen Kaffee nicht in Ruhe trinken konnte, sondern eine Einführung in die Geschichte Jugoslawiens erhielt. Die interessierte ihn nur bedingt. Zudem kam die Frage auf, ob Vesna, bei all ihrer Freundlichkeit, tatsächlich nichts anderes zu tun hatte, als mit ihm zu plaudern. Anstatt sie das zu fragen, schaltete der Ordnungshüter sein Hirn auf Durchzug. Hätte die Putzperle den Strobel gekannt, wäre ihr vielleicht sein geistloser Blick aufgefallen. So aber plapperte sie munter weiter und wechselte von der Geschichte des Landes zu ihrer Familiengeschichte. Aber das bekam der Strobel, dank seiner Übung im Schlafen mit offenen Augen, gar nicht mit.

Der Strobel schlummerte so entspannt vor sich hin, dass er um ein Haar vom Sessel gefallen wäre, als ihm sein neuer Partner auf die Schulter klopfte und ihm mit lauter Stimme einen guten Morgen wünschte.

»Was ist los, Burli, hat dich die Mama nicht schlafen lassen?«, fragte der Steinwender dann, während er Kaffee in seine Tasse goss. Dabei beobachtete er den Strobel, der sich hektisch mit den Fingern durchs Haar fuhr und Anstalten machte, den Raum zu verlassen. »Nur keinen Stress aufkommen lassen, Burli, du hast noch zehn Minuten bis Dienstbeginn. Magst noch einen Kaffee?«

Der Strobel blieb eine Antwort schuldig und schüttelte nur den Kopf, während er sein Hemd ordentlich in die Hose stopfte.

»Ich hätte lieber, dass du aufhörst, mich Burli zu nennen«, sagte er stattdessen und sah den Steinwender grantig an. Den beeindruckte das herzlich wenig, wie er mit seiner Reaktion bewies.

»Warum soll ich dich nicht Burli nennen? Wäre dir Burschi lieber?«

»Ich habe einen Namen«, antwortete der Strobel finster.

»Na klar. Wir haben alle Namen. Warum solltest du keinen haben? Aber ich merke mir Namen so schlecht. Drum sag ich der Einfachheit halber Burli zu dir. Wenn du dir irgendwann meinen Respekt verdient hast, merke ich mir vielleicht auch deinen Namen. Aber bis dahin bist du für mich das Burli.«

Der Steinwender sagte das mit so einer Nonchalance, dass es noch nicht einmal arrogant klang. Wahrscheinlich verschlug es dem Strobel deswegen die Sprache. Wer weiß? Gesagt hat er jedenfalls nichts mehr.

»Um acht Uhr haben wir einen Termin bei der Gerichtsmedizin, und um 9.30 Uhr gibt es eine Besprechung mit dem Oberst«, ließ ihn der Steinwender wissen und fügte hinzu, der Strobel könne ruhig noch eine Mütze voll Schlaf nehmen, falls das nötig sei. Wieder einer dieser kleinen spitzen Giftpfeile, die der Steinwender so gezielt in das Ego vom Strobel zu schießen wusste, ohne dass der sich hätte wehren können. Und als ob er das gewusst hätte, schoss er gleich den nächsten ab:

»Wenn es irgendwie geht, dann warte mit dem Frühstück, bis wir wieder da sind. Nicht, dass du auf den Seziertisch kotzt.«

KAPITEL 7

Die Adresse Sensengasse 2 schien dem Strobel gut für eine solche Einrichtung wie das Gerichtsmedizinische Institut zu passen. Zumindest im übertragenen Sinne. Und der Geruch, der ihm sofort nach dem Betreten des Gebäudes in die Nase stieg, passte auch dazu. Nach der letzten Bemerkung vom Steinwender herrschte zwischen ihnen so etwas wie eine gesprächstechnische Eiszeit. Deshalb vermied der Strobel jeden Kommentar. Tapfer kämpfte er sich Schritt für Schritt durch diese Wolke, von der er sich einbildete, sie körperlich spüren zu können. Ihm war so, als hindere sie ihn am Weiterkommen. Wie unsichtbare Hände, die ihn zurückhielten und ihm gleichzeitig den Mund zuhielten, sodass er Probleme mit der Atmung hatte. Dieses Gefühl verstärkte sich mit jedem Meter, den er zurücklegte.

Der Ehrlichkeit halber sei gesagt, dass es in dem Haus tatsächlich ein wenig streng roch, aber von besonderem Gestank konnte keine Rede sein. Zumindest nicht in den Gängen des Gebäudes. Da war der gute Strobel tatsächlich ein kleines bisschen hysterisch. Das muss, trotz aller Sympathie, klar gesagt werden.

Wider Erwarten kam ihm Kollege Steinwender zu Hilfe. Er tippte dem Strobel auf den Arm und hielt ihm eine kleine rote Dose hin. Den fragenden Blick vom Strobel quittierte er mit einer Erklärung: »Tigerbalsam. Kommt aus China. Riecht intensiv nach Menthol. Das überdeckt den Gestank hier.« Der Strobel nickte dankbar, öffnete das Döschen und zuckte ein bisschen vor dem wirklich intensiven Geruch zurück. »Eine Fingerspitze voll von dem Zeug direkt unter die Nase, und alles wird gut«, hörte er den Steinwender sagen und ging daran, zu tun, was dieser ihm geraten hatte. Tatsächlich überdeckte der Balsam alle anderen Gerüche. Aber nicht nur das. Das Zeug brannte auch in den Augen. Dankend gab der Strobel dem Steinwender die Dose zurück. Dabei war er so mit sich beschäftigt, dass er nicht bemerkte, dass sein Kollege selbst nichts von dem Zeug verwendete. Dann setzten die Männer ihren Weg fort. Als sie das Büro von Doktor Tuba erreichten, klopfte der Steinwender und trat ein, ohne eine Antwort abzuwarten. Der Strobel, der versuchte, sich die tränenden Augen zu reiben, tapste unbeholfen hinterher. Ein unbedachter Reflex war es gewesen, der ihn dazu gebracht hatte. Denn natürlich wurde alles noch viel schlimmer, als er sich die Rückstände des Balsams auf die Augenlider rieb. Es brannte höllisch, und der Strobel sah jetzt so aus, als würde er weinen. Seine Umgebung nahm er nur sehr verschwommen wahr. Zu seiner Überraschung war es eine weibliche Stimme, die sie begrüßte.

»Guten Tag, die Herren. Sie kommen wegen dem unbekannten Toten von der Autobahn, nehme ich an?«

Der Steinwender bestätigte das und fragte gleich, ob es in der Zwischenzeit schon neue Erkenntnisse gebe. Die Antwort der Gerichtsmedizinerin klang wenig verheißungsvoll:

»Bisher leider nicht«, meinte sie nämlich und bot den Ordnungshütern an, sich zu setzen. »Alles, was ich habe, sind handtellergroße Leichenteile. Und zwar einen ganzen Sack voll. Aber Ihre Kollegen haben am Tatort bisher nichts gefunden, das bei der Identifizierung helfen könnte. Es fehlen vor allem die Hände, die Füße und der Kopf.«

»Aha«, kommentierte der Steinwender, während der Strobel schwieg und versuchte, sich den Sack mit den Leichenteilen nicht bildlich vorzustellen.

»Stimmt etwas nicht mit Ihrem Kollegen?«, fragte Doktor Tuba und deutete auf den weinenden Strobel.

»Nein, nein, alles bestens«, versicherte der Steinwender.

»Ist nur der Tigerbalsam«, ergänzte der Strobel und wunderte sich, warum die Frau jetzt lachte.

»Sagen Sie bloß, Sie sind auf den blöden Schmäh mit dem Mentholzeug hereingefallen? Das machen die Kollegen von der Kripo gerne mit neuen Mitarbeitern. Hilft aber in Wahrheit nicht besonders. Eher im Gegenteil. Ein kindischer Streich. Ich würde Ihnen raten, sich bei nächster Gelegenheit gründlich Hände und Gesicht zu waschen. Bei der Tür raus und gleich links ist die Toilette.«

Es war dem Strobel mehr als nur peinlich, derart vorgeführt worden zu sein. Aber in seiner momentanen Verfassung konnte und wollte er sich nicht auf eine Konfrontation mit dem Steinwender einlassen. Schon gar nicht vor einer fremden Frau. Deswegen bedankte er sich, erhob sich von seinem Stuhl und tastete sich in Richtung Tür.

»Möchten Sie vielleicht eine Tasse Kaffee, bevor wir in den Keller gehen?«, hörte er die Ärztin den Steinwender fragen, als er die Tür schloss. Er wartete aber nicht auf dessen Antwort, sondern beeilte sich, zur Toilette zu kommen, um seinem Leiden ein Ende zu bereiten. Er wusch sich wirklich sehr gründlich. Trotzdem blieben ein paar Spuren zurück. Die Haut rund um seine Augen und auf der Oberlippe sah aus, als hätte er sich verbrannt, und seine Bindehäute waren blutrot. Aber wenigstens fühlte er sich etwas besser und schwor, sich dafür beim Steinwender zu revanchieren.

Zurück im Büro stellte der Strobel fest, dass die Frau Doktor Tuba Mitte 30, sehr attraktiv und überaus sympathisch war. Dieser Eindruck verstärkte sich noch, als sie ihm aus einer ihrer Schreibtischschubladen eine Hautcreme reichte.

»Da, schmieren Sie Creme auf Ihr Gesicht. Dann geht die Rötung schneller weg.«

Der Strobel bedankte sich und nahm wieder Platz.

»Milch und Zucker?«, fragte die Ärztin und stellte ihm eine Tasse Kaffee vor die Nase. Der Strobel lehnte jedoch dankend ab und meinte, dass es ihm lieber sei, wenn sie möglichst schnell wieder an ihre Arbeit gehen konnten.

»Na dann gehen wir«, sagte Doktor Tuba und ging

voraus in den kühlen und dunklen Keller. Unterwegs legte sie dem Strobel nahe, nur durch die Nase und nicht durch den Mund zu atmen, falls er bei Gerüchen etwas sensibel sei. Er werde sich, so meinte sie, schnell daran gewöhnen. Ziemlich nett von der Frau Doktor Tuba. Das fand auch der Strobel und vergaß für einen Moment, wo er sich befand, als er auf ihr wohlgeformtes Hinterteil starrte.

Die Realität holte ihn allerdings rasch wieder ein, als sie dann vor dem Seziertisch standen. Fast wie Steine eines dreidimensionalen Puzzles wirkten die darauf liegenden Leichenteile. Und im weitesten Sinne waren sie das ja auch. Nur dass es dreidimensionale Puzzles damals noch nicht gegeben hat. Die kamen erst 1991 auf den Markt. Aber das nur nebenbei.

Im Wesentlichen wiederholte die Gerichtsmedizinerin zuerst, was sie ihnen im Büro schon gesagt hatte. Danach kamen noch ein paar gruselige Details.

»Bisher wurde noch kein einziger Knochen gefunden. Noch nicht einmal ein winziger Splitter. Und auch keine Hinweise auf seine Bekleidung. Nur 16 Kilo Fleisch und das hier …«

Sie wandte sich einem kleineren Tisch zu, der an der Wand stand, und hielt zwei kleine durchsichtige Plastiktüten in die Höhe.

»Links sehen Sie ein Stück braunes Leder, das höchstwahrscheinlich von einem Koffer stammt, und rechts Stoffreste. Ich vermute, dass es sich um Jute handelt.

Dazu kommen noch ein paar Holzreste. So wie es aussieht, dürfte die Leiche in einem Koffer gelegen haben, als sie gesprengt wurde. Ganz sicher bin ich da aber noch nicht. Seltsamerweise fanden sich bisher keine Bekleidungsstücke und, wie schon gesagt, keine Knochen. So unfassbar das auch klingen mag. Ich glaube, der Täter hat das Opfer entbeint. Alles was ich Ihnen als Hilfe zur Identifizierung anbieten kann, ist das hier …«

Sie trat wieder an den Seziertisch heran und zeigte auf ein stark behaartes Stück Haut, das um einiges größer war als die übrigen Teile.

»So wie es aussieht, stammt das Stück vom Rücken des Opfers. Der Kerl muss überdurchschnittlich stark behaart gewesen sein.«

Jetzt war es mit der Beherrschung vom Strobel vorbei. Wortlos durchquerte er mit schnellen Schritten den Raum und übergab sich in das große Waschbecken. Und was soll ich dir sagen? Der ansonsten so souveräne Kollege Steinwender war ebenfalls sehr blass um die Nase und kämpfte gegen seinen Würgereflex. Die Frau Doktor Tuba kümmerte sich rührend um den Strobel und bot ihm ein Glas Wasser an. Aber der Mann wollte nur ganz schnell aus dem Saal hinaus. Schande hin oder her. Das war ganz einfach zu viel für den armen Kerl. Und einmal ganz ehrlich: Wer konnte es ihm verdenken?

Die Quintessenz des Besuchs in der Sensengasse war jedenfalls sehr ernüchternd. Denn anstatt Antworten zu liefern, hatte er einen ganzen Haufen Fragen aufgeworfen. Auf der Rückfahrt sprachen beide kein Wort. Ob das so war, weil der Strobel wegen der blöden Rederei vom Schurli bockte, oder weil die Herren sehr unter dem Eindruck des eben Gesehenen standen, vermag ich nicht zu sagen. Aber nach Jux und Tollerei stand ihnen offenbar nicht der Sinn.

KAPITEL 8

Pünktlich um 09:30 Uhr fand sich die gesamte Mannschaft im Besprechungsraum ein, um dem Oberst Kummer über die bisherigen Fortschritte Bericht zu erstatten. Du wirst dir sicherlich schon denken können, dass die Liste der Ermittlungserfolge eine sehr kurze war.

Zuerst ergriff der Steinwender das Wort und berichtete vom Ausflug in die Gerichtsmedizin und die spärlichen Ergebnisse, die er gebracht hatte. Den Gesichtern der Kollegenschaft war deutlich anzusehen, dass die Schilderungen keinen von ihnen kalt ließen. Gestandene Kriminalbeamte hin oder her. So etwas hatten sie bisher noch nicht erlebt.

»Ich denke«, meinte der Chefinspektor Travnicek nach kurzem Schweigen, »die Selbstmordtheorie ist damit vom Tisch. Ohne Kopf und pudelnackt wird der Kerl kaum auf der Autobahn herumgelaufen sein.«

Darin waren sich schnell alle einig.

»Aber«, unterbrach der Kollege Oberkofler das Gemurmel im Raum, »zur Attentatstheorie passt das alles ganz gut. Zumindest der Koffer und der Jutesack. Die Sprengsätze vom Kubart wurden damals ebenfalls immer in Jutesäcke gewickelt und dann in Koffern versteckt. So gesehen gibt es da schon Ähnlichkeiten.« Der

Oberkofler hatte seine Hausaufgaben offenbar sehr gründlich erledigt. Fast ohne Punkt und Beistrich betete er herunter, was es zum Bombenleger Emanuel Kubart und den von ihm gebauten Sprengsätzen zu sagen gab. Besonders auffällig erschien, dass der Mann spurlos verschwunden war. Wie vom Erdboden verschluckt quasi. Das, so führte der Oberkofler aus, sprach schon ein wenig dafür, dass es die Leiche vom Kubart war, die da in der Gerichtsmedizin auf ihre Identifizierung wartete.

»Weil vielleicht«, so meinte er, »haben sie ihm ja genau deswegen den Kopf und die Hände abgetrennt und alle Knochen aus dem Leib geschnitten. Weil er polizeibekannt war.«

Kein schlechter Denkansatz vom Oberkofler.

Der Novotny war als Nächster dran und musste zähneknirschend einräumen, in der Panzerknackersache keinen Schritt weiter gekommen zu sein.

»Ich bin alle Fälle noch einmal durchgegangen, habe aber nichts gefunden, das uns weiterbringen könnte. Andererseits spricht ja nichts dagegen, dass der Kubart tatsächlich einer der Täter war und seine Komplizen ihn umgebracht haben. Oder er ist untergetaucht, nachdem er einen seiner Kumpels gekillt hat.«

Bevor sich eine Diskussion zu dieser Theorie entspinnen konnte, ergriff der Travnicek wieder das Wort und fasste das bisher Gehörte zusammen.

»Was diesen Kubart betrifft, erscheint es natürlich schon sehr passend, dass er ausgerechnet jetzt verschwunden ist und sich auch noch mit Bomben auskennt. Das ist fast schon ein bisschen zu viel Zufall. An dieser Spur sollten wir unbedingt dranbleiben. Oberkofler, du und der Novotny, ihr redet mit der Mutter und fragt sie nach der Blutgruppe und ob ihr Sohn am Rücken stark behaart ist. Sollte der Mann wider Erwarten nicht als Opfer infrage kommen, müssen wir uns wohl oder übel an die Öffentlichkeit wenden. Obwohl ich ehrlich gesagt nicht weiß, was wir den Leuten da draußen sagen sollen.«

Der Oberst Kummer, der bisher mit leichenblasser Miene und stumm auf seinem Stuhl gesessen hatte, meldete sich kurz zu Wort. Er versprach, sich persönlich um diesen Aufruf in den Medien kümmern zu wollen, sofern dieser tatsächlich notwendig werde. Er sei aber, so stellte er fest, überzeugt, dass es sich bei dem Toten um Kubart handelte. Danach bedankte er sich bei den Männern für ihren Einsatz und verließ den Raum, um frische Luft zu schnappen und das Gehörte zu verdauen. Auch so ein Oberst ist schließlich nur ein Mensch.

Der Steinwender und der Strobel bekamen den Auftrag, zum Tatort zu fahren und dort zu schauen, ob es weitere interessante Funde gab. Eine Aufgabe, die sie beide nicht sonderlich erheiterte. Bevor der Chefinspektor Travnicek die Besprechung endgültig beendete, beraumte er die nächste für 15:30 Uhr an. »Da schaffen wir es dann noch in die Abendausgabe und die Fernsehnachrichten«, meinte er dazu.

Als der Steinwender und der Strobel vor dem Dienstauto standen, brach der Steinwender das Schweigen zwischen ihnen. Aber nicht, dass du jetzt glaubst, er hätte etwas Nettes gesagt. Das hat er nämlich nicht getan, sondern dem Strobel den Autoschlüssel zugeschupft und den vorerst letzten Satz für die nächsten paar Stunden gesagt: »Du fährst, Burli.«

Als sie die Autobahnbrücke erreichten, herrschte auf der abgesperrten Grünfläche immer noch reges Treiben. Mindestens 20 Männer waren mit der Suche nach Beweisstücken beschäftigt. Zwischen ihnen lief ein Fotograf herum, der die Funde dienstbeflissen dokumentierte. Besonders viele Spuren hatten sich allerdings nicht mehr gefunden, wie das Gespräch mit dem Einsatzleiter zeigte. Lediglich der Verdacht der Frau Doktor Tuba, die Leiche habe möglicherweise in einem Koffer gelegen, bestätigte sich nach und nach, weil immer mehr Teile eines solchen gefunden wurden. Bis hin zu einem Schloss.

»Also ich bin mir sicher«, meinte der Mann, dessen Namen der Strobel nicht kannte, »dass das Opfer schon tot war, als die Explosion erfolgte. Den Kopf oder irgendwelche Extremitäten haben wir immer noch nicht finden können. Ich gehe davon aus, dass der Mörder sie woanders entsorgt hat. Aber das herauszufinden, ist wohl eure Aufgabe!«

Sprach's, zündete sich eine Zigarette an und stiefelte grußlos davon. Die beiden Ordnungshüter blieben noch eine Weile und beobachteten die Szenerie. Neue Erkenntnisse brachte das aber nicht. Während der Rückfahrt zum Büro nahm sich der Strobel ganz fest vor, sich den Steinwender bei nächster Gelegenheit einmal zur Brust zu nehmen. Denn ein Mindestmaß an Respekt, so dachte der Strobel, hatte sich jedermann verdient. Allerdings kam er an diesem Tag nicht mehr dazu, seinen Vorsatz in die Tat umzusetzen, denn auf der Dienststelle wartete eine Enttäuschung. Und zwar insofern, dass es bei der letzten Besprechung für diesen Tag nur eine Neuigkeit gab. Nämlich die, dass Emanuel Kubarts Körper laut Aussage seiner Mutter kaum Behaarung aufwies und seine Blutgruppe nicht mit der des Opfers übereinstimmte. Da machte sich unter den Ermittlern klarerweise Frustration breit. Und beim Oberst Kummer, der ja jetzt vor die Presse treten und einen Aufruf an die Öffentlichkeit machen musste, auch.

Am Ende lief das aber wesentlich besser, als er es sich gedacht hatte. Zwar musste er weit mehr Details preisgeben, als er vorgehabt hatte, aber dafür hingen die Reporter geradezu an seinen Lippen und sorgten dafür, dass sich die Informationen in Windeseile verbreiteten. Radio, Fernsehen und Zeitungen. Sie alle stürzten sich auf die grausame Tat und schlachteten sie aus, so gut es eben ging. Ich meine, man verzeihe mir dieses Wortspiel, aber ein besseres Wort als »ausschlachten« fällt mir da tatsächlich nicht ein. Und so ist es halt gekommen, dass gegen 20:30 Uhr ein jeder Österreicher und eine jede Österreicherin darüber in Kenntnis gesetzt war, dass ein Bombenleger unterwegs war. Und zwar ein ganz böser, der es wahrscheinlich auf einen Bus voller jüdischer Migranten abgesehen hatte. Oder der bei dem Versuch ums Leben gekommen war, einen gestohlenen Tresor zu sprengen.

Der Strobel selbst verfolgte die Berichterstattung zusammen mit der Frau Doktor. Er wunderte sich einmal mehr darüber, mit welcher Sensationslust die Journalisten über die Sache berichteten. Es schien fast so, als ekelte sich keiner von ihnen oder war wenigstens geschockt. Im Gegensatz zur Frau Doktor. Die war sehr wohl geschockt. Und zwar derart, dass sie ihrem Herzblatt keine einzige Frage zu dem Thema stellte, sondern sich still und leise ganz nah an ihn schmiegte und ein paar Tränen vergoss. Dem Strobel entging das freilich nicht, aber weil er keine Ahnung hatte, was er in dieser Situation sagen sollte, beschränkte er sich darauf, die Frau festzuhalten.

KAPITEL 9

Wieder wachte der Strobel am nächsten Tag viel zu früh auf, und wieder setzte er sich ins Auto und fuhr nach Wien. Genau wie am Vortag, lief ihm auf dem Weg zum Aufenthaltsraum der Chefinspektor Travnicek in Unterwäsche über den Weg. Da lag dem Strobel glatt die Frage auf der Zunge, ob er zu Hause rausgeflogen war, der Travnicek. Aber vorsichtshalber bremste er sich im letzten Moment und beließ es bei einem »Guten Morgen, Chef.«

»Guten Morgen Strobel«, antwortete der Travnicek. »Haben's dich daheim rausgeschmissen? Oder warum bist um die Zeit schon da?«

Ein schöner Beweis dafür, dass Zurückhaltung nicht immer eine gute Taktik sein muss. Manchmal ist man wegen ihr halt nur etwas langsamer beim Austeilen von blöden Sprüchen. Aber wie dem auch sei. Der Strobel blieb bei der Wahrheit und sagte, er habe nicht mehr schlafen können. Das hörte sein Chef, der die Tür zum Duschraum hinter sich schloss, aber schon nicht mehr. Als der Strobel den Aufenthaltsraum erreichte, kam von der anderen Seite die Vesna herangeschlurft. Zumindest wirkte sie auf den ersten Blick sehr demotiviert. Erst bei genauerem Hinsehen bemerkte der Strobel, dass sie hinkte, weil sie das linke Bein ein wenig hinter sich her zog. Das war ihm am Vortag gar nicht aufgefallen. Natürlich verbot es die Höflichkeit, sie darauf anzusprechen. Wirklich ergeben hat sich die Gelegenheit dazu aber ohnehin nicht, weil die Frau ihren schweigsamen Tag zu haben schien. Sie murmelte einen kaum verständlichen Gruß, würdigte den Strobel ansonsten aber keines Blickes. Glücklicherweise stellte sie wenigstens den Kaffee zu, bevor sie sich ans Putzen machte. Recht lange beschäftigte sich der Strobel allerdings nicht mit ihrer Schweigsamkeit. Die Ablenkung kam in Gestalt der »Arbeiterzeitung« und ihrer fetten Überschrift:

»Rätsel um Sprengstoff auf der Autobahn –
Unglück oder Verbrechen –
Leichenteile auf der Autobahn«

stand da in großen Lettern zu lesen.

Gefolgt von einem ziemlich ausführlichen Artikel, der sämtliche Theorien erläuterte, die seitens der Gendarmerie bisher aufgestellt worden waren und dabei ziemlich viele Fragen aufwarf. Unter anderem die, woher dieser Pressefuzzi gar so gut informiert war. Weil der Oberst hatte den Reportern das alles ganz sicher nicht in dieser Ausführlichkeit berichtet. Ich meine, der Strobel kannte den Offizier im Grunde gar nicht. Aber das traute er ihm trotzdem nicht zu. Während er die Zeitung las, nippte er an seinem Kaffee und stellte fest, dass dieser unglaublich gut schmeckte. Kräftig, aber nicht bitter. So, wie der Strobel ihn mochte. Bevor er das der Vesna sagen konnte, war sie schon weg, um die Büros zu putzen.

Diesmal blieb der Strobel nicht lange alleine. Der Kollege Oberkofler betrat den Raum, grüßte freundlich und warf einen Blick zur Kaffeemaschine.

»Hmm, der riecht aber gut. Hast du den g'macht, Strobel?«

»Nein, das ist das Werk von der Vesna. Schmeckt wie er riecht.«

Der Oberkofler schenkte sich ebenfalls eine Tasse voll und ging auf den Strobel zu.

»Darf ich?«, fragte er und zeigte auf einen der freien Stühle.

»Freilich darfst«, antwortete der Strobel, nahm die Zeitung vom Tisch und faltete sie zusammen.

»Ganz schön heftig, was da passiert ist, findest nicht?«

Der Oberkofler sah den Strobel fragend an, und es war ihm deutlich anzusehen, dass ihm der Fall genauso an die Nieren ging wie dem Strobel. Und das, obwohl er schon viel länger in der Truppe vom Travnicek Dienst tat. Trotzdem entschied der Strobel, erst einmal etwas zurückhaltender zu sein und abzuwarten, was sein Kollege genau von ihm wollte. Deshalb nickte er nur zustimmend und brummte Unverständliches.

»Wie kommt einer bloß auf so eine Idee? Einen ausweiden und dann in die Luft jagen. Wie krank muss man denn da im Hirn sein?«

Eine Frage, die sich der Strobel auch schon etliche Male gestellt hatte. Freilich ohne eine Antwort darauf zu finden. Der Oberkofler schien tatsächlich das Bedürfnis zu haben, sich etwas von der Seele zu reden. Zumindest glaubte der Strobel das, weil sein Kollege immer weiter redete und nach und nach ins Philosophische abglitt. Bis er schließlich mit Gott und der ganzen Welt am Hadern war. Das war etwas, das der Strobel nur allzu gut kannte. Schließlich hatte er seinen Freund, den Pfarrer Römer, immer wieder mit ähnlichen Themen heimgesucht und seinen Schmerz und auch den Frust bei dem Gottesmann abgeladen. Neu war also nur, dass er jetzt offenbar den Grabstein für den Oberkofler spielen sollte. Er hatte keine Ahnung, was er dem Mann sagen sollte. Zu seiner Erleichterung brauchte er keine passenden Worte zu finden, weil der Novotny zusammen mit dem Malz und dem Kostelic den Raum betrat. Kaum hatte der Oberkofler die drei Männer gesehen, änderte er fast schlagartig sein Verhalten. Von dem nachdenklichen und sensibel wirkenden Mann, der eben noch über seine Seelenqualen reden wollte, war auf einmal nichts mehr zu sehen. Jetzt war er ein harter Hund, dem die Vorkommnisse der letzten Tage nichts anhaben konnten. Von einer Sekunde zur anderen quasi. Und die drei Herren taten es ihm gleich. Keiner von ihnen wirkte irgendwie betroffen. Das war etwas, das der Strobel sehr befremdlich fand. Zuletzt erschienen dann der Travnicek und der Steinwender auf der Bildfläche und setzten sich ebenfalls an den Tisch.

Es entspann sich eine lebhafte Unterhaltung, die sich um alle möglichen Themen drehte. Nur nicht um den Fall. Keiner ließ sich dazu hinreißen, sich darüber zu äußern. Fast hätte man meinen können, das alles war gar nicht passiert.

Wenig später saßen sich der Strobel und der Steinwender in ihrem Büro gegenüber. Der Strobel wartete auf den passenden Moment, um ein klärendes Gespräch führen zu können. Der wollte aber nicht und nicht kommen, weil der Steinwender ein Telefonat nach dem anderen führte. Keines davon erschien dem Strobel dienstlich zu sein. Trotzdem wartete er ungeduldig darauf, dass sein Kollege fertig wurde. Endlich legte der Steinwender den Hörer auf, ohne gleich wieder eine neue Nummer zu wählen. Das war der Moment, auf den der Strobel gewartet hatte:

»Du Schurli, ich muss mit dir reden …«

Da läutete das Telefon, und der Steinwender hob ab. Er lauschte dem Anrufer, brummte ein »Wir kommen sofort!« in den Hörer, legte auf und erhob sich von seinem Stuhl.

»Wir müssen sofort zum Chef. Es gibt was Neues, um das wir uns kümmern sollen.«

Der Strobel stöhnte innerlich auf, weil er es wieder nicht geschafft hatte, seinen Partner zur Rede zu stellen. Das erschien ihm nämlich sehr wichtig. Ihre Zusammenarbeit, so war der Strobel überzeugt, würde in Harmonie wesentlich einfacher zu bewerkstelligen sein als im ständigen Streit.

Im Büro vom Travnicek wartete eine Überraschung auf die Herren. Ihr Chef teilte ihnen nämlich mit, dass gerade eine ältere Frau auf den Bericht in den Medien reagiert und gemeint habe, bei der Leiche handle es sich mit ziemlicher Sicherheit um ihren Sohn. Der Travnicek hielt dem Steinwender einen Zettel entgegen und sagte: »Da stehen Name und Adresse drauf. Fahrt hin und redet mit der Frau. Vielleicht ist sie ja nur eine Verrückte, die sich wichtig machen will. Vielleicht aber auch nicht. Findet es raus!«

Keine fünf Minuten später waren die zwei Ordnungshüter auf dem Weg in den 6. Wiener Gemeindebezirk. Genauer gesagt, in die Mollardgasse 15. Dort wohnte diese Frau Horak, die angerufen hatte. Der Strobel war fast ein wenig aufgeregt bei dem Gedanken, dass sie das Opfer möglicherweise in der nächsten Stunde identifizieren könnten. Diese Aufregung hätte ihn fast dazu verleitet, das Schweigen zu brechen. Wäre ihm der Steinwender da nicht zuvor gekommen: »Na da bin ich jetzt aber wirklich gespannt, ob an der Sache was dran ist. Was glaubst du, Burli?«

»Ich weiß es nicht …«, antwortete der Strobel wahrheitsgemäß und sah hinaus auf das bunte Treiben auf dem Naschmarkt, den sie gerade passierten, »aber ein schönes Stück weiterbringen würde es uns schon. Von daher hoffe ich natürlich, dass es stimmt!«

»Kann man wohl sagen«, kommentierte der Steinwender und drehte das Radio eine Spur lauter. Nicht zuletzt deshalb war ihr Gespräch damit wieder beendet.

Der Strobel ließ die Kulisse der für ihn fremden Stadt auf sich wirken und war ziemlich erstaunt über die vielen prachtvollen Bauten entlang der Strecke. Überhaupt am Schwarzenbergplatz und auf der Ringstraße. Der Anblick brachte ihn als bekennendes Landei dazu, seine Meinung über die Stadt zu revidieren. Denn was er da im Vorbeifahren zu sehen bekam, fand er imposant und schön. Ich meine, natürlich war der Strobel vor diesem Tag auch schon in einmal Wien. Und natürlich war er da auch schon in diesem Teil der Stadt unterwegs gewesen. Der Unterschied war allerdings, dass er damals selber fahren hatte müssen und deswegen nicht wirklich Zeit hatte, sich in Ruhe umzuschauen. Aber jetzt, wo er auf dem Beifahrersitz hockte und nichts Besseres zu tun hatte, als beim Fenster hinauszuschauen, konnte er diese Pracht auf sich wirken lassen.

Wenn du da heutzutage entlangfährst, ist das zwar selten wirklich entspannend, weil da immer sehr viel Verkehr ist, aber eindrucksvoll ist es immer noch. Gar keine Frage. Nicht umsonst kommen Menschen aus der ganzen Welt hierher. Für den Strobel hatten diese Momente fast etwas Urlaubshaftes, und er vergaß für einige Augenblicke, warum sie hier entlangfuhren. Als sie den Naschmarkt passierten, war der Strobel überrascht, wie viele Leute dort herumwuselten. Wie in einem Ameisenhaufen ist es dort zugegangen. Zumindest hat das der Strobel so empfunden. Weil in Wahrheit war das Gedränge nicht einmal annähernd so arg wie heutzutage, wo tagtäglich wahre Heerscharen von Touristen in den Markt einfallen. Im Verhältnis zu dem, was der Strobel in den letzten Jahren an Menschenansammlungen erlebt hatte, war es trotzdem unglaublich.

Als sie den Markt hinter sich ließen, beanspruchte die Architektur auf der Linken Wienzeile voll und ganz seine Aufmerksamkeit. Er wünschte sich, er hätte diese Tour mit seiner Frau Doktor machen können. Denn der, da war sich der Strobel sicher, hätte das alles auch sehr gut gefallen. Bei der Vorstellung, mit seiner Liebsten durch die Stadt zu bummeln, glitt der Strobel glatt in einen Tagtraum ab. Der endete abrupt, als ihm der Steinwender einen Stoß versetzte.

»Was ist los, Burli? Schlafst?«

So aus seiner Ruhe gerissen zu werden, gefiel dem Strobel gar nicht. Sagen konnte er freilich nichts. Denn immerhin waren sie ja zum Arbeiten hier und nicht, um irgendwelchen schönen Fantasien nachzuhängen. Bevor der Strobel dem Steinwender versichern konnte, nicht zu schlafen, war der Steinwender schon ausgestiegen und näherte sich dem Eingangstor von Haus Nummer 15. Der Strobel beeilte sich, ihm zu folgen. Kaum war er ausgestiegen, verflog auch der Rest seiner Urlaubsstimmung schlagartig. Es war mörderisch laut. Das lag an der Baustelle zwei Häuser weiter. Dort waren eine Menge Arbeiter und ein Bagger damit beschäftigt, ein Haus abzureißen. Davor stand eine Schlange aus drei Lastwagen, die darauf warteten, mit dem Schutt beladen zu werden. Und zwar mit laufenden Motoren. Das verursachte nicht nur Lärm, sondern auch Gestank. In

Kombination erinnerte das den Strobel sofort wieder daran, warum er lieber nicht in einer Großstadt wohnen wollte. Wie sich gleich herausstellte, war der Gendarm aber nicht der Einzige, dem das missfiel.

Im dritten Stock von Nummer 15 wurde nämlich ein Fenster aufgerissen. Ein Mann mit kugelrundem Kopf lehnte sich heraus. Sein voluminöser Oberkörper war in ärmellosen Feinripp gehüllt. In breitestem Wiener Dialekt verlieh er seinem Unmut über den Geräuschpegel und die Geruchsbelästigung Ausdruck. Genauer gesagt stellte er den Fahrern der Lastwagen die Frage, ob ihnen bewusst sei, dass sie sehr viel Lärm verursachten und zudem noch die Umwelt verpesteten. Allerdings hörte sich das bei dem Kerl nicht ganz so schön an.

»Was is'n des für a Wirbel da unten? Drah die Krax'n o, du Orschloch! Haben's dir ins Hirn g'schissen, oder was? Bis in die Kuch'l stinkt der Dreck schon. I kum glei obe und reib da ane, dass d' glaubst, der Blitz hat di g'straft«

Eine schöne Ansprache, wie der Strobel fand. Aber völlig sinnlos, weil sie trotz der Brüllerei im Lärm einfach unterging und nicht weit genug zu hören war. Der Strobel, dem ein solches Benehmen fremd war, starrte sprachlos nach oben und bekam auch gleich sein Fett weg: »Was schaust denn so deppert, du Fetzenschädel?«

Der Strobel war völlig perplex und kam deswegen gar nicht dazu, sich zu überlegen, wie er darauf reagieren sollte. Der Steinwender allerdings schien diesen Umgangston zumindest gewohnt zu sein und brauchte keine Zeit zum Überlegen: »Was ist los, Burli? Bist fertig mit dem Knüpfen von Freundschaften? Falls ja, steh nicht herum wie angewurzelt, sondern setz dich endlich in Bewegung, damit wir weiterkommen. Der Chef wartet auf das Ermittlungsergebnis.«

Und siehst du, da war es wieder. Dieses Gefühl, das der Strobel jedes Mal bekam, wenn ihn der Steinwender wie einen Rotzbuben behandelte, und das man wohl am ehesten als eine Mischung aus Zorn und Trotz beschreiben konnte. Da zog sich sein Magen regelrecht zusammen, und ihm wurde spürbar heiß. Aber auch diesmal schluckte er diese Emotionen hinunter und versuchte, sich nichts anmerken zu lassen. Schließlich war die Straße kein geeigneter Ort für Auseinandersetzungen mit einem Kollegen. Schon gar nicht vor dem liebreizenden Menschen vom dritten Stock. Ergo setzte sich der Strobel in Bewegung und marschierte hinter dem Steinwender durch das Tor. Zielstrebig gingen sie in den zweiten Stock, zur Tür mit der Nummer 15.

Kaum hatte der Steinwender den Daumen wieder vom Klingelknopf genommen, ging die Tür auch schon auf. Eine deutlich übergewichtige Frau in einer Kleiderschürze, die der Strobel auf Mitte 50 schätzte, erschien im Rahmen.

»Bitte sehr?«, fragte sie etwas zögerlich. Der Steinwender wies sich aus und erklärte, dass sie gekommen seien, um mit ihr über ihren Sohn zu reden. Zu seiner Linken hörte der Strobel zum wiederholten Male ein scharrendes Geräusch. Weil ihn das irritierte, suchte er nach der Quelle. Sein Blick blieb beim Gangfenster der Nebenwohnung hängen. Dahinter stand offensichtlich jemand und presste sein Ohr ziemlich kräftig gegen das Glas. Und zwar jemand mit langen dunklen Haaren, wie der Strobel nebenbei registrierte. Bei dem Anblick konnte sich der Strobel einfach nicht zurückhalten. Er machte zwei schnelle Schritte in die Richtung und klopfte an die Scheibe.

»Neugierige Leute sterben bald!«, rief er laut und hätte damit um ein Haar recht behalten. Die Lauscherin im Inneren der Wohnung erschrak nämlich so heftig, dass er schon glaubte, der Schlag habe sie getroffen. Die laute Schimpferei hinter der Tür belehrte ihn allerdings eines Besseren.

»Lassen S' nur, Herr Inspektor«, meinte die Frau Horak zum Strobel, »dieses Haus hat überall Ohren. Da bleibt nichts lange geheim.«

Dann bat sie die Ordnungshüter in die Wohnung. Noch beim Hineingehen bot sie ihnen Kaffee an, den die Männer dankbar annahmen. Während sie im Wohnzimmer auf Frau Horak warteten, sah der Strobel sich um. Es war eine sehr ordentliche Wohnung. Da gab es nichts dagegen zu sagen. Alles picobello sauber. Sogar die Nippes, die überall herumstanden, waren vollkommen staubfrei. Genau wie die Bücher im Regal.

»Alphabetisch geordnet«, hörte er den Schurli neben sich flüstern, wusste aber nicht gleich, was der Kollege damit sagen wollte.

»Was?«

»Die Bücher, sie sind alphabetisch geordnet!«

Da sah auch der Strobel genauer hin. Seine Augen wanderten relativ zügig von A bis M. Dort blieben sie kurz bei »Mein Kampf« hängen, bevor sie sich zu Z wie »Zum Problem rechtsextremen politischen Verhaltens« weiterbewegten, wo sie wieder etwas länger verweilten. Ein kurzer und knackiger Titel war das ja nicht gerade, wie der Strobel fand. Aber zu ihrem Thema konnte er womöglich ganz gut passen. Das Buch wirkte neu und ungelesen. Neben diesem Werk stand eine Bücherstütze in Form eines kleinen hölzernen Globus. Daneben stand ein Bild mit metallenem Rahmen, auf dem eine dreiköpfige Familie zu sehen war. Zumindest glaubte der Strobel, dass es sich um eine Familie handelte. Er stand auf, ging zum Bücherregal und nahm das Bild in die Hand, um es näher zu betrachten.

»Das ist mein Richard«, hörte er da die Frau Horak hinter seinem Rücken sagen. »Zusammen mit seiner Frau Eva und meinem Enkel. Lieb, der Kleine. Gell?«

»Ja. Wirklich ganz lieb …«, antwortete der Strobel mangels einer besseren Idee, drehte sich um und lächelte der Frau zu.

»Das Wasser braucht ein paar Minuten«, stellte Frau Horak fest, strich sich am Gesäß die Kleiderschürze zurecht und setzte sich in den Fauteuil.

»In der Zwischenzeit könnten Sie uns ja vielleicht schon einmal erklären, wie Sie drauf kommen, dass der Tote von der Südautobahn Ihr Sohn sein könnte«, sagte der Steinwender, ohne lange um den heißen Brei herumzureden. Er sah die Frau Horak erwartungsvoll an, die seinen Blick traurig erwiderte.

»Wissen Sie, Herr Inspektor, das ist mehr so eine Ahnung. Als Mutter spürt man halt, wenn mit dem eigenen Kind was nicht stimmt. Und ich habe seit ein paar Tagen so ein mulmiges Gefühl im Bauch …«

»Soso, ein mulmiges Gefühl also, wie genau äußert sich denn das, dieses mulmige Gefühl?«

Der Miene vom Steinwender war deutlich anzusehen, was er von den Gefühlen der Frau Horak gehalten hat. Und zwar so deutlich, dass auch sie mitbekam, dass dieses Gespräch bereits in der Anfangsphase aus dem Ruder zu laufen begann. Weshalb sie sich beeilte, etwas handfestere Argumente hinterher zu schieben: »Die Sache mit der starken Behaarung hat mich drauf gebracht. Und verschwunden ist er ja auch seit zwei Tagen. Noch nicht einmal im Büro ist er gewesen. Und das sagt schon was. Weil, er war so stolz auf seine Anstellung beim Magistrat. Noch nicht einen Tag ist er krank gewesen, seit er dort arbeitet. Jedenfalls habe ich mir deshalb zusammengereimt, dass er es sein könnte. Natürlich hoffe ich, dass ich mich irre. Aber je länger ich darüber nachdenke und je mehr Berichte ich lese, desto sicherer bin ich …«

Sie begann zu weinen und kramte ein Taschentuch aus einer ihrer Schürzentaschen, mit dem sie sich die Tränen aus den Augenwinkeln tupfte. Da bekam der Steinwender natürlich ein schlechtes Gewissen, weil er ihr gar so offen gezeigt hatte, dass er nicht gewillt war, ihr zu glauben. Wahrscheinlich lenkte er deswegen ein und versuchte, der Dame möglichst sanft zu erklären, dass diese Dinge für sich alleine gesehen noch gar nichts heißen mussten, und sie sich nicht so große Sorgen machen müsse, wenn es sonst keine Anhaltspunkte gebe.

»Das stimmt schon, Herr Inspektor. Aber er hat halt auch so komische Freunde, der Richard. Von deren Gesinnung will ich erst gar nicht anfangen. Da sind richtig unheimliche Typen dabei. Überhaupt dieser eine. So ein großer, schlanker. Mit stechenden Augen. Wie heißt er noch gleich …?«

Sie versuchte offenbar krampfhaft, sich an den Namen zu erinnern, kam aber nicht gleich drauf.

»Mir fällt im Moment nicht ein, wie er heißt, aber er ist ein guter Freund vom Richard. Er hat ihn sogar ein paar Mal mit hierher gebracht. Aber ich habe ihn nicht leiden können.«

Draußen in der Küche ertönte ein schriller Pfeifton. Sofort erhob sich Frau Horak, entschuldigte sich und ging hinaus, um, wie sie sagte, den Kaffee fertigzumachen. Damit war sie zwar aus dem Raum, aber lange nicht weit genug weg für die Beamten, um ungestört über das bisher Gehörte reden zu können. Daher zogen sie es vor zu schweigen, während ihre Gastgeberin in der Küche mit dem Geschirr hantierte. Im sich Anschweigen hatten die Herren ja bereits jede Menge Übung. Deswegen schafften sie es auch ohne große Mühe, die Zeit zu überbrücken, die die Frau Horak brauchte, um den Kaffee auf den Tisch zu bringen. Kaum hatte sie das erledigt, stellte sie fest, dass sie vergessen hatte, Milch und Zucker mitzubringen.

»… Ernst!«, rief sie auf halbem Wege zwischen Wohnzimmer und Küche aus und klang dabei fast ein wenig erleichtert. »Ich glaube, er heißt Ernst. Fiala, wenn mich jetzt nicht alles täuscht.« Sie stellte das Milchkännchen und die Zuckerdose auf den Tisch, drehte sich um und holte ein Fotoalbum aus einem der Kästen. Während sie zu ihrem Platz zurückging, fing sie bereits an, darin zu blättern. »Da, schauen Sie her, Herr Inspektor. Das sind Bilder aus dem letzten Sommer. Da waren wir alle zusammen am Gänsehäufel*.« Sie drehte das Album so herum, dass die Beamten die Bilder gut sehen konnten. »Schauen S' genau hin! Sehen Sie das? Die vielen Haare, die mein Bub auf dem Körper hat? Sein Lebtag hat er sich dafür auslachen lassen müssen. Aber jetzt sind sie vielleicht doch für was gut …«

Sowohl der Steinwender als auch der Strobel betrachteten die Bilder genau. Was sie sahen, war tatsächlich etwas ungewöhnlich. Richard Horak sah in Badehosen nämlich aus, als hätte er einen dunklen Pullover angehabt.

»Ich habe in den Nachrichten gehört, dass da vielleicht jemand einen Bus mit jüdischen Migranten in die Luft hat sprengen wollen. Da ist mir natürlich gleich dieser Fiala in den Sinn gekommen, weil der ja ein Nazi ist. Ich habe zwar immer gehofft, dass er den Richard nicht mit hineinzieht, in diese braune Soße, aber offenbar hat er es doch geschafft. Dabei hätte doch alles so schön sein können. Familie hat er gehabt und eine gute Anstellung beim Magistrat …«

---

* bewaldete Sandinsel mit Strandbad im 22. Wiener Gemeindebezirk

Jetzt brachen alle Dämme bei der Mama Horak, und sie weinte lautstark in ihr Taschentuch. Dem Strobel erschien jetzt zwar wahrscheinlicher, dass es sich bei dem Opfer tatsächlich um den Richard Horak handelte, aber erwiesen war das freilich noch lange nicht. Deshalb versuchte er natürlich, die arme Frau zu beruhigen. So von wegen, es wird schon nicht so schlimm sein und so. Aber das wollte die Frau nicht hören. Gelten lassen schon gar nicht. Felsenfest war sie davon überzeugt, ihren Sohn verloren zu haben. Das Gegenteil konnte der Strobel auch nicht beweisen. Der inzwischen leicht genervte Kollege Steinwender versprach der Frau schließlich, die Kriminalpolizei werde der Sache so rasch als irgendwie möglich auf den Grund gehen und ihr Bescheid geben, sobald die Angelegenheit geklärt sei. Sehr sachlich und auch ziemlich unpersönlich diese Formulierung. Aber anders hat sich der Steinwender halt nicht zu helfen gewusst. Denn natürlich ist auch ihm die Trauer der Frau an die Nieren gegangen. Trotzdem fragte er sie noch, ob er eines der Fotos behalten könne und ob sie vielleicht die Adresse ihres Sohnemannes habe. Dem Strobel fiel in letzter Sekunde noch ein, die Frau nach der Blutgruppe von Richard Horak zu fragen.

Danach verabschiedeten sich die beiden Herren und verließen die Wohnung. Das wirkte fast ein bisschen überstürzt, so eilig, wie sie es hatten, von der weinenden Frau Horak wegzukommen. Aber das tut im Wesentlichen nichts zur Sache. Im Gegensatz zu den weiteren Ermittlungen. Die tun schon etwas zur Sache.

Aber vorher mussten die Ordnungshüter zurück auf die Dienststelle und dem Travnicek Bericht erstatten.

Sie waren noch keine Minute unterwegs, als der Steinwender rechts ran fuhr und den Strobel direkt ansah. »Was denkst du? Ist er unser Mann?«

»Alles zusammen betrachtet, könnte er es schon sein …«, antwortete der Strobel etwas zögerlich, weil er nicht so genau wusste, was er hätte sonst sagen sollen. Gewusst hat er die Antwort ja nicht. Woher auch? Der Steinwender war mit dieser Antwort nicht zufrieden, wie er sogleich zum Ausdruck brachte: »Bla bla bla, Burli. Ich will nicht wissen, was du im Hirn darüber denkst. Ich möchte wissen, was du für ein Gefühl hast. Horch in dich hinein und erzähl mir, was dein Instinkt dir sagt. Oder hast keinen? Bauchgefühl, Burli. Das ist total wichtig für einen guten Kiberer! Verstehst?«

Natürlich verstand der Strobel das. Immerhin hatte er sich in der Vergangenheit schon des Öfteren von genau diesem Bauchgefühl leiten lassen und war damit nicht einmal schlecht gefahren. Letztendlich hatte es ihn dorthin gebracht, wo er jetzt war. Genau das sagte er dem Steinwender jetzt auch. Der nahm es gelassen und beharrte auf die Beantwortung seiner Frage: »Ja oder nein, Burli? Das andere Gequatsche interessiert mich nicht.«

»Wennst mich so fragst,« sagte der Strobel nach kurzem Nachdenken, »haben wir nach meinem Bauchgefühl unseren Toten identifiziert.«

»Das glaube ich auch!«, erwiderte der Steinwender entschieden und verfiel gleich darauf wieder in Schweigen.

KAPITEL 10

»Das klingt tatsächlich vielversprechend!«, stellte der Chefinspektor Travnicek fest, als der Steinwender mit seinem Bericht fertig war, und übertrug ihnen die weiteren Ermittlungen zur Person Richard Horak.

»Wäre gut, wenn wir das heute noch klären könnten«, fügte er noch hinzu, betonte aber zugleich, ihnen keinen Druck machen zu wollen. Der Strobel wollte daraufhin gleich wieder los, um zu tun, was eben zu tun war. Aber der Steinwender dachte nicht daran, sofort an die Arbeit zu gehen. Mittagszeit war angesagt. Kaum war das ausgesprochen, meldete sich dem Strobel sein Magen mit einem lauten Knurren.

»Siehst, Burli? Hetzen bringt gar nichts.«

»Ja ich weiß«, antwortete der Strobel, »ohne Mampf kein Kampf!«

Das war anscheinend ein Spruch, den der Steinwender noch nicht gekannt hatte, der aber voll nach seinem Herzen war. Zumindest schloss das der Strobel aus der Tatsache, dass sein sonst so mürrisch wirkender Partner in schallendes Gelächter ausbrach. »Genau Burli! Ohne Mampf kein Kampf.«

Der Steinwender brauchte bis zum Parkplatz, um sich wieder einigermaßen zu beruhigen. Der Strobel beschloss, die heitere Stimmung auszunutzen, um endlich sein Anliegen vorzubringen. Aber wie heißt es so schön? Erstens kommt es anders und zweitens, als man denkt. So auch in diesem Fall. Weil schon auf dem Weg ins Wirtshaus verwickelte der Steinwender den Strobel in ein Gespräch über den Fall und ging noch einmal alle Theorien mit ihm durch. Der Steinwender vertrat unter anderem die Meinung, dass die Sache mit dem Bombenleger Kubart noch lange nicht vom Tisch war. Selbst dann nicht, wenn es sich bei der Leiche wirklich um den Horak handelte.

»Der Name alleine sagt noch lange nicht aus, wer dem armen Kerl das angetan hat!«, sagte er, und der Strobel musste ihm Recht geben. Aus dem Spiel war dieser Kubart wirklich noch nicht. Danach diskutierten sie die Wahrscheinlichkeit eines Anschlags auf das Migrantenlager, kamen aber zu dem Schluss, dass ihnen diese Sache nicht wirklich plausibel vorkam. Auf der Autobahn zu versuchen, einen Bus mit einer am Straßenrand versteckten Bombe zu attackieren, erschien vor allem dem Strobel eindeutig zu abenteuerlich.

»Auf einer schmäleren Straße, wo der Bus langsamer hätte fahren müssen, lasse ich mir das ja noch einreden«, argumentierte er, »aber auf der Autobahn bei Tempo 100 müsste das schon sehr präzise über die Bühne gehen. Da müssten die Täter wohl oder übel in Sichtweite bleiben.«

Eine Überlegung, die der Steinwender nicht entkräften konnte, was er auch ohne Weiteres zugab. Sie waren so eifrig am Diskutieren, dass der Strobel später nicht einmal mehr sagen konnte, in welchem Lokal sie zu Mittag gegessen hatten. Aber dass es gut gewesen war, daran konnte er sich erinnern. Genau wie an das Gespräch mit dem Steinwender natürlich.

»Weißt was Burli«, gähnte der Steinwender nach der opulenten Mahlzeit, »die Kollegen vom Horak befragst du jetzt. Ich bin nach dem Essen immer so müde …«

Und diesmal störte es den Strobel gar nicht, so angeredet zu werden. Vielmehr war er froh, endlich etwas tun zu dürfen. Und wenn es nur die Befragung von Zeugen war. Wahrscheinlich störte es ihn deshalb auch nicht, dass sein Partner vor dem Magistrat nicht einmal aus dem Auto stieg, um mit ihm hineinzugehen. Stattdessen legte er die Lehne seines Sitzes um und machte es sich bequem.

»Weck mich, wennst wieder da bist.«

Mit diesem Satz war für den Steinwender offensichtlich alles gesagt, was gesagt werden musste. Der Strobel nahm die Sache mit Humor. Immerhin, so dachte er, würde da drinnen keine gefährliche Situation auf ihn warten. Er wollte ja nur ein paar Informationen über diesen Horak einholen. Was sollte da schon groß passieren?

Viel Wissenswertes erfuhr der Strobel über den Horak allerdings nicht. Weder von seinen Kollegen noch von seinem Chef. Lediglich die Tatsache, dass der Mann seit zwei Tagen nicht zum Dienst erschienen war, ohne sich krankzumelden. Der Grundtenor war bei allen Personen, mit denen der Strobel redete, gleich. Der Horak war ein unauffälliger Zeitgenosse. Zwar immer höflich, nett und hilfsbereit, aber trotzdem irgendwie verschlossen. Niemand wusste etwas zu sagen, das den Strobel weitergebracht hätte. Was das Privatleben vom Horak anging, kannten seine Kollegen lediglich die Eckdaten. Verheiratet, ein Kind. Das war so ziemlich alles. Ansonsten schien die Person des Horak ein völlig unbeschriebenes Blatt zu sein. Keine Informationen zu Freunden oder Bekannten. Diese Befragungen grenzten für den Strobel beinahe schon an Zeitverschwendung. Bis er zu dem Mann kam, der sich in den letzten fünf Jahren das Büro mit dem Horak geteilt hatte.

Der wusste zwar auch nicht mehr über dessen Privatleben, machte dafür aber eine nicht ganz uninteressante Aussage zu den letzten Arbeitstagen seines Kollegen. Unrund und gereizt sei er gewesen, der Horak. Und noch um einiges schweigsamer als sonst. Am letzten Tag seiner Anwesenheit habe er dann das Büro vorzeitig verlassen, um einen nicht näher genannten wichtigen Termin wahrzunehmen. Er habe den ganzen Tag über sehr beunruhigt gewirkt. So erzählte der Bürokollege. Nachgefragt habe er freilich nicht. So gut, meinte er, habe man sich schließlich nicht gekannt. Die letzte Bemerkung irritierte den Strobel ein wenig. Seit fünf Jahren hockten sich die beiden Männer tagtäglich gegenüber. Nach dieser langen Zeit so wenig über seinen Bürokollegen zu wissen, war für ihn kaum glaubhaft. Er ersparte sich aber jeglichen Kommentar, bedankte sich und ging.

Insgesamt gesehen hatte er keine umwerfenden Erkenntnisse gewinnen können. Aber sie ließen doch den Schluss zu, dass sich etwas im Leben vom Horak ereignet haben musste, das ihn aus der Bahn geworfen hatte. Zudem war es für den Strobel jetzt um einiges wahrscheinlicher, dass dieses Stück haarige Rückenhaut in der Gerichtsmedizin tatsächlich dem Horak gehört hatte. So viele Zufälle schienen ihm doch sehr unwahrscheinlich.

Als er zum Wagen zurückkam, schlummerte der Steinwender selig. Allerdings hockte er jetzt auf dem Beifahrersitz. Eine deutliche Botschaft für den Strobel, der diese Tatsache nicht besonders amüsant fand. Schließlich bedeutete das, er würde selbst fahren müssen. Und das in Wien, wo er sich kaum auskannte. Er hatte nämlich nicht die geringste Ahnung, wie er von der Hermanngasse in die Quadenstraße kommen sollte. Dort mussten sie nämlich als Nächstes hin. Zur Wohnung vom Richard Horak im Rudolf-Huber-Hof. Die Adresse sagte dem Strobel natürlich nichts. Ehrlicherweise muss an dieser Stelle gesagt werden, dass der Mann noch nicht einmal wusste, über welche Strecke er in den 22. Bezirk kommen sollte.

Von daher hatte er keine andere Wahl, als seinen Kollegen zu wecken. Die Reaktion vom Steinwender rang dem Strobel einmal mehr einiges an Beherrschung ab. Der öffnete nämlich wortlos das Handschuhfach, griff hinein und drückte dem Strobel eine Straßenkarte von Wien in die Hand.

»Planlesen wirst ja wohl können, Burli«, sagte er, lehnte sich zurück und schloss die Augen. Da musste sich der Strobel schon ein kleines Mantra vorbeten, um ihm nicht an die Gurgel zu gehen. »Du bist der Neue. Du musst dich erst beweisen. Bewahre die Ruhe. Lass dich nicht provozieren!« So in der Art sahen die Gedanken vom Strobel in dem Moment aus. Er nahm den Plan, faltete ihn auseinander, legte ihn auf das Dach des Wagens und suchte eine passende Route. Das ging ihm wesentlich einfacher von der Hand, als er gedacht hatte. Als er fertig war, faltete er den Plan so weit zusammen, dass er ihn problemlos mit ins Auto nehmen konnte, und fuhr los.

Der Steinwender schien tief und fest zu schlafen. Zumindest rührte er sich während der ganzen Fahrt nicht. Und so fuhr der Strobel halt quer durch die Stadt, warf immer mal wieder einen Blick auf den Plan und kam insgesamt gesehen ganz gut voran. Als er die Reichsbrücke überquerte, bewunderte er still die Ingenieurskunst, die hinter diesem Bauwerk stand. Ich meine, wie hätte der Mann auch wissen sollen, dass die Brücke ziemlich genau drei Jahre später einstürzen würde?

Am Ziel in der Quadenstraße angekommen, traute der Strobel seinen Augen kaum. Bei der Adresse Rudolf-Huber-Hof handelte es sich nämlich um einen riesigen Wohnblock. Wobei das Wort »Block« dem Strobel noch nie so passend erschienen war wie hier. Als Mensch vom Land konnte er mit diesen Plattenbauten, die erst zwei Jahre zuvor aus dem Boden gestampft worden waren, nichts anfangen. Die Vorstellung, hier wohnen zu müssen, verursachte ihm Gänsehaut, und er fragte sich ernsthaft, ob sich hier tatsächlich jemand wohlfühlen konnte. Lange Zeit, um darüber nachzudenken, bekam er allerdings nicht, weil ihn der Steinwender zur Eile antrieb: »Was ist los, Burli? Hast Wurzeln geschlagen? Geh und red mit der Frau.«

Wieder machte der Steinwender keine Anstalten mitzukommen. Stattdessen setzte er sich auf eine der Bänke, die in der Anlage standen, und ließ sich die Sonne ins Gesicht scheinen. Also zog der Strobel los und suchte die passende Stiege.

In der Wohnung erwartete ihn eine völlig in Tränen aufgelöste Eva Horak. Wie sich herausstellte, hatte sie bereits mit ihrer Schwiegermutter telefoniert und von dieser erfahren, dass ihr Richard höchstwahrscheinlich nicht mehr unter den Lebenden weilte. Das erleichterte dem Strobel zwar einerseits die Arbeit, weil er die schlechte Nachricht nicht selbst überbringen musste, machte sie andererseits aber auch ein bisschen schwieriger, weil die Frau durch das viele Geschluchze kaum zu verstehen war. Der Strobel wartete, bis sie sich einigermaßen beruhigt hatte, und sah sich derweil in der Wohnung um. In einer Vitrine im Wohnzimmer fielen ihm einige Pokale und Medaillen auf. Er trat näher heran, um sie anzusehen.

»Die gehören meinem Mann. Er hat leidenschaftlich Karate gemacht. Da war er richtig gut drin.«

Dann erzählte sie, nicht ohne Stolz, von den sportlichen Leistungen ihres Angetrauten. Da sie sich dabei mehr und mehr beruhigte, hörte der Strobel eine Weile zu, bevor er behutsam das Thema wechselte und seine Fragen stellte. Eine halbe Stunde brauchte es insgesamt, bis er die spärlichen Informationen aus der Frau herausgebracht hatte. Sie konnte nämlich auch nicht viel mehr sagen, als er ohnehin schon wusste. Sie vermisste ihren Mann seit zwei Tagen. Als sie ihn zum letzten Mal gesehen hatte, war er ihr seltsam und verschlossen vorgekommen. Sie hatte geglaubt, er habe Probleme bei der Arbeit. Auf Fragen ihrerseits sei er nicht eingegangen, sondern habe sie nur halbherzig beschwichtigt. Von einer angeblichen rechtsradikalen Gesinnung ihres Gatten wollte sie nichts gewusst haben.

Erst als die Rede auf seinen Freundeskreis kam, wurde Frau Horak deutlicher. Genau wie ihre Schwiegermutter erzählte sie von diesem Ernst Fiala.

»Das ist der einzige Freund meines Mannes, den ich zu Gesicht bekommen habe. Ein unangenehmer Mensch, wenn Sie mich fragen. Ich weiß gar nicht, warum sich der Richard mit so einem abgegeben hat. Mir war der Kerl unheimlich.«

Näher begründen konnte sie das allerdings nicht. Es sei, so sagte sie, lediglich ein Gefühl gewesen. Weibliche Intuition quasi. Jedenfalls habe ihr Mann mit diesem Fiala sehr viel Zeit verbracht. Ob Fiala möglicherweise etwas mit dem Verschwinden ihres Mannes zu tun hatte, konnte sie nicht sagen. An dieser Stelle brach sie das Gespräch ab und beförderte den Strobel hinaus: »Jetzt muss ich Sie leider bitten zu gehen. Ich muss unsere Tochter von der Schule abholen und bin schon spät dran«, sagte sie, schlüpfte in ihre Schuhe, griff nach der Handtasche und öffnete die Wohnungstür. Der Strobel war schon halb draußen, als ihm doch noch eine Frage einfiel: »Wissen Sie vielleicht, wo dieser Fiala wohnt? Oder wo er arbeitet?«

Eva Horak dachte einen Augenblick nach, bevor sie verneinte. »Das weiß ich leider nicht, Herr Inspektor. Zumindest kann ich mich nicht daran erinnern, mit dem Richard je darüber gesprochen zu haben.«

Als sie gemeinsam die Treppen hinunter gingen, rang sich die Frau Horak zu einer Frage durch:

»Glauben Sie wirklich, dass der Mann auf der Autobahn mein Richard gewesen ist? Kann es nicht einfach nur Zufall sein, dass er ausgerechnet jetzt zwei Tage nicht nach Hause gekommen ist?«

Und siehst du, da wusste der Strobel nicht so recht, was er antworten sollte. Denn wirklich gewusst hat zu diesem Zeitpunkt ja noch keiner, ob es der Horak war. Es sprach nur einiges dafür. Hoffnungen wollte er der Frau deswegen nicht machen. Von daher versuchte er es möglichst diplomatisch:

»Um ehrlich zu sein, sind wir noch nicht ganz sicher. Sie sollten sich aber keine falschen Hoffnungen machen …«

»Danke«, war alles, was die Frau Horak darauf sagte. Den Rest des Weges gingen sie schweigend. Vor dem Haus reichte der Strobel der Frau die Hand und verabschiedete sich. Da zog sie ihn völlig unerwartet zu sich heran, umarmte ihn und flüsterte ihm etwas ins Ohr: »Versprechen Sie mir, dass Sie den Verbrecher finden, der meinem Mann das angetan hat.« Dann ließ sie los, drehte sich um und ging, ohne eine Antwort abzuwarten. Der Strobel sah ihr noch einen Moment nach, bevor er zum Wagen zurückging.

Der Steinwender saß nicht mehr auf der Bank, sondern spielte mit ein paar Kindern auf dem Rasen Fußball. Offenbar hatte er das »Betreten Verboten«-Schild nicht gesehen. Der Strobel ersparte es sich jedoch, seinen Kollegen darauf aufmerksam zu machen. Stattdessen setzte er sich auf die Bank, sah den Spielenden zu und überlegte sich die nächsten Schritte. Und wie du dir sicher schon denken kannst, beschloss er, diesen Ernst Fiala ausfindig zu machen und zu befragen. Als habe der Steinwender die Gedanken vom Strobel gelesen, stand er auf einmal da.

»Na komm, Burli. Fahren wir und suchen diesen ominösen besten Freund. Wie heißt der gleich noch mal …?«

»Fiala. Ernst Fiala.«

Unterwegs ließ er sich berichten, was die Frau vom Richard Horak so erzählt hatte. Ihr nächster Weg führte sie zum Zentralmeldeamt. Irgendwo mussten sie mit der Suche schließlich beginnen. Und wie so oft im Leben, gestaltete sich diese Suche nicht ganz so einfach, wie sie es sich gewünscht hätten. Es gab nämlich nicht nur einen Ernst Fiala im passenden Alter, sondern gleich vier.

»Was ist, Burli? Wie willst du's machen? Zuerst alle überprüfen und so vielleicht den Richtigen finden, oder einfach zu allen hinfahren und sie gleich befragen?«

Der Strobel entschied sich nach kurzer Überlegung für die zweite Variante. Der Steinwender hielt ihm daraufhin die Zettel mit den Adressen vor die Nase.

»Na dann such dir einen aus …«

KAPITEL 11

Während der Strobel auf der Jagd nach einem brutalen Mörder war, beschäftigte sich seine Herzallerliebste mit ganz anderen Themen. Die Frau Doktor suchte nämlich nach wie vor nach einem Weg, wie sie dem Strobel ihren Wunsch nach Familiengründung näher bringen konnte, ohne viel Druck aufzubauen. Freilich wäre es wohl am einfachsten gewesen, hätte sie ihm ganz einfach bei einem guten Glas Wein gesagt, was sie wollte. Aber, da war sich die Frau ganz sicher, das hätte den Strobel wohl mehr abgeschreckt als begeistert.

Ich meine, das Thema Hochzeit für sich alleine war schon, um es worttechnisch einmal ein kleines bisschen zu verniedlichen, schwierig. Ihren Wunsch nach Nachwuchs auszudrücken, getraute sie sich aber erst gar nicht. Obwohl es für die Frau Doktor allerhöchste Zeit war, hörte sie doch schon ihre biologische Uhr ticken. Ziemlich laut sogar.

Der Strobel und zwischenmenschliche Bindungen waren halt zwei Faktoren, die nur schlecht vereinbar zu sein schienen. Sehr zu ihrem Leidwesen, wie sie ihren Freundinnen gegenüber schon das eine oder andere Mal erwähnt hatte. Wie das bei solchen Gesprächen oft so ist, war bei einem dieser Frauengespräche die Idee geboren worden, den Strobel langsam an das Thema Bindung heranzuführen. Und zwar so, dass er es selber gar nicht mitbekam. Jetzt fragst du dich wahrscheinlich, wie das funktionieren sollte. Und siehst du, ich will dir das sehr gerne erklären:

Ein Hund sollte es richten. Immerhin, so der Gedanke, war er doch der beste Freund des Menschen und überaus treu. Zudem mochte der Strobel Hunde gerne. Das glaubte die Frau Doktor zumindest im Laufe der Zeit festgestellt zu haben. Danach gefragt hatte sie ihn aber noch nicht. Obwohl sie diesen Gedanken schon seit einigen Wochen mit sich herumtrug.

Wieder einmal war es der pure Zufall, der die Dinge ins Laufen brachte. Und zwar in Gestalt einer gewissen Frau Kasinger. Ihres Zeichens Leiterin eines Seniorenheims in Korneuburg, deren Bekanntschaft die Frau Doktor im Zuge einer Gerichtsverhandlung gemacht hatte, in der die Frau Kasinger als Zeugin aufgetreten war. Danach hatte sie die Frau nie wieder gesehen. Bis jetzt. Denn genau in dieser sensiblen Phase ihres Lebens traf die Frau Doktor wieder auf die Frau Kasinger. Sie hatte an dem Tag im Tierheim zu tun. Aber nicht wegen der vielen Viecherln, die dort auf neue Besitzer warteten, sondern wegen einem ehemaligen Angestellten, der behauptet hatte, dass dort ganz furchtbare Zustände herrschen sollten.

Die Frau Rat, ihrerseits eine große Tierfreundin, hatte es sich in dieser Angelegenheit nicht nehmen lassen, höchst selbst einen Lokalaugenschein durchzuführen. Und zwar inkognito. Um hier nicht unnötig lange herumzureden, sei gleich gesagt, dass diese Anschuldigungen völlig aus der Luft gegriffen waren. Das hatte der Kerl nur gemacht, weil er sich für seine Entlassung rächen wollte. Das sei am Rande erwähnt. Vertiefen möchte ich das aber nicht.

Jedenfalls besuchte die Frau Doktor das Tierheim mehrmals. Das erste Mal überschritt sie die Schwelle in dem Augenblick, in dem der Strobel ganz fasziniert auf das Hinterteil der Gerichtsmedizinerin geglotzt hat. Ich meine, vielleicht hat die Frau Doktor das irgendwie gespürt. Oder ihr sechster Sinn hat sie gewarnt. Keine Ahnung. Möglicherweise war es aber auch nur Zufall. Sei's wie es sei, sie dachte an ihren Herzbuben und an ein Gespräch, das sie Tage zuvor mit ihren Freundinnen geführt hatte. Darin war es sinngemäß darum gegangen, den Strobel wieder an das Thema Familie heranzuführen. Da hatte die Kerbler Annemarie in ihrer Funktion als Psychologin nämlich erwähnt, sie habe in einer Fachzeitschrift einen Artikel über Therapiemethoden mithilfe von Tieren gelesen.

Klar, die Frau hatte das eher scherzhaft gemeint, weil es bei diesen Therapien in Wahrheit nicht darum ging, Vaterschaftsverweigerern wieder Lust an der Ehe und der Zeugung von Nachwuchs einzuhauchen. Ganz und gar nicht. Zumal die Forschungen dieser Art damals noch in den Kinderschuhen steckten. Heutzutage ist das ganz normal. Delfintherapie, Hippotherapie, Hundetherapie und was weiß ich noch alles für Therapien. Alles ganz normal. Aber damals eben noch nicht. Wie dem auch sei.

Auf jeden Fall hat die Frau Doktor in dem Tierheim die Frau Kasinger wiedergesehen. Jetzt fragst du dich wahrscheinlich, wieso sie die Leiterin des Seniorenheims im Tierheim getroffen hat. Und das ist zwar keine dumme Frage, aber lange nicht so geheimnisvoll, wie man meinen möchte. Denn die Frau Kasinger war dort, um einen Hund abzugeben. Eine Idee, die offenbar sehr wenig Anklang bei der Mitarbeiterin des Tierheims fand. Diese verweigerte nämlich vehement die Annahme des Tieres. Darüber war zwischen den Damen eine Diskussion entbrannt, die sie derart hitzig führten, dass sie die Frau Doktor nicht kommen hörten. Deswegen bekam die brühwarm mit, worum es ging. Die lange Geschichte kurz erzählt, ist, dass die Frau Kasinger das Tier offenbar vor einigen Monaten aus eben diesem Heim geholt hatte. Zur Freude der Senioren, die sich in ihrer Obhut befanden, und gegen den Rat der Mitarbeiterin. Jetzt war sie aber wieder da und wollte den Hund zurückgeben, ohne einen konkreten Grund dafür zu nennen.

Neben ihr hockte mit heraushängender Zunge und treuherzigem Blick der Hund. Dunkelbraun, glänzend, leicht zottelig und absolut gutmütig wirkend saß er da, und es sah fast so aus, als wüsste er ganz genau, dass es hier um seine Zukunft ging. Die Frau Doktor betrachtete den Hund ausgiebig und fand ihn überaus hübsch. Sie war geistig gerade bei der Frage angekommen, um welche Rasse es sich wohl handelte, als die Mitarbeiterin des Tierheims sie entdeckte.

»Guten Tag, was kann ich für Sie tun?«

»Ich bin auf der Suche nach einem Familienhund und würde mich sehr gerne ein bisschen umschauen«, antwortete die Frau Doktor ohne lange nachzudenken, und die Mitarbeiterin erlaubte es ihr.

»Sie können schon voraus gehen. Ich komme nach, sobald ich hier fertig bin.«

Das mit dem fertig werden zog sich allerdings ganz schön in die Länge, weil keine der beiden Frauen nachgeben wollte. Die Frau Doktor schlenderte derweil zwischen den Zwingern umher und betrachtete die darin untergebrachten Tiere, die sie teilweise sehr laut begrüßten. So laut nämlich, dass sie nicht die ganze Unterhaltung hören konnte. Sie reimte sich aber zusammen, dass sich die Senioren, nach anfänglicher Begeisterung, plötzlich vor dem Hund fürchteten. Aus welchen Gründen auch immer. Getan hatte er nämlich keinem was. Trotzdem sollte er zurück. Das Ende der Diskussion sah so aus, dass die Frau Kasinger der verdutzten Mitarbeiterin die Leine in die Hand drückte und sich vom Acker machte. Da half alles Protestieren nichts.

»Sieht so aus, als würdest du wieder hier einziehen, Bruno«, sagte die Frau und streichelte den Hund am Kopf, der das sichtlich genoss. Dann erinnerte sie sich daran, dass sie nicht alleine war, und kam mit dem Hund an der Leine auf die Frau Doktor zu. Ohne lange um den heißen Brei herumzureden, stellte sie sich als Frau Zwieselbauer vor. Sie offerierte der Frau Doktor den Bruno als idealen und treuen Familienhund. Als wollte er das beweisen, begann der Hund, die Hand der Frau Doktor zu lecken und sah sie traurig an. Das alles passierte so schnell, dass die Angesprochene sich fast hätte überrumpeln lassen. Im wirklich allerletzten Moment rettete sie das Läuten des Telefons. Als die Frau Zwieselbauer ran ging, machte die Frau Doktor, dass sie wegkam. Damit war die Sache zwar fürs Erste erledigt, aber die Saat war gesät worden und hatte sich im Herzen der Frau festgesetzt. Soll heißen, sie dachte die nächsten Tage immer wieder an den Bruno und seinen treuherzigen Blick. Ja, sie hatte sich verliebt, die Frau Doktor. Bereits zwei Tage später telefonierte sie mit ihrer Psychologenfreundin und bat sie, ihr doch den Artikel über die Tiertherapie zukommen zu lassen. Denn warum sollte mit dem Strobel und einem Hund nicht derselbe Erfolg erzielbar sein wie bei Kindern und Pferden?

Damit war, du ahnst es sicher schon, eine Entscheidung gefallen. Das war der Frau nur noch nicht bewusst. Niemand kann heute sagen, ob sie sich anders entschieden hätte, wäre sie zwei Tage zuvor in der Gerichtsmedizin anwesend gewesen, als ihr Herzblatt sich ziemlich für ein fremdes Frauenhinterteil begeisterte. Oder ein paar Stunden später, als der Strobel sich mit der Frau Tuba verabredete. Dazu aber gleich mehr.

KAPITEL 12

Das Abklappern der Adressen begann für die beiden Ordnungshüter nicht sonderlich gut. Gleich die ersten zwei waren nicht zu Hause. Der dritte war vom Hals abwärts gelähmt, und bei Nummer vier stimmte offenbar die Adresse nicht mehr. Insgesamt gesehen könnte man also sagen, dass die Sache beschissen lief und es kein Wunder war, dass ihre Gesichter immer länger wurden. Der Gedanke, dass der Vorschlag vom Steinwender der bessere gewesen wäre und er ihm damit neuerlich Munition geliefert hatte, ihn aufzuziehen, war für den Strobel ein echter Stimmungskiller. Zum Glück verzichtete der Steinwender darauf, den Strobel darauf hinzuweisen, dass es seine Idee gewesen war, die Ermittlungen auf diese Weise zu führen. Andernfalls wäre es sicherlich zum Streit gekommen, so geladen, wie der Strobel war.

»Ich würde sagen, wir fahren ins Büro zurück, überprüfen die Herrschaften und besuchen sie am Abend wieder«, schlug der Steinwender vor und klang dabei komplett neutral. Kein Schulmeistern, kein versteckter Vorwurf. Einfach nur ein Vorschlag, den der Strobel freilich dankbar annahm. Was hätte er auch sonst tun sollen?

Auf der Dienststelle fand der Strobel eine Notiz auf seinem Schreibtisch vor. »Dr. Tuba zurückrufen«, stand da zu lesen und eine Telefonnummer. Der Strobel fragte sich, was die Frau wollen könnte und wählte sogleich die Nummer. Als hätte sie auf diesen Anruf gewartet, hob sie sofort ab. Ihm fiel sofort ihre weiche Telefonstimme auf. Nachdem er sich zu erkennen gegeben hatte, meinte sie, er solle doch bitte noch einmal vorbeikommen, da sie ihm etwas zu sagen habe. Der Strobel legte auf und suchte den Steinwender. Er fand ihn im Aufenthaltsraum, wo er versonnen an einer Tasse Kaffee nippte.

»Ah geh, Burli, da kannst doch auch alleine hinfahren«, meinte der nur, als der Strobel ihn aufforderte, mit ihm in die Gerichtsmedizin zu fahren. Natürlich hatte er damit recht, aber der Strobel wünschte sich halt mehr Teamgeist von seinem Partner. Trotzdem sagte er nichts, sondern zog leicht resigniert ab. Auf dem Flur begegnete ihm der Chefinspektor Travnicek.

»Na wie läuft's, Strobel? Alles klar? Kommst gut aus mit dem Schurli?«

Flüchtig dachte der Strobel daran, sich bei seinem Chef zu beschweren. Er ließ es aber sein, weil es absolut nicht in seiner Natur lag, sich bei einem Vorgesetzten über Kollegen zu beschweren. Jetzt damit anzufangen, erschien ihm nicht wirklich klug. Also lächelte er, so gut er konnte, und antwortete, dass alles in bester Ordnung sei. Um sich weitere Fragen zu ersparen, teilte er seinem Chef gleich mit, dass er einen Termin in der Rechtsmedizin hatte, und ging seiner Wege.

»Tummel dich aber, weil in zwei Stunden ist Besprechung mit dem Oberst«, rief ihm der Travnicek nach, als er die Stiegen hinuntereilte.

Als er vor dem Institut aus dem Wagen stieg, verspürte er auf einmal ein seltsames Gefühl im Magen. Aber nicht wegen der schlimmen Gerüche, die ihn erwarteten. Nein. Es war eher ein Gefühl der aufgeregten Vorfreude, das ihm da durch die Eingeweide geisterte. Warum, wusste er selbst nicht zu sagen. Immerhin hatte er die Medizinerin erst einmal gesehen und nicht besonders viel mit ihr gesprochen. Ihre optischen Reize hatten sich jedoch auf seine Festplatte gebrannt. Gar keine Frage. Zügig ging er zu ihrem Büro, klopfte und trat ein. Die Rechtsmedizinerin lächelte ihm strahlend entgegen.

»Wo haben Sie denn Ihren Kollegen gelassen, Herr Bezirksinspektor?«, flötete sie geradezu, und der Strobel gewann den Eindruck, sie freute sich darüber, dass er alleine gekommen war.

»Der hatte leider noch etwas zu erledigen. Was gibt's denn so Dringendes? Haben sich Neuigkeiten ergeben?«

Sie sah ihm direkt in die Augen und lächelte verschmitzt.

»Eigentlich nicht. Ich bin lediglich fertig mit der Untersuchung der Teile. Ich habe nur angerufen, um Ihnen meine endgültigen Ergebnisse mitzuteilen. Die unterscheiden sich aber nicht wirklich von dem, was ich Ihnen schon gesagt habe.«

Jetzt kannst du dir wahrscheinlich denken, dass sich der gute Mann gefragt hat, warum er unbedingt hat kommen müssen, wenn es nichts zu sagen gab. Gestellt hat er ihr diese Frage aber nicht. Stattdessen erwiderte er ihr Lächeln und wartete ab, ob sie doch noch etwas sagte. Hat sie aber nicht. Zumindest nichts Dienstliches. Die Frau Doktor Tuba verwickelte den Strobel in ein Privatgespräch, und er bekam langsam, aber sicher den Eindruck, dass sie dabei versuchte, mit ihm zu flirten. Und siehst du, in dieser Situation hat es sich gezeigt, dass der Strobel halt auch nur ein Mann war. Soll heißen, er fühlte sich total geschmeichelt und ließ sich auf diesen Flirt ein. Bereitwillig beantwortete er ihre Fragen und genoss ihr Interesse immer mehr. Na ja, sie war ja auch wirklich eine Hübsche. So gesehen war es dem Strobel kaum zu verübeln, dass er sich darauf einließ. Dass er sich dann mit ihr für den Abend verabredete, aber schon.

Aber nicht, dass du jetzt denkst, der Strobel hätte darauf hin gearbeitet. Das hat er nämlich, im Gegensatz zu seiner Gesprächspartnerin, nicht. Er hat sich lediglich überrumpeln lassen. So blöd sich das jetzt auch anhören mag, aber der Strobel hatte bis zu dem Moment, als sie ihn fragte, ob er mit ihr essen gehen wolle, tatsächlich keinen Gedanken an eine Verabredung verschwendet. Welcher Teufel ihn geritten hatte, ohne zu zögern eine zuzusagen, kann ich dir nicht sagen. Ich weiß aber, dass er später ganz schön mit sich haderte und den Rest des Tages hin und her überlegte, wie er aus der Nummer wieder herauskommen sollte, ohne sein Gesicht zu verlieren. Gleich nach seiner Zusage fühlte er sich aber noch wunderbar und unwiderstehlich. Dieses Gefühl legte sich erst, als er schon wieder im Auto saß und in Richtung Rennwegkaserne unterwegs war. Da bekam er schlagartig ein schlechtes Gewissen, der Strobel.

Niemand kann sagen, wie der Abend für den Strobel gelaufen wäre, wenn er sich ganz auf diese Verabredung hätte konzentrieren können. Aufgrund der neuerlichen Besprechung mit dem Herrn Oberst Kummer, blieb dafür aber nicht viel Zeit. Obwohl es im Grund genommen kaum Neues gab, zog sich die Besprechung in die Länge. Wobei »Besprechung« wahrscheinlich das falsche Wort ist. Heutzutage wird ja mehr evaluiert als besprochen. Damals noch nicht. Aber wie auch immer.

Der Steinwender erzählte den Kollegen, dass es sich beim Opfer um Richard Horak handelte und sie auf der Suche nach dessen bestem Freund seien. Auf Nachfrage vom Chefinspektor Travnicek musste der Kollege Oberkofler eingestehen, den Bombenleger Emanuel Kubart immer noch nicht gefunden zu haben, ihn aber auch nicht von der Liste der Verdächtigen streichen zu können. Die Wahrscheinlichkeit, dass Kubart die Bombe gebaut habe, sei nach wie vor gegeben. Der Herr Oberst hörte sich alles an und ergriff wieder als Letzter das Wort. Wieder betonte er die Wichtigkeit des Falles. Danach verging wieder einiges an Zeit mit Grundsatzdiskussionen, die zu nichts führten. Im Wesentlichen waren sich aber am Ende alle darüber einig, dass man für die kurze Zeit und die mehr als missliche Ausgangslage schon ganz schön weit gekommen war. Und genau genommen stimmte das ja auch.

Der Strobel schlich sich gegen Ende hinaus, um ein Telefonat zu führen. Er hatte entschieden, in der Gerichtsmedizin anzurufen und das Treffen abzusagen. Zu seinem Pech war er mit seiner Idee um eine Viertelstunde zu spät dran und erreichte niemanden mehr. Also rief er stattdessen seine Frau Doktor an, um ihr zu sagen, dass er erst in ein paar Stunden daheim sein würde. Auf diese Weise wollte sich der Strobel wahrscheinlich selber überlisten.

Einmal mehr kam alles anders, als geplant. Weil sein Herzblatt hob zwar ab, erzählte ihm aber noch bevor er sagen konnte, was er eigentlich sagen wollte, dass sie am Abend später heimkommen würde, weil sie noch zu einer Freundin müsse. Und was glaubst du, hat der Strobel darauf gesagt? Ob du es glaubst oder nicht, er hat einfach gelogen und erzählt, dass er ohnehin länger arbeiten müsse und dann wahrscheinlich gleich im Büro schlafen würde, weil sich das nach Hause Fahren nicht auszahle, wenn sie nicht da sei. Während er das sagte, fühlte er sich total unwohl in seiner Haut. Das verging aber einigermaßen, als er merkte, dass sie nicht weiter nachfragte, sondern ihm einen halbwegs erträglichen Dienst und auch gleich eine gute Nacht wünschte. Als sie ihm sagte, dass sie ihn liebe, war das wie ein Schlag in den Magen. Am liebsten hätte er in den Hörer gerufen, dass er doch lieber nach Korneuburg fahren wolle, aber es war zu spät. Die Frau Doktor hatte aufgelegt.

Da stand er nun, der etwas konfuse Landgendarm, und hatte eine Verabredung am Hals, die ihn natürlich reizte, von der er aber genau wusste, dass sie mehr als nur ungehörig war. Andererseits hatte sein Herzblatt am Abend anderes zu tun und eh keine Zeit für ihn. Fast erschien ihm das wie ein Wink des Schicksals. Was also hätte er denn jetzt anderes tun können, als sich in dieses Schicksal zu fügen? Wenn auch mit einem schlechten Gewissen.

Vor der nächtlichen Kür kam allerdings noch die abendliche Pflicht. Soll heißen, der Strobel musste noch los, um die ersten beiden Adressen vom Nachmittag noch einmal zu überprüfen. Dieser Ernst Fiala musste unbedingt schnellstmöglich gefunden werden. Vielleicht konnte der Mann ja etwas zur Aufklärung beitragen.

Als er in den Besprechungsraum zurückkam, war alles vorbei. Er suchte den Steinwender, konnte ihn aber nicht finden. Dafür klopfte ihm der Oberkofler von hinten auf die Schulter. Als der Strobel sich umdrehte, verkündete ihm der freundliche Bursche, dass er mit ihm zu den beiden Adressen fahren würde, weil der Schurli sonst den letzten Zug nach Mödling versäumt. Ein nachvollziehbares Argument. Gar keine Frage. So sah das natürlich auch der Strobel, und er machte sich gemeinsam mit dem Oberkofler auf den Weg.

Und diesmal war ihnen das Glück hold. Denn schon bei der ersten Adresse trafen sie auf den richtigen Herrn Fiala. Der schien nicht sonderlich überrascht zu sein, als sie sich als Gendarmen vorstellten. Wahrscheinlich, so dachte der Strobel, lag das an seinen rechtsradikalen Umtrieben. Dabei hatte er sicher öfter mit der Exekutive zu tun. Als sie ihm dann den Grund ihres Besuches nannten, tat er überrascht: »Klar kenne ich den Richard. Was wollen S' denn von dem? Hat er was ausgefressen?«

Der Strobel konnte zwar später nicht erklären, warum er nicht gleich mit der Farbe herausrücken wollte, hielt aber mit der Wahrheit hinter dem Berg: »Wir suchen ihn, weil wir ihn was fragen wollen. Wann haben Sie ihn denn das letzte Mal gesehen?«

»Den Richard, lassen S' mich nachdenken …, ich glaub', das war vorgestern. Im 88er …«

»Im 88er?«, fragte der Strobel, dem dieser Name naturgemäß nichts sagte, und wurde hellhörig. Immerhin gab Fiala an, das Mordopfer am Tag seines Todes gesehen zu haben.

»Unser Stammlokal auf der Ottakringerstraße«, klärte der Fiala ihn auf und fragte abermals, warum der Strobel das wissen wolle. Eine Frage, die der Strobel mit einer Gegenfrage beantwortete: »Um welche Zeit war das?«

»Also das weiß ich wirklich nicht mehr so genau, Herr Inspektor. Am Nachmittag irgendwann. Um drei oder so …«

»Und was haben Sie dann den restlichen Abend gemacht?«, wollte der Strobel wissen.

»Der Richard ist nach Hause zu seiner Frau, und ich bin ins ›Winzerpfandl‹ gegangen und hab mir ein Schnitzel einverleibt. Die haben dort nämlich wirklich gute Schnitzel. Groß und knusprig. Wie sie sein solln.«

»Hat Sie dort irgendwer gesehen?«, mischte sich der Oberkofler ins Gespräch.

»Na sicher. Die Bude war ja bummvoll*. Irgendwer kann sich sicher erinnern, dass ich da war. Aber warum wollen S' denn das wissen?«

»Lesen S' morgen die Zeitung«, entgegnete der Oberkofler und klang dabei für seine Verhältnisse sehr unfreundlich. »Das war's fürs Erste. Halten Sie sich bitte zu unserer Verfügung! Gute Nacht, Herr Fiala.«

Kaum hatte der Oberkofler das gesagt, drehte er sich um und ging. Der Strobel wunderte sich zwar über diese Unhöflichkeit seines Kollegen, folgte ihm aber vorerst wortlos. Im Auto, so dachte er, konnte er ihn immer noch fragen, was das eben sollte. Das musste nicht unbedingt vor dem Fiala passieren. Sehr umsichtig vom Strobel. Aber was soll ich dir sagen? Ein besonders tiefschürfender Grund war beim Oberkofler nicht gegeben. Er erklärte dem Strobel nämlich lapidar, dass er so seine Probleme mit diesen Naziburschen habe. Und der Fiala, so sagte er, gehörte anscheinend zu der schlimmsten Sorte. Weil das 88er, so erklärte er, war ein Vereinslokal. Und zwar eines der übelsten Sorte.

»Dort feiern sie jedes Jahr am 20. April Geburtstag. Mit einer Menge Freibier und deutschem Liedgut.«

---

* sehr voll

»Aha … na und?«

Ich muss zugeben, da stand der Strobel ganz gewaltig auf der Leitung. Oder vielleicht lag es auch daran, dass er bis zu diesem Tag noch nicht sehr viele Erfahrungen mit Nazis gemacht und im Geschichtsunterricht nicht aufgepasst hatte.

»Das ist der Geburtstag vom Hitler«, sagte der Oberkofler und klang leicht genervt, »und der Lokalname steht für ›Heil Hitler‹.«

Der Strobel sah den Oberkofler anscheinend derart verwirrt an, dass dieser sich genötigt fühlte, auch das noch zu erklären: »88. Also zweimal der achte Buchstabe im Alphabet. Verstehst?«

Und der Strobel verstand. Dann ging ihm eine andere Frage durch den Kopf, die er mehr laut dachte, als er sie wirklich stellte: »Kann mir einer sagen, warum diese Rechtsradikalen alle böhmische Namen haben? Kubart, Horak, Fiala … alles böhmisch. Die sind ja selber alle Rucksack-Österreicher. Wie kommen die also dazu, so ausländerfeindlich zu sein?«

»Ein wahres Wort, Strobel und eine gute Frage dazu«, antwortete der Oberkofler und kratzte sich am Kopf. Offenbar hatte er diesmal keine Antwort parat.

Der Strobel für seinen Teil hatte aber wieder etwas dazugelernt. Leider war er immer noch nicht sicher, ob er all das tatsächlich wissen wollte und das neue Tätigkeitsfeld tatsächlich das Richtige für ihn war. Unter normalen Umständen hätte er den Rest des Abends Zeit gehabt, genau darüber nachzudenken und mit seiner Herzallerliebsten darüber zu reden. Der Travnicek schickte ihn nämlich nach Hause, nachdem er Bericht erstattet hatte. Der meinte, für einen Tag seien genug neue Erkenntnisse gewonnen worden. Und das Alibi vom Fiala könne man getrost auch noch am nächsten Tag überprüfen. Aber wie du ja weißt, hatte der Strobel etwas anderes vor, als heimzufahren, und deswegen eben keine Zeit, über diese essenziellen Fragen nachzudenken.

Vielleicht wäre das besser gewesen, weil er sich dann eine Menge erspart hätte. Aber wer weiß? Jetzt machte sich der Strobel zunächst einmal ein wenig frisch und begab sich dann zum vereinbarten Treffpunkt. Zum »Schweizerhaus« im Prater nämlich. Das hatte sich die Frau Tuba ausdrücklich gewünscht, weil sie meinte, dort gebe es die besten Grillhenderln* von ganz Wien und das allerbeste Bier dazu. Der Strobel war zwar schon ein paar Mal in Wien, aber noch nie im »Schweizerhaus« gewesen. Nur gehört hatte er schon davon. Und zwar von seinem besten Freund, dem Pfarrer Römer, der sich, aus für den Strobel unerfindlichen Gründen, bei Nacht und Nebel von Tratschen absentiert hatte und jetzt in einer Pfarre in Grinzing tätig war. In einer Heurigengegend also, was dem Gottesmann durchaus zupass kam, da er schon mal ganz gern ein Glaserl Rotwein zu sich nahm. Aber wie dem auch sei. Der Römer hatte allerdings nicht vom Federvieh geschwärmt, sondern vielmehr von den ach so wunderbaren Stelzen**, die dort serviert wurden. Und genau auf

* Grill-Hühnchen
** Schweinshaxe

eine Solche freute sich der Strobel jetzt. Und nicht nur darauf. Nein, der Gesetzeshüter freute sich auch darauf, diese Frau zu treffen, die er unglaublich attraktiv fand.

In Korneuburg hockten derweil zwei Freundinnen beieinander und theoretisierten über einen möglichen Zusammenhang einer Tiertherapie mit Hund und dem Familiensinn der Männer. Und die Frau Doktor erwähnte bei dieser Gelegenheit, dass es sie schon sehr freuen würde, käme der Strobel auf die Idee, um ihre Hand anzuhalten. Woher hätte die gute Frau auch wissen sollen, dass am Horizont gerade ein paar Wolken aufzogen?

KAPITEL 13

Die Begrüßung war herzlich und fast ein bisschen überschwänglich. Aber das ist dem Strobel nicht aufgefallen. Im Gegensatz zu dem Kleid, das die Frau anhatte. Oder genauer gesagt, dem Ausschnitt des Kleides. Überhaupt war Madame aufgebrezelt, als ginge es um die Wahl zur Miss Pathologie oder so. Schminke, Frisur, Kleid und die hohen Absätze der Schuhe. Alles perfekt, alles aufreizend und bei genauerer Betrachtung um einen Hauch zu viel des Guten. Dem Strobel raubte der Anblick den Atem, wie er sich beeilte, ihr zu versichern. Und er sorgte dafür, dass auch der letzte Rest des schlechten Gewissens verflog. Kein Wunder, so wie die Rechtsmedizinerin gebaut war.

Zudem führ die Dame ein Programm, das wohl auch einem Mönch den Kopf verdreht hätte. Gab sie dem Strobel doch von Anfang an das Gefühl, der einzig interessante Mann in ihrem Universum zu sein. Sogar über seine etwas holprigen Scherze lachte sie herzlich. Vielleicht um eine Spur zu laut, aber das störte den Strobel nicht sonderlich. Obwohl es ihm auffiel. Doch er konzentrierte sich mehr auf ihre Augen, aus denen der Schalk blitzte, und auf ihr Dekolleté, aus dem noch ganz was anderes blitzte.

Mit jedem Bier wurde die Stimmung ausgelassener und der Strobel entspannter. Bis zu dem Moment, als sie sich entschuldigte, um auf die Toilette zu gehen. Das war, noch bevor sie ihr Essen serviert bekamen.

Kaum war die Frau aus seinem Blickfeld verschwunden, meldete sich sein Gewissen. Das war fast so, als habe sich ein Bann gelöst. Der Strobel haderte mit sich und fragte sich ernsthaft, was um alles in der Welt er hier eigentlich machte, und warum er seine Herzallerliebste belogen hatte, nur um mit einer fremden Frau zum Essen zu gehen.

Der Kellner unterbrach diesen Denkprozess mit dem Servieren von Stelze mit Krautsalat und Henderl mit Pommes frites. Beides sah in der Tat köstlich aus. Der Kellner fragte, ob der Strobel Senf und Kren zu seiner Stelze wolle, und ob er noch zwei Biere bringen solle. Und noch bevor der Strobel antworten konnte, hörte er die Stimme seiner Begleitung: »Aber unbedingt wollen wir noch zwei Bier!«

Mit einem koketten Lächeln setzte sie sich und beugte sich dabei um einen Deut weiter nach vorne, als nötig gewesen wäre, und gönnte dem Strobel damit ganz schön tiefe Einblicke. Da verflogen alle seine Bedenken gleich wieder. Reflexartig quasi. Und weiter ging es mit munterem Small Talk, garniert mit einer mächtigen Portion Flirterei. Das gute Essen geriet dabei unverdienterweise in den Hintergrund. Irgendwann kam der Augenblick, in dem der Strobel nicht mehr so genau sagen konnte, wie viele Biere er tatsächlich schon intus hatte, und er den Alkohol ganz schön spürte. Genau wie auch sein Gegenüber. Bei der Rechtsmedizinerin schien es sich jetzt zu rächen, dass sie in ihrem beruflichen Alltag nicht besonders viel zu lachen hatte. Denn sie lachte über so ziemlich alles, was der Strobel sagte. Ganz egal, was es war. Und als er sich etwas von dem Krautsalat auf sein Hemd patzte, lachte sie gleich noch viel mehr. Vor allem aber lauter und schriller.

Vielleicht war es genau dieses Lachen, das den Denkapparat vom Strobel wieder in Schwung brachte. Möglicherweise aber auch sein Anstand. Man weiß es nicht genau, warum der Zauber ab diesem Moment mehr und mehr verflog, und der Strobel anfing, die Kichererbse ihm gegenüber mit seiner Frau Doktor zu vergleichen. Aber nicht ihre Optik, sondern das Auftreten, wenn du verstehst.

Ich meine, er hatte sich nicht nur in sie verliebt, weil sie eine schöne Frau war. Bier hin, Rausch her. Sie darauf zu reduzieren, wäre dem Strobel niemals eingefallen. Sie zu lieben, das wurde ihm genau in diesem Moment bewusst, hatte verschiedene Gründe. Weil sie eine vollkommene Lady war, zum Beispiel. Bei dem Gedanken wurde ihm ganz warm ums Herz, und er wünschte sich zu ihr nach Hause. Gleichzeitig schämte er sich für seine Lüge.

Trotz seines übermäßigen Alkoholkonsums fiel ihm plötzlich auf, dass seine Begleitung alles andere als eine Lady zu sein schien. Eventuell lag es am verwischten

Lippenstift, dem verrutschten Träger ihres Kleides, an dem Stück Hühnerfleisch in ihrem Mundwinkel, der Art, wie sie ihn auf einmal ansah oder ihrem Bedürfnis, ihm ständig die Hand auf den Unterarm zu legen. Vielleicht aber auch an der Kombination aus all diesen Faktoren. Ich kann es dir nicht sagen.

Verglichen mit seiner Frau Doktor erschien ihm diese Frau richtiggehend vulgär. Zumindest für einen kurzen Augenblick. Denn mitten in diesem zähen Denkprozess startete Frau Tuba ihren Frontalangriff. Sie streckte ihre Arme aus, nahm sein Gesicht in ihre Hände, zog ihn zu sich heran und versuchte, ihn zu küssen. Das kam unerwartet und viel zu schnell. Sogar für einen besoffenen Strobel. Als er ihre Zungenspitze an seinen Zähnen spürte, zuckte er zurück, als habe er einen elektrischen Schlag bekommen, und stieß dabei sein Bierglas um. So wie das Bier im Kies versickerte, verflog jetzt auch die gute Laune der Gerichtsmedizinerin. Obwohl das sicherlich mehr der Zurückweisung vom Strobel geschuldet war als dem verschütteten Bier. Genau das brachte die Frau nämlich lautstark zum Ausdruck. Der Strobel erkannte sie kaum wieder. Ihr Lachen war einem Gesichtsausdruck gewichen, den neutrale Beobachter wohl als zornig beschrieben hätten, und sie erging sich in nicht ganz jugendfreien Verbalinjurien.

Im ersten Moment dachte der Strobel noch, sie beruhigen zu müssen. Überhaupt als die Leute an den Nebentischen auf sie beide aufmerksam wurden. Er musste aber schnell einsehen, dass es ziemlich sinnlos war, sie in ihrem Eifer bremsen zu wollen. Der Kellner kam an den Tisch und forderte sie auf, sich zu mäßigen, was ihm eine Bierdusche und einige Flüche einbrachte. Dieses Benehmen war für den Strobel im wahrsten Sinne des Wortes ernüchternd. Zu seinem Glück schien die Furie ihre Sprechperlen verbraucht zu haben und eilte, ohne sich noch einmal umzudrehen, davon.

Du kannst dir gar nicht vorstellen, wie peinlich dem Strobel die ganze Sache war. Die Leute rundum, die ihn kopfschüttelnd anstarrten, und der zu recht aufgebrachte Kellner machten die Angelegenheit nicht gerade besser.

Bis er die Zeche bezahlt und ein stattliches Trinkgeld gegeben hatte, entschuldigte sich der Strobel ungefähr ein Dutzend Mal. Danach suchte er das Weite. Froh, hier niemanden gekannt zu haben, und um eine entbehrliche Erfahrung reicher. Als er in die Straßenbahn stieg, kam ihm seine Oma in den Sinn. »Kleine Sünden bestraft der liebe Gott sofort«, hatte die nämlich immer gesagt, wenn er etwas getan hatte, das er nicht hätte tun sollen, und es schief ging. Da war offenbar etwas dran.

Als er bei der Rennwegkaserne aus der Straßenbahn stieg, stand ihm der Sinn nicht nach Schlafen. Er war noch zu aufgeregt. Zu seinem Glück gab es genau gegenüber vom Eingang ein kleines Lokal, das noch offen hatte. Der Strobel setzte sich an einen der freien Tische und kippte noch zwei Bier, um die richtige Bettschwere zu bekommen, als er das Münztelefon im Durchgang zur Toilette sah. Sofort hellten sich seine Züge ein wenig auf. Er hatte nämlich eine Idee, wen er zu nachtschlafender Zeit anrufen konnte. Er kramte seine Geldbörse hervor und entnahm ihr einen Zettel mit einer Telefonnummer. Aber nicht, dass du jetzt denkst, der Strobel wollte mitten in der Nacht und leicht illuminiert seine Frau Doktor anrufen oder so. Das hatte er nämlich nicht vor. Ihm stand der Sinn nach dem geistlichen Beistand seines besten Freundes, des Pfarrers Römer. Keine Sekunde verschwendete der Strobel an den Gedanken, Hochwürden könnte ob der unchristlichen Zeit vielleicht ungehalten reagieren. Warum auch? Der Priester war Kummer dieser Art durchaus gewohnt. Auch wenn er seit seinem Weggang aus Tratschen mehr Abstand zum Strobel und dessen Liebesleben hatte.

25 Schilling an Münzgeld fanden sich in der Geldbörse. Mehr als genug für ein Ortsgespräch. Also ging der Strobel zu dem Apparat und wählte die Nummer. Erstaunt stellte er fest, dass es gar nicht so einfach war, mit dem Zeigefinger in die Löcher der Wählscheibe zu treffen. Deswegen brauchte es auch zwei Fehlversuche, bis es am anderen Ende der Leitung endlich läutete.

Ein ziemlich verschlafen klingender Römer hob ab, der hörbar überrascht war, als er erkannte, wem er die Störung seiner Nachtruhe zu verdanken hatte: »Bist du das, Strobel?«, fragte er und redete gleich weiter, ohne auf eine Antwort zu warten: »Gute Uhrzeit für einen

Anruf. Da staut es sich nicht so in der Leitung, weil die Leute für gewöhnlich schlafen.«

»'tschuldigung«, lispelte der Strobel, »Notfall ... akuter Notfall ...!«

Und dann erzählte der Strobel dem Römer, was er angestellt hatte. Wenn du jetzt denkst, dass es so tragisch eigentlich gar nicht gewesen ist, und er sich deswegen nicht hätte derart fertig machen müssen, hast du vielleicht sogar recht. Je nachdem, wie eng der moralische Gürtel geschnürt ist. Aber der Strobel fühlte sich wirklich ganz schlecht wegen der Sache, und er fragte sich, wie er das seiner Herzallerliebsten beibringen sollte. Der Römer kannte den Gendarmen lange genug, um zu wissen, dass es keinen Sinn haben würde, dessen Redefluss zu unterbrechen. Also hörte er sich alles an, schüttelte ab und zu den Kopf und dachte sich seinen Teil.

Nachdem der Strobel sich all seinen Kummer von der Seele geredet hatte, forderte er wieder einmal einen Lösungsvorschlag für sein Problem ein. Der fiel einmal mehr nicht ganz so aus, wie er sich gewünscht hätte.

»Wenn du jetzt willst, dass ich dir die Absolution erteile, mein Lieber, dann muss ich dich enttäuschen. Dafür müsstest schon zur Beichte in die Kirche kommen. Aber wenigstens einen Rat kann ich dir geben. Halse dir keine unnötigen Scherereien auf und behalt den Schmarrn für dich!«

Nach diesen Worten kam zuerst kurzes Schweigen, gefolgt von mehrfachen Nachfragen vom Strobel, die bis zum letzten Schilling Telefongeld über »Meinst ...«

und »Meinst wirklich …« nicht hinauskamen. Als der Apparat mit einem Piepsen die letzte Minute anzeigte, blieb nur noch Zeit für überschwängliche Danksagungen und das Versprechen vom Strobel, den Pfarrer Römer alsbald besuchen zu wollen.

»Ja, aber bitte nicht um halb zwei in der Früh, wenn's irgendwie geht«, war das Letzte, was der Strobel hörte, bevor das Gespräch endete. Innerlich erleichtert ging der Strobel zu seinem Tisch zurück, leerte sein Glas, bezahlte die Rechnung und ging in die Kaserne. Dort musste er feststellen, dass er im Vorfeld bei seinen Kollegen hätte nachfragen sollen, wo es Schlafgelegenheiten im Haus gab, anstatt sich auf dieses blöde Treffen einzulassen. Er wusste das nämlich nicht und hatte auch keine Lust, sämtliche Büros abzuklappern. Also begab er sich in den Aufenthaltsraum. Aber nicht, um zu schlafen, sondern um sich zu setzen und auf den kommenden Tag zu warten. Er wollte keinesfalls riskieren, in der Früh von einem seiner Kollegen geweckt zu werden. Wie hätte das denn ausgesehen? Aber jeder, der schon einmal einen über den Durst getrunken hat, weiß, wie schwer es ist, wach zu bleiben. Es dauerte keine zehn Minuten, bis der Strobel eingenickt war.

Seine Herzallerliebste lag zu diesem Zeitpunkt zwar schon längst im Bett, konnte aber nicht einschlafen. Sie sorgte sich um den Strobel. Nicht zuletzt deshalb, weil er nicht mehr angerufen hatte, um ihr eine gute Nacht zu wünschen. Das tat er sonst nämlich immer, wenn er Nachtdienst hatte. Eine unerklärliche Unruhe hatte von ihr Besitz ergriffen. Man könnte es auch eine böse Ahnung nennen. Heutzutage würde Frau in einer solchen Situation zu ihrem Handy greifen und zumindest eine Textnachricht schreiben. Diese Möglichkeit hatte die Frau Doktor nicht. Sie musste andere Wege finden, mit dieser Unruhe fertig zu werden. Deswegen machte sie sich ein paar Gedanken und beschloss, gleich am nächsten Tag Frau Zwieselbauer aufzusuchen, um den Bruno zu adoptieren. Schaden, so dachte sie, konnte das auf keinen Fall. Schließlich mochte der Strobel Hunde. Zumindest hatte er nie etwas Gegenteiliges gesagt. Wie er auf eine solche Überraschung reagieren würde, war eine spannende Frage. Sie stellte sich das Gesicht vom Strobel vor, wenn der nach Hause kommen und den Hund sehen würde. Und siehst du, diese Vorstellung entlockte ihr, trotz des mulmigen Gefühls, ein Lächeln. Was sie sich sonst noch so vorstellte, ist allerdings Privatsache und soll ihr Geheimnis bleiben.

KAPITEL 14

Es war keiner seiner Kollegen, der den Strobel am Morgen weckte, sondern die Vesna, die mit ihrem Wagen in aller Herrgottsfrühe in den Aufenthaltsraum polterte. Und zwar kurz nach fünf Uhr. Gleich nach Mitternacht für den Strobel. Zumindest wenn es nach seinem Schädel ging. Der klopfte und pochte in einer Weise, wie er es selten zuvor erlebt hatte. Da er auf der Holzbank lag, die entlang der gesamten Wand stand, und er deswegen von einem der Tische verdeckt wurde, bemerkte ihn die Frau zuerst nicht und werkelte ungehemmt mit dem schmutzigen Geschirr. Es klapperte und schepperte so heftig, dass es dem Strobel jedes Mal einen Stich in den Schläfen verursachte, weshalb er sich genötigt sah, sich bemerkbar zu machen. Er setzte sich auf, gähnte herzhaft und streckte sich richtig aus. Als er sich erheben wollte, verlor er kurzzeitig das Gleichgewicht und musste sich am Tisch festhalten. Durch sein Gewicht schob er ihn mit einem lauten Knarzen ein Stück von sich weg. Dieses Geräusch überhörte Vesna nicht mehr. Im Gegenteil. Sie erschrak so heftig, dass sie die Tasse fallen ließ, die sie gerade im Begriff gewesen war zu waschen, und sich ruckartig zu ihm umdrehte. Als sie ihn erkannte, sagte sie etwas, das für den Strobel wie ein Fluch klang. Da er die Sprache aber nicht verstand, konnte er nicht sicher sein.

»'tschuldigung«, murmelte er schuldbewusst und richtete sich endgültig auf.

»Warum du hier um diese Zeit?«, fragte Vesna und klang dabei ein wenig vorwurfsvoll. Sie drehte sich wieder um und widmete sich dem Geschirr. Trotz seines Katers fiel dem Strobel auf, dass die Frau ihr Kopftuch irgendwie anders trug, als in den letzten Tagen. Er dachte sich aber nichts dabei, sondern beantwortete ihre Frage. Er erzählte, dass er eine kurze und harte Nacht gehabt und nicht gewusst hatte, wo die Schlafräume sind. Von zu viel Alkohol sagte er allerdings nichts. Der Strobel erhob sich, um auf die Toilette zu gehen und sich notdürftig frisch zu machen.

Recht fit sah sein Spiegelbild nicht aus. Besonders die leicht geröteten Bindehäute gefielen ihm gar nicht. Sie erschienen ihm verräterisch. Es brauchte nicht gleich ein jeder zu sehen, dass er länger als nötig unterwegs gewesen war.

Als er zurückkam, hätte er die Putzfrau fast über den Haufen gerannt. Oder, besser gesagt, mit der Tür erschlagen, die er viel zu schwungvoll öffnete. Und zwar genau in dem Moment, als die Vesna ihrerseits hinausgehen wollte. Zum Glück hatte die Frau eine gute Reaktion, und es passierte nichts weiter, als dass sie dem Strobel einen bösen Blick zuwarf. Der bemerkte, dass sie unter ihrem Kopftuch einen Verband trug. Zumindest sah es so aus, und er fragte sie danach.

»Meine Mann gestern Abend Gleiche gemacht, wie du jetzt. Aber da ich gewesen zu langsam.«

In Anbetracht der gegebenen Situation eine plausible Erklärung. Der Strobel konnte sich einen kleinen Seitenhieb allerdings nicht verkneifen: »Na, da hat aber jemand einen Lauf. Zuerst gestürzt, dann gleich zweimal hintereinander fast mit einer Tür erschlagen. Das nenn ich eine Pechsträhne.«

Die Vesna fand das anscheinend nicht besonders witzig. Sie drängte sich am Strobel vorbei, der ausweichen musste, wollte er nicht von ihrem Putzwagen überrollt werden. Kurz sah er der davonhinkenden Frau noch nach, bevor er wieder in den Aufenthaltsraum ging, wo er erfreut feststellte, dass sie Kaffee zugestellt hatte. Das lenkte ihn davon ab, sich darüber Gedanken zu machen, warum sie schon so früh zur Arbeit gekommen war.

Außerdem war da auch noch der gestrige Abend, den er Revue passieren lassen musste. Da gab es genug aufzuarbeiten. Zum einen das – gelinde gesagt – seltsame Verhalten dieser Frau Tuba. Und zum anderen die Tatsache, dass er seine Herzallerliebste belogen hatte. Speziell der zweite Punkt beschäftigte ihn sehr. Schon allein deswegen, weil er sich bei dem Gedanken schlagartig wieder schuldig fühlte. Der Strobel haderte tatsächlich mit der Frage, ob er beichten sollte. Zum Glück fielen ihm die Worte vom Pfarrer Römer wieder ein, der die Meinung vertreten hatte, dass einzig und allein in der Kirche gebeichtet werden müsse. Eine Aussage, die Beziehungen retten konnte. Zumindest in diesem Fall. Weil, die Frau Doktor hätte dem Strobel diese Lüge vielleicht nicht so einfach verziehen. Zumindest aber hätte ihr Vertrauen einen Riss bekommen. Völlig unnötig, wie der Strobel überlegte, weil ja ohnehin nichts passiert war. Dazu kommen würde es sicher auch nicht mehr. Von daher erteilte sich der Strobel selbst die Absolution. Im Pfusch quasi.

Wie immer begann sich der Raum ab halb sieben kontinuierlich zu füllen. Die meisten Kollegen bemerkten nicht, dass der Strobel ein kleinwenig ramponiert aussah. Anders der Steinwender Schurli. Der sah das sofort und redete ihn auch gleich darauf an: »Guten Morgen, Burli. Was ist denn passiert? Du schaust aus wie ein ungemachtes Bett …« Dabei betrachtete er den Angesprochenen kritisch von oben bis unten und fügte dann hinzu: »Dein Hemd hat auch schon bessere Zeiten gesehen. Du bist ja voller Flecken!«

Peinlich berührt sah der Strobel an sich hinunter. Und es stimmte tatsächlich. Sein Hemd war ziemlich verdreckt. Er spürte, wie ihm die Schamesröte ins Gesicht stieg, und er erwartete natürlich, dass der Steinwender die Sache vor allen mächtig breittreten würde. Aber da täuschte er sich. Weil der überraschte den Strobel jetzt mit einer sehr kollegialen Geste.

»Geh her, ich hab ein frisches Hemd im Büro. Das kannst dir borgen. So kannst ja nicht herumlaufen.«

Dankbar folgte der Strobel dem Schurli ins Büro. Dort überraschte ihn sein Kollege gleich noch einmal.

»Bist an dem Fliegenfänger aus der Rechtsmedizin picken ’blieben, oder?«

Dem Strobel erschien es klug, diese Frage mit einer Gegenfrage zu beantworten: »Fliegenfänger? Was meinst denn damit …?«

»Burli«, entgegnete der Steinwender fast schon väterlich, »wennst mich für blöd verkaufen willst, musst früher aufstehen. Du weißt genau, wen ich meine. Glaubst, mir ist das nicht aufgefallen, wie dich dieses Weib mit den Augen verschlungen hat? Die Tuba und ihr Faible für neue Kollegen. Diesbezüglich ist die Frau berühmt berüchtigt. Du bist nicht der Erste und auch nicht der Letzte, der sich darauf eingelassen hat. Das hat schon einigen ihre Ehe gekostet! Hat sich’s wenigstens rentiert?«

Der Strobel fühlte sich derartig erwischt, dass er überhaupt nicht wusste, was er sagen sollte. Aus unerfindlichen Gründen verspürte er aber das Bedürfnis, sich zu rechtfertigen.

»Nein, nein! Es ist nicht so, wie du denkst.«

»Den Spruch kannst du dir für deine bessere Hälfte aufheben. Den hören Frauen besonders gern.«

»Nein! Wirklich, da war gar nichts. Nur Essen und ein paar Bier …«

Der Schurli winkte lachend ab und meinte, dass ihn das sowieso nichts angehe, aber der Strobel wollte sich unbedingt reinwaschen.

»Na ja, ich geb’ s ja zu. Sie hat versucht, mich zu küssen, aber ich hab’ sie zurückgewiesen …«

Als der Steinwender das hörte, prustete er richtig los. Was immer es auch sein mochte, irgendwas an der Geschichte amüsierte ihn königlich.

»Zurückgewiesen hat er sie, hahaha … *zurückgewiesen* … ich scheiß mich an … hahaha!«

Als er sich einigermaßen beruhigt hatte, gab er dem Strobel zu verstehen, dass diese Zurückweisung möglicherweise ein sehr schwerer Fehler gewesen war. Weil, so meinte der Schurli weiter, diese Frau Derartiges gar nicht leiden könne. Gewöhnt, so fügte er noch hinzu, sei sie das sicher auch nicht.

»Eine neue Freundin hast du so sicher nicht gewonnen, Burli. Aber alle Achtung! Ich kenne keinen, der es geschafft hat, sich gegen diese Gottesanbeterin zu wehren! Chapeau, Burli! Chapeau! Das musst mir einmal ganz in Ruhe erzählen!«

Der Steinwender zog seinen nicht vorhandenen Hut und drückte dem Strobel ein frisches Hemd in die Hand.

»Du solltest immer Reserveg'wand da haben. Es kann ja auch einmal dienstlich länger dauern. Und jetzt geh dich schnell umziehen, bevor die Morgenbesprechung anfängt.«

KAPITEL 15

Diesmal gab es Neuigkeiten vom Kollegen Malz, der immer noch die Tresorknackersache bearbeitete. Dem hatte nämlich einer seiner Informanten erzählt, dass er gehört habe, dass eine italienische Bande hinter den Einbrüchen stecke. Der Kopf solle ein gewisser Corrado Di Carlo sein.

»Und jetzt kommt's«, kündigte Malz theatralisch an, »dieser Di Carlo soll den Kubart gesucht haben, um ihn zu fragen, wo man an Sprengstoff herankommt! Ob sich die zwei dann getroffen haben, weiß ich noch nicht. Das muss noch überprüft werden. Aber immerhin haben wir einen konkreten Verdächtigen, den wir suchen können. Ich persönlich denke immer noch, dass es da einen Zusammenhang geben könnte.«

Der Chefinspektor Travnicek lobte den Malz für seine gute Arbeit und meinte, er solle unbedingt an der Sache dranbleiben. Danach erteilte er dem Steinwender das Wort, der ankündigte, dass er zusammen mit dem Strobel das Alibi vom Ernst Fiala überprüfen wolle.

Für den Strobel hätte es danach kaum schlimmer kommen können. Ausgerechnet er bekam vom Travnicek den Auftrag, neuerlich ins Gerichtsmedizinische Institut zu fahren, um dort den inzwischen fertigen Obduktionsbericht abzuholen. Und zwar alleine, weil der Travnicek den Steinwender wegen der Alibiüberprüfung ins »Winzerpfandl« schickte. Die übrigen Kollegen bekamen ebenfalls Aufgaben zugewiesen, sodass keiner übrig blieb, der nichts zu tun hatte.

Dem Strobel fiel absolut keine Möglichkeit ein, sich vor seiner Aufgabe zu drücken. Einen der anderen konnte er schlecht fragen, da dann sicher die Frage nach dem Grund aufgekommen wäre. Und was, bitte, hätte der Strobel darauf antworten sollen? Blieb also nur der Steinwender. Der hatte sich am Morgen zwar als guter Kollege erwiesen, aber zu sehr ausliefern wollte sich der Strobel dem Mann trotzdem nicht. Immerhin gab es ja noch einigen Klärungsbedarf, was dessen Umgangston betraf. Da galt es, die Dinge sorgfältig gegeneinander abzuwägen. Mit dem Resultat, dass vom Steinwender blöd angeredet zu werden, wahrscheinlich besser und vor allem ungefährlicher war, als dieser Frau Doktor Tuba neuerlich in die Quere zu kommen.

Zurück im Büro suchte der Strobel krampfhaft nach einer Möglichkeit, das Gespräch möglichst diplomatisch zu beginnen. Einfach so mit der Tür ins Haus wollte er nämlich nicht fallen. Er wetzte unruhig auf seinem Stuhl hin und her und dachte nach. Zwischendurch räusperte er sich einige Male, um den Knödel im Hals loszuwerden. Der Steinwender tat eine ganze Weile lang so, als bemerke er davon nichts. Weshalb sich der Strobel ein Herz fasste: »... hrrm ... hrrm ... äh ... du, Schurli, was ich dich fragen wollte ... äh ... also ...«

Der Kerl klang so jämmerlich, dass der Steinwender tatsächlich Mitleid bekam und ihn unterbrach, bevor es noch peinlicher werden konnte: »Ja, ich fahre zur Rechtsmedizin. Aber nur, weil du es bist, Burli. Dafür schuldest mir was!«

Die lange Geschichte kurz erzählt ist, dass sie am Ende gemeinsam fahren mussten, weil nicht genügend Fahrzeuge zur Verfügung standen. Insgesamt gesehen war das aber nicht ganz so tragisch, weil der Strobel vor dem Haus warten konnte, während sein Kollege den Bericht abholte. Hauptsache, er musste dieser Furie nicht gegenübertreten. Was der Strobel allerdings nicht ahnen konnte war, dass die Frau am Fenster stand, als die beiden Ordnungshüter vorfuhren, und deshalb ganz genau sah, dass der Strobel neben dem Auto stehen blieb. Das wäre ihm fast zum Verhängnis geworden. Es waren nur wenige Zentimeter, um die der Kaffeefilter samt frisch aufgebrühtem Inhalt seinen Kopf verfehlte. Stattdessen landete er mitten auf der Windschutzscheibe des Dienstwagens. Der noch dampfende Kaffeesud spritzte durch die Gegend und traf unter anderem auch das Hemd vom Strobel. Wahrscheinlich ein geringer Preis, den er da zu bezahlen hatte. Da er nicht wissen konnte, welche Ideen das Weibsbild noch haben würde, verzog sich der Strobel ins Innere des Wagens. Einmal mehr verfluchte er sich für den gestrigen Abend. Als der Steinwender mit einer Mappe unter dem Arm zurückkam, grinste er breit: »Die gnädige Frau lässt fragen, ob ihre Grüße angekommen sind.«

»Kaum zu übersehen«, antwortete der Strobel und deutete auf die Frontscheibe.

»Allerdings«, lachte der Steinwender, »das putzt du weg, Burli. Eh klar. Oder?«

Auf der Fahrt zum »Winzerpfandl« wollte der Strobel freilich wissen, wie hoch der Steinwender das Gefährdungspotenzial der Gerichtsmedizinerin einschätzte. Der konnte das allerdings nicht genau sagen. Im Gegensatz zum Strobel und vielen anderen Kollegen, kannte er die Frau nicht besonders gut. Das lag allerdings nicht etwa daran, dass er ein um so viel anständigerer Mensch war. Es war eher der Tatsache geschuldet, dass er der Frau schlicht und ergreifend zu alt war. In diesem Fall war das sicherlich kein Nachteil. Was der Steinwender allerdings sagen konnte, war, dass der Strobel ziemlich viele Rosen würde kaufen müssen, um ihren Zorn zu besänftigen. Besonders großes Vergnügen bereitete ihm offensichtlich die Aufzählung der Beinamen, die sie dem Strobel gegeben hatte und von denen »Schlappschwanz« angeblich noch das netteste war. Kaum war zu diesem Thema das vorerst letzte Wort gesprochen, waren sie auch schon an ihrem Ziel angekommen.

Das »Winzerpfandl« erwies sich als traditionelles Wiener Beisl mit einer langen Geschichte. Wenn man den Schildern neben der Tür glauben durfte, wurden hier schon seit über 100 Jahren Gäste bewirtet. Als die beiden Gendarmen eintraten, bekam der Strobel das Gefühl, eine Zeitreise gemacht zu haben. Das alte Mobiliar, der abgewetzte Holzboden und die große Schank aus dunklem Holz wirkten tatsächlich so, als wären sie schon seit einer Ewigkeit hier. Genau wie der weißhaarige Kellner, der sie begrüßte, und dessen abgetragen wirkender Smoking tadellos zur Einrichtung passte.

»Einen schönen guten Tag zusammen. Die Herren wünschen?«

»Die Herren wünschen eine Auskunft«, erwiderte der Steinwender und legitimierte sich mit seiner Kokarde, »und ein kleiner Mokka wär' was Feines«, fügte er hinzu.

»Bitte sehr, bitte gleich! Zwei kleine Mokka aufs Haus …«

Der Ober deutete eine Verbeugung an, machte zwei schnelle Schritte zu einem der Tische. Er nahm sein ehemals weißes Servierhangerl von der Schulter und schlug über die Sitzflächen der Holzstühle.

»Wenn die Herrn Gendarmen derweil Platz nehmen möchten …«

Die Herren Gendarmen hatten allerdings nicht vor, sich zu setzen. Sie wollten ihren Mokka im Stehen zu sich nehmen, wie der Steinwender sagte. Dabei imitierte er die etwas gestelzte Sprechweise des Kellners, der sich beeilte, die Bestellung herzurichten. Als er die beiden Kaffees auf die Theke stellte, hielt ihm der Steinwender das Foto vom Ernst Fiala unter die Nase und fragte, ob dieser Mann am Dienstagabend im Lokal gewesen sei. Und siehst du, der Kellner schaute sich das Foto noch nicht einmal an, bevor er antwortete: »Nein! Ganz sicher ist der am Dienstag nicht da gewesen!«

»Woher wollen S' denn das wissen? Sie haben sich das Bild ja nicht einmal angeschaut«, meckerte der Strobel den Smokingträger an.

»Scharfsinnig bemerkt, Herr Inspektor«, konterte dieser, »aber ich brauch auch gar nicht hinschauen, weil Montag und Dienstag ist bei uns Ruhetag!«

»Sind'S da ganz sicher?«, fragte der Steinwender nach.

»Sicher bin ich sicher. Erstens steht es so auf dem Schild im Fenster, und zweitens hätt' sich meine Frau schon getrennt, wenn ich am Dienstag hier gewesen wäre, anstatt mit ihr in die Oper zu gehen. Das war nämlich ihr Geburtstagsgeschenk. Zuerst Oper und dann ins Hotel Sacher auf eine kleine Nachtjause. Aber nicht, dass Sie jetzt glauben möchten, ich hätt' einen Geldscheißer, oder so. Ich bin halt schon so lang in dem Geschäft, dass ich eine Menge Leute kenn'. Ein Spezl von mir arbeitet in der Oper an der Kassa. Der hat mir günstige Restkarten besorgt. Das geht normal gar nicht, wissen S'. Drum tät ich schön bitten, dass Sie ihm keine Schwierigkeiten machen. Und dem Oberkellner vom Sacher auch nicht, der mir zu dem Imbiss nach der Vorstellung verholfen hat. Da müssen S' mir schon versprechen, dass Sie das diskret überprüfen. Mein Schatzerl war jedenfalls ganz schön beeindruckt. Das kann ich Ihnen sagen. Und sie hat sich daheim dementsprechend erkenntlich gezeigt. In so einer Art und Weise, wie man sie nicht so schnell vergisst. Wenn die Herren verstehen, was ich meine. Und wegen dem allen bin ich mir ganz sicher, dass am Dienstag kein Mensch da gewesen ist. Noch nicht einmal ich selber!«

Nach dieser ausführlichen Erklärung blieb tatsächlich nichts mehr zu fragen. Dafür sah es ganz danach aus, dass dieser Fiala sie in Sachen Alibi angelogen hatte. Ausgestattet mit diesem Wissen, machten sich die beiden auf den Rückweg. Mit dem Gefühl, hier auf etwas Bedeutsames gestoßen zu sein. Während der Fahrt sinnierten sie, welche Gründe der Fiala gehabt haben könnte, sie zu belügen. Oder ob es möglich war, dass er sich ganz einfach im Tag geirrt hatte. Sie waren sich aber schnell darüber einig, dass sie ihn das würden fragen müssen, wenn sie es ganz genau wissen wollten.

Der Chefinspektor Travnicek wollte es jedenfalls ganz genau wissen. Er ordnete an, den Herrn Fiala aufzuspüren und zur sofortigen Vernehmung in die Rennwegkaserne zu bringen. Die Kollegen Malz und Oberkofler boten an, das im Vorbeifahren zu erledigen. Sie mussten ohnehin in die Gegend, um die Schwester von Emanuel Kubart zu fragen, ob sie in der Zwischenzeit schon etwas von ihm gehört hatte. In circa zwei Stunden, so meinte der Oberkofler, wären sie dann wieder da. Ein Vorschlag, den der Steinwender dankbar annahm.

»Übrigens, Strobel, die Frau Tuba hat schon drei Mal angerufen und nach dir gefragt. Du sollst dich bei ihr melden, wenn du Zeit hast. Pass auf deine Hosen auf, Kollege. Ich glaub, die steht auf dich«, sagte der Oberkofler im Gehen und lachte schelmisch. Der Strobel reagierte nicht darauf. Als er sich aber umsah, bemerkte er die grinsenden Gesichter einiger seiner Kollegen und wusste gleich, dass sie es wussten. Oder besser gesagt, dass sie es zu wissen glaubten. Da wurde dem Strobel klar, wie er die zwei Stunden bis zur Befragung vom Fiala nutzen würde. Er musste diese Frau dazu bringen, das Kriegsbeil wieder zu begraben. Und zwar, noch bevor sie dafür sorgen konnte, dass sich alle möglichen Gerüchte im Haus verbreiteten. Hinzu kam auch, dass ihm natürlich völlig klar war, dass er in Hinkunft noch öfter mit ihr zu tun haben würde. Da mochte er sich einen Dauerzwist nicht vorstellen. Deshalb lehnte er ab, als ihn der Steinwender fragte, ob er mit ihm Mittagessen gehen wolle. Stattdessen machte er sich auf den Weg in die Höhle des Löwen.

Das war ziemlich genau zu der Zeit, als seine Frau Doktor im Tierheim ein Gespräch mit der Frau Zwieselbauer führte. Es handelte sich um den Umgang mit Gebrauchshunden. Ein Wort, mit dem die Juristin nicht recht warm werden konnte. Aber wie ihr die Frau Zwieselbauer erklärt hatte, war der Bruno genau das. Ein Gebrauchshund der Rasse Hovawart. Offenbar lag der Frau viel daran, das Tier möglichst rasch wieder vermitteln zu können. Dementsprechend redselig war sie auch. Bis zu dem Moment, als die Frau Doktor wissen wollte, warum man das Tier im Seniorenheim nicht mehr haben wollte. Da geriet der Redefluss der Frau Zwieselbauer ins Stocken und sie druckste eine ganze Weile herum, bevor sie sagte: »Er hat da so eine Angewohnheit, der Bruno …«

»Ja? Und welche?«

»Äh … ich weiß nicht so genau, wie ich das sagen soll, ohne dass es sich gleich total arg anhört …«

»Na sagen Sie es halt einfach. So schlimm kann's ja nicht sein!«

»Also der Bruno hat immer wieder Hausschlapfen geklaut und dann vergraben. Das ist im Heim nicht so gut angekommen …«

Als sie das hörte, war die Frau Doktor wirklich erleichtert. Sie hatte mit weit Schlimmerem gerechnet. Zum Beispiel, dass er bissig war, der Bruno.

»Na wenn's weiter nichts ist, dann nehme ich den Hund gleich mit. Damit er sich ein wenig an sein neues Zuhause gewöhnen kann, bevor der Strobel heimkommt.«

Gesagt getan, und kurz darauf machte der Bruno seinen ersten Spaziergang mit seinem neuen Frauerl. Und weil der Teufel halt nie schläft, begegnete ihnen ausgerechnet die Frau Kasinger vom Pensionistenheim, die den Bruno auch gleich erkannte: »Ja aber das ist doch der Bruno. Haben Sie den leicht bei sich aufgenommen, gute Frau?«, fragte sie und ihr Gesichtsausdruck kam der Frau Doktor irgendwie sorgenvoll vor. Um nicht unhöflich zu sein, antwortete sie auf die Frage und erzählte, dass sie ihn soeben aus dem Tierheim geholt hatte. Weil, so betonte sie, es ihr nichts ausmache, wenn er einmal ein paar Patschen vergrabe. Diese Aussage fasste scheinbar die Frau Kasinger als leisen Vorwurf auf und sie sah sich deswegen genötigt, sich zu rechtfertigen: »Ist das die Geschichte, die Ihnen die Zwieselbauer erzählt hat? Dass er hin und wieder Hauspatschen vergräbt?«

»Ja … warum?«

»Na das ist ja wieder einmal typisch für dieses Frauenzimmer. Sie hat Ihnen nur die halbe Geschichte erzählt! Das mit den Schlapfen stimmt zwar, war aber nicht der Grund, warum ich ihn wieder weggeben hab müssen. Angst haben sie vor ihm gehabt, die Leute. Weil er so etwas wie ein Orakel ist, der Bruno. Jeder, dessen Patschen er gestohlen hat, ist in den nächsten Tagen verstorben. Verstehen S'? Das haben die Herrschaften im Altersheim gar nicht lustig gefunden. Vorher zu wissen, wer als Nächster sterben wird, ist ganz schön unheimlich.«

Zuerst belächelte die Frau Doktor diese Geschichte. Immerhin erschien sie ihr nicht sonderlich glaubhaft. Eher kam ihr da vor, dass die Herrschaften da ein bisserl hysterisch waren. Ein Hund als Todesbote? Das klang ziemlich albern. Aber sie wollte die Gefühle dieser Frau Kasinger nicht verletzen. Darum heuchelte sie Interesse und fragte noch ein bisschen nach.

»Arg! Ehrlich? Na so ein Wahnsinn! Sind Sie da ganz sicher?«

Und was man halt sonst noch so sagt, wenn einem eine Sensation unterbreitet wird. Um schnell von der Frau wegzukommen, gab sie vor, ganz eilig heim zu müssen. Sie bekomme Besuch, behauptete sie, und verabschiedete sich von der Kasinger. Auf dem Heimweg dachte sie nur noch kurz über die Geschichte nach, bevor sie sie verwarf.

Kurz darauf machte der Bruno seine erste Entdeckungsreise durch ihren Garten und ihr Haus. Ganz gezielt lief er zu den Hauspatschen vom Strobel und beschnupperte sie. Dann nahm er einen von ihnen ins Maul und verschwand wieder im Garten, um ihn zu vergraben. Niedlich sah das aus, wie er da voller Eifer sein Loch buddelte. Fand im ersten Moment zumindest die Frau Doktor. Im zweiten störte sie das riesige Loch in ihrem Rasen, und im dritten fiel ihr die Geschichte von der Kasinger ein. Da ist der ansonsten überhaupt nicht abergläubischen Frau schon ein kleines bisschen flau im Magen geworden. Das kannst du ruhig glauben. Schnell schob sie diese Gedanken dann aber zur Seite und notierte sich geistig, dass sie am nächsten Tag gehen und neue Hausschuhe für ihren Strobel kaufen musste. Weil, der würde den Schlapfentick des Hundes nicht ganz so niedlich finden, wenn er in Socken durchs Haus laufen musste.

KAPITEL 16

Während sich sein Herzblatt in Korneuburg vor die schwierige Frage gestellt sah, ob der Strobel rot-schwarz karierte Filzpantoffeln mochte, absolvierte der einen Schnellsiedekurs in der Sprache der Blumen. Soll heißen, er ließ sich von der Blumenfrau genau erklären, welche Blume eine Entschuldigung ausdrückte, ohne der Beschenkten sonstige Hoffnungen ins Hirnkastel zu pflanzen. Eine schwierige Aufgabe, wie die Frau meinte, weil Blumen, egal welcher Art, immer irgendwelche Hoffnungen bei Frauen wecken.

»Sie werden doch nicht ernsthaft glauben, junger Mann, dass die Frauen heutzutage noch wissen, was die einzelnen Blumen bedeuten? Von den Männern ganz zu schweigen. Es ist haarsträubend, was einem da so unterkommt. Zum letzten Muttertag hat so ein Schnösel im Maßanzug seiner Mutter Hortensien geschenkt. Können Sie sich das vorstellen, junger Mann? Hortensien! Was soll denn die arme Frau von so etwas halten, frag' ich Sie. Ihr eigen Fleisch und Blut, das sie aufgezogen hat. Ihr Junge, den sie immer geliebt und beschützt hat. Und dann kauft er ihr zum Muttertag Hortensien. Völlig gedankenlos, wenn Sie mich fragen.«

Der Strobel entfernte sich instinktiv von den Hortensien und begutachtete gerade einen Eimer voller Nelken, als die alte Frau weiterredete: »Wissen Sie, da kommen so Deppen daher, die es an und für sich gut meinen, und kaufen Sträuße mit gelben Nelken. Also blöder geht's wirklich nimmer. Das kann ich Ihnen sagen, junger Mann. Und das alles nur, weil mich keiner fragt.«

Die Frau stand da und sah den Strobel so auffordernd an, dass der das Gefühl bekam, sie würde ihm überhaupt keine Blumen verkaufen, wenn er sie nichts fragte. Also fragte er. Und zwar nach den Hortensien und den Nelken. Immerhin schienen sie diese beiden Arten ziemlich aufzuregen. Als hätte sie darauf gewartet, antwortete sie wie aus der Pistole geschossen:

»Die gelbe Nelke steht für Verachtung, und mit der Hortensie drücken Sie aus, dass Sie die Beschenkte für eingebildet halten. Sie, junger Mann, schauen nicht so aus, als wollten sie jemandem das sagen. Erzählen Sie mir, was Sie ausdrücken möchten?«

Derart aufgefordert und weil natürlich auch im Zeitdruck, erzählte er es der Frau dann tatsächlich. Und siehe da, sie offerierte ihm sofort eine Blume, von der sie meinte, das sei genau die richtige für seinen Zweck:

»Wenn Sie der Frau sagen wollen, dass Sie schon in festen Händen sind, dann schenken Sie ihr Dahlien. Die sind jetzt vielleicht nicht ganz so schön wie manche andere, aber das ist Geschmackssache. Die Botschaft ist auf jeden Fall die richtige. Entschuldigen würd' ich mich an Ihrer Stelle aber nicht …«

»Na gut, dann nehme ich bitte drei von den Dahlien, mit ein bisschen Beiwerk, damit das was gleichschaut.«

»Recht so, junger Mann«, nickte die Alte wohlwollend und richtete seine Bestellung. Als er bezahlte, wünschte sie ihm noch viel Glück und meinte, sie hoffe sehr für ihn, dass diese Dame die Sprache der Blumen verstehe. Das hoffte der Strobel in dem Moment auch.

Kurze Zeit später wusste er es dann genau. Die Frau Doktor Tuba hatte gewisse Anlaufschwierigkeiten. Die äußerten sich, indem sie ihn beschimpfte und einen Totenkopf nach ihm warf, sobald sie seiner ansichtig wurde. Letztlich verstand sie aber, was ihr der Strobel mit den Dahlien sagen wollte.

»Weißt, Strobel,« sagte sie, als sie sich wieder beruhigt hatte, »wenn du das gesagt hättest, bevor wir uns getroffen haben, hättest du dir und mir eine Menge erspart. Aber ich mag treue Männer. Deshalb vergebe ich dir!«

Sie sagte das in einer Art und Weise, dass dem Strobel fast die Galle in die Höhe gekommen wäre. Aber er beherrschte sich und versicherte ihr, wie sehr es ihn freue, dass sie seine Situation nun verstehe, und wie sehr er dieses Missverständnis bedaure. Damit traf er genau den richtigen Ton. Dem Weibsbild ging es offenbar darum, ihn verbal kriechen zu sehen. Und so schwer es dem Strobel auch fiel, er tat ihr den Gefallen. Und zwar so ausgiebig, dass er fast die Zeit übersehen hätte. Gerade noch rechtzeitig sah er auf die Uhr und erklärte der Ärztin, dass er jetzt gehen müsse, weil wichtige Aufgaben auf ihn warteten. Genauso huldvoll wie gehabt, entließ sie ihn.

Als der Strobel das Institut verließ, war er spürbar erleichtert, die Wogen geglättet zu haben. Nicht zuletzt mithilfe der Blumenfrau, die ihn auf den richtigen Pfad geführt hatte. Er nahm sich fest vor, es ihr zu danken.

Wie immer, wenn man zeitlich knapp ist, kam der Strobel im dichten Verkehr nicht ganz so gut voran, wie er sich das vorgestellt hatte. Das ärgerte ihn furchtbar, weil er unbedingt bei der Vernehmung dieses Fiala dabei sein wollte und nicht sicher war, ob seine Kollegen auf ihn warten würden. Aber vielleicht, so tröstete sich der Strobel, hingen ja auch der Malz und der Oberkofler im Verkehr fest.

Der Strobel hatte tatsächlich Glück. Denn auch bei seinen Kollegen hatte es länger gedauert als geplant. Deswegen waren sie gerade erst bei der Wohnung vom Fiala angekommen, als der Strobel sich in Richtung Kaserne staute. Der Fiala fragte gar nicht lange, worum es ging, sondern erklärte sich sofort einverstanden, die Beamten zu begleiten. Da die beiden den Mann noch nie gesehen hatten, kam ihnen sein höfliches Benehmen auch nicht eigenartig vor. Ich meine, der Steinwender und der Strobel hätten sich schon gewundert, nachdem der Kerl bei ihrem ersten Besuch so präpotent gewesen war. Richtig handzahm war er jetzt, der Fiala. Er bat lediglich darum, sein Sakko aus dem Schrank holen zu dürfen. Erst auf dem Weg zum Wagen fragte er dann im

Plauderton, worum es eigentlich ging. Der Oberkofler erklärte ihm, dass er das erfahren würde, sobald sie im Büro ankamen.

Der freitägliche Berufsverkehr präsentierte sich auch ihnen von seiner schlechtesten Seite. Deshalb brauchten sie fast eine Stunde, bis sie in den Kasernenhof fuhren und den Wagen dort abstellten. Der Strobel war schon da und berichtete dem sichtlich amüsierten Steinwender von seiner Friedensmission. Der hatte die Zeit für Wichtigeres genützt, wie er dann betonte, und ein paar Hintergrundinformationen zu diesem Ernst Fiala eingeholt. Was genau er ermittelt hatte, konnte er dem Strobel aber nicht mehr erzählen, weil der Kostelic vorbeikam und ihnen sagte, dass der Fiala im Büro vom Chef hockte und auf seine Befragung wartete. Da ließen sie sich nicht zweimal bitten und folgten dem Kostelic.

Im Büro vom Chefinspektor war es noch ruhig. Er selbst saß hinter seinem Schreibtisch und verströmte seine Autorität wie andere ihr After Shave. Ihm gegenüber saß der Fiala. Er wirkte total ruhig und sah sich interessiert im Raum um. Der Malz und der Oberkofler saßen schräg vis à vis und rauchten. Die Verbindungstür zum Nachbarbüro stand offen. Dort ging der Novotny seinem Tagwerk nach. Als der Fiala die übrigen Beamten kommen hörte, drehte er sich kurz um.

»Na, das ist ja ein ganz schönes Aufgebot. Alles nur für mich? Schau ich so gefährlich aus?«

Der Travnicek schüttelte den Kopf und lächelte dem Fiala ins Gesicht, als er sagte: »Aber nein, Herr Fiala.

Wo denken Sie denn hin? Die Kollegen sind einfach von Natur aus neugierig.«

»Schön für Ihre Kollegen. Aber könnte mir jetzt vielleicht irgendjemand sagen, warum ich eigentlich hier bin? Sollten Sie nicht lieber den Mörder vom Richard suchen?«

»Genau das machen wir ja, Herr Fiala.«, meinte der Travnicek, ohne auf die Provokation zu reagieren, während der Kostelic hinter der Schreibmaschine Platz nahm. Statt die Frage vom Fiala zu beantworten, fragte der Travnicek nach dessen persönlichen Daten. Der Kostelic tippte brav mit, und der Strobel kam nicht umhin, das unglaubliche Tempo zu bemerken, mit dem die Finger über die Tasten rasten. Kurz überlegte er, wie viele Jahre er noch würde üben müssen, bis er so schnell war, kam aber zu dem Schluss, dass dieses eine Leben dazu höchstwahrscheinlich zu kurz war.

»Herr Fiala«, hörte er den Travnicek sagen, »zwei meiner Beamten waren vor Kurzem bei Ihnen, um Ihr Alibi für letzten Dienstagabend zu überprüfen. Da haben Sie gesagt, Sie waren an dem Abend im ›Winzerpfandl‹ zum Essen. Stimmt das?«

»Ja. Und danach im 88er auf ein paar Bier.«

»Sind Sie sich da ganz sicher?«

»Freilich bin ich mir sicher. Seien Sie mir nicht böse, aber ich bin ja kein Trottel. Ich kann mir schon drei Tage lang merken, was ich gemacht hab' und wo ich gewesen bin!«

Da klang er aufrichtig verärgert, der Herr Fiala, und die Stimme hob er auch ein kleines bisschen. Den

Travnicek beeindruckte das allerdings nicht sonderlich. Der blieb ruhig und gelassen. Der Kostelic neben ihm tippte, wie vom wilden Affen gebissen. Als er fertig war, fuhr der Travnicek fort: »Herr Fiala«, nach der Anrede machte er eine kleine Pause, »könnte es – rein theoretisch, meine ich –, nicht doch sein, dass Sie sich irren?«

»Nein! Nein! Und nochmals nein! Wie oft muss ich das denn noch sagen. Fragen S' halt den Kellner dort.«

Die Typen der alten »Adler« hämmerten rhythmisch auf das eingespannte Blatt Papier. Nur unterbrochen vom Klingeln, das ertönte, wenn der Wagen am Ende seiner Strecke angekommen war, und dem Ratschen, das er auf seinem Weg zurück von sich gab. Zwischenzeitlich hatte sich auch der Travnicek eine Zigarette angezündet, und die Luft war im wahrsten Sinne des Wortes zum Schneiden dick geworden. Der Fiala hockte leicht zusammengesunken und mit den Händen in den Taschen seines Sakkos da und wirkte nicht mehr ganz so entspannt wie zuvor.

»Das haben wir schon«, sagte der Travnicek, als der Kostelic wieder auf dem aktuellen Stand war, »und stellen Sie sich vor, er kann sich nicht an Sie erinnern. Was sagen Sie dazu?«

Der Strobel dachte, dass sein Chef die Sache schon ganz schön zelebrierte. Aus seiner Sicht hätte er dem Mann doch auch ganz einfach sagen können, dass das Lokal an diesem Tag zu war. Aber, so überlegte der Strobel, der Travnicek würde wohl seine Gründe dafür haben, den Fiala derart auf die Folter zu spannen.

»Na dann eben nicht. Das Lokal war voll. Wahrscheinlich kann er sich deshalb nicht an mich erinnern. Woher soll ich das wissen …«

Der Strobel starrte fasziniert auf die Hände vom Kostelic und auf die Schreibmaschine. Fast erwartete er, Rauch aus ihr aufsteigen zu sehen. Aber das passierte freilich nicht. Dafür schlug die Stimmung im Raum merklich um. Weil jetzt erhob auch der Travnicek seine Stimme, als er zum letzten Schlag ausholte: »Er kann sich nicht an Sie erinnern, weil Sie gar nicht dort gewesen sein können! Das Lokal war zu! Ruhetag! Verstehen Sie, Herr Fiala? Hören Sie, was ich sage? Dienstag ist im ›Winzerpfandl‹ Ruhetag!«

Beim letzten Wort schlug er mit der flachen Hand auf den Tisch, der Travnicek. Das kam so überraschend, dass alle Anwesenden zusammenzuckten. Auch der Kostelic, der dadurch aus dem Takt geriet. Für den Fiala schien dieses Geräusch so eine Art Startsignal gewesen zu sein. Er erhob sich von seinem Stuhl, und bevor auch nur einer der Beamten im Raum begriff, was geschah, eröffnete der Fiala aus zwei Waffen gleichzeitig das Feuer. Durch die Taschen seines Sakkos hindurch.

Der Strobel, der das Glück hatte, in diesem Augenblick hinter dem Fiala zu stehen, sah, wie zuerst der Travnicek getroffen wurde und von seinem Sessel rutschte. Danach erwischte es den Kostelic, der immer noch wie der Teufel getippt hatte. Die Geschosse warfen ihn zurück, und es spritzte Blut auf die »Adler«. Eine

Menge Blut. Der Malz und der Oberkofler reagierten als Erste und warfen sich hinter dem Eichenschreibtisch in Deckung. Der Malz allerdings um den Bruchteil einer Sekunde zu spät. Noch im Flug traf ihn ein Projektil in den Oberkörper und durchschlug seine Niere.

Fassungslos beobachtete der Strobel zunächst die Szene. Genau wie der Steinwender neben ihm. Und plötzlich drehte sich der Fiala zu ihnen um und visierte den Schurli an. Der Strobel wusste später selber nicht zu sagen, wieso er plötzlich so hellwach gewesen ist. Aber er war es. Er gab dem Schurli einen kräftigen Stoß, der ihn durch die offene Tür ins Nebenbüro beförderte. Und zwar genau in dem Moment, in dem der Fiala seine Zeigefinger krümmte und auf ihn schoss. Der Strobel selbst hechtete hinterher und verfluchte die Tatsache, dass er im Büro nie eine Waffe trug. Genau wie die meisten seiner Kollegen.

So schnell er konnte, rollte sich der Strobel hinter den Schreibtisch, der die einzige Deckung im Raum war. Der Schurli lag mitten im Raum und rührte sich nicht. Hinter dem Schreibtisch versuchte der Novotny mit fliegenden Fingern, die Schreibtischlade aufzusperren, in der er seine Dienstwaffe verwahrte. Aber er bekam den Schlüssel einfach nicht ins Schloss.

Aus dem Nebenbüro rannte der Fiala gerade auf den Flur. Da es Freitagnachmittag war, war es schon sehr ruhig im Haus, und viele der übrigen Kollegen schon heimgegangen. Deshalb stellte sich dem Flüchtenden auch keiner in den Weg. Vorerst zumindest. Ungehindert erreichte er die Treppe und stürmte in den ersten Stock hinab. Er sah nicht nach links und auch nicht nach rechts. Stur geradeaus und Vollgas. Bis er plötzlich dem Kollegen Bayer gegenüberstand. Der hatte mit der ganzen Sache an sich nichts zu tun. Er wollte nach Hause gehen und stand jetzt plötzlich mitten im Fluchtweg. Bewaffnet, weil er die Schüsse gehört hatte, und völlig aus dem Häuschen.

Jetzt denkst du vielleicht, die Gendarmen hätten da besser und schneller reagieren müssen. Und vielleicht hast du auch recht. Aber so einfach war das dann doch nicht. Schließlich hatte keiner von ihnen je einen derartigen Schusswechsel erlebt. Genau genommen waren sie überhaupt noch nie an einer Schießerei beteiligt gewesen. Schon gar nicht in der Rennwegkaserne. Ihrem sicheren Rückzugsort. Von daher also ziemlich Schockstarre bei allen. Und eben auch beim Bayer. Im Stockwerk oberhalb hörte er die Schreie seiner Kollegen, und zu seiner Nervosität gesellte sich auch noch die Angst. Verständlicherweise. Wer hätte in einer solchen Situation keine Angst?

Wie gesagt, hatte der Bayer seine Waffe zwar gezogen, wurde aber trotzdem vom Fiala überrascht, der wie ein geölter Blitz um die Ecke kam und keine Schrecksekunde verarbeiten musste, sondern sofort auf den Abzug drückte. Die Kugel traf den armen Bayer in den Bauch. Zu seinem Glück hatte der Fiala jetzt keine Munition mehr und konnte kein zweites Mal auf ihn feuern. Ansonsten hätte der Mann diesen Tag vielleicht nicht überlebt.

Der Fiala jedenfalls rannte bis zum Ende des Flurs weiter. Dort öffnete er ein Fenster, warf einen kurzen Blick hinunter und sprang schließlich hinaus. Auf das Dach eines geparkten Autos und von dort auf die Straße. Gehetzt schaute er sich um und erblickte ein Fahrschulauto, das keine zehn Meter entfernt in zweiter Spur angehalten hatte, um das Einparken zu üben. Hastig rannte der Fiala auf das Auto zu, riss die Fahrertür auf und bedrohte die Frau hinter dem Lenkrad mit einer seiner Waffen.

»Raus! Sofort! Alle beide!«, schrie er und richtete die zweite Waffe auf den Fahrlehrer. Später stellte sich der Strobel oft die Frage, ob der Fiala diese Leute am Leben gelassen hätte, wenn ihm nicht zuvor schon die Munition ausgegangen wäre. Er glaubte es nicht. Aber wie dem auch sei. Der Fiala hatte keine Patronen mehr und konnte demnach auch nicht mehr schießen. Er riss die Frau an den Haaren aus dem Wagen und warf sie auf die Fahrbahn. Dann sprang er in das Fahrzeug und brauste davon, während in der Kaserne das totale Chaos herrschte und die Gänge sich mit Gendarmen füllten, die allesamt nicht wussten, was passiert war, sich aber von der Hektik rundum anstecken ließen. Und wie das eben oft so ist, wenn viele Leute auf einem Haufen sind und es keinen gibt, der die Verantwortung übernimmt, und etwas Schlimmes passiert, wurden keinerlei Maßnahmen gesetzt. Selbst die Rettung zu rufen, dauerte eine gefühlte Ewigkeit.

KAPITEL 17

Während der Fiala noch dabei war, aus dem Haus zu kommen, rappelte sich der Strobel hinter seiner Deckung auf und sah sich vorsichtig um. Der Steinwender lag immer noch mitten im Raum und rührte sich nicht. Neben ihm probierte ein fluchender Novotny nach wie vor, den Schlüssel ins Schloss der Lade zu fummeln. Ansonsten war es gespenstisch ruhig in beiden Büros. Vom Flur drang Stimmengewirr herein, das der Strobel aber nicht weiter beachtete. Langsam begab er sich in den Nebenraum, um nachzuschauen, wie es den anderen ging. Jeder einzelne Schritt kostete ihn enorme Überwindung. Immerhin erwartete er, dort ein beispielloses Blutbad zu sehen. Außerdem konnte er natürlich nicht wissen, wo genau sich der Schütze zu diesem Zeitpunkt aufhielt. Der Fiala konnte hinter jeder Ecke lauern. Deshalb war er sehr vorsichtig, der Strobel.

Trotzdem rückte der Augenblick, in dem er um die Ecke ins andere Büro schauen musste, unausweichlich immer näher. Mit jedem Schritt quasi. Bei der Verbindungstür blieb er noch einmal stehen, um sich zu sammeln, als er hinter sich jemanden stöhnen hörte. Das konnte aus seiner Sicht freilich nur der Schurli sein. Und wirklich, der Steinwender versuchte sich gerade vom Boden aufzurappeln. Der Strobel konnte nicht erkennen, ob er ernsthaft verletzt war. Schnell machte er einen Schritt auf ihn zu und bot ihm seine Hand an, die der Steinwender sogleich ergriff und sich hochzog.

»Scheiße, Burli. Was ist denn passiert?«

Im ersten Moment glaubte der Strobel an einen Scherz. Aber dann wurde ihm schnell klar, dass selbst der Steinwender mit seinem seltsamen Humor sich nicht zu solch einem geschmacklosen Witz hätte hinreißen lassen. Er musste diese Frage also ernst gemeint haben. Der Strobel nahm ihn an der Schulter und dirigierte ihn in Richtung eines Stuhls, der vor dem Schreibtisch stand. Erst jetzt bemerkte er das Blut an der Schulter vom Schurli. Nicht extrem viel, aber auch nicht wirklich wenig. Eine Wunde sah er aber nicht.

»Setz dich einmal hierher. Ich muss noch schnell was überprüfen. Dann erzähl ich dir alles.«

Damit drückte er den Steinwender in den Sessel und machte sich neuerlich auf den Weg. Diesmal gab es kein Zurück mehr. Deutlich hörte er jemanden stöhnen und leise um Hilfe flehen. Gefolgt von einem scharrenden Geräusch. Mit der Erkenntnis, dass tatsächlich jemand überlebt hatte, kam schlagartig mehr Leben in den Strobel, und er beschleunigte seinen Schritt. Ohne zu zögern, ging er in den Raum hinein. Gerade rechtzeitig, um zu sehen, wie sich der Travnicek an der Tischkante hochzog. Eilig wollte ihm der Strobel zu Hilfe kommen, aber der Travnicek schüttelte den Kopf.

»Kümmer dich um die anderen, Strobel«, presste er zwischen den Zähnen hervor und verdoppelte seine Anstrengungen endgültig wieder auf die Beine zu kommen. Sein Oberkörper war total blutig, und der Strobel musste sich zwingen, nicht hinzuschauen, um sein altbekanntes Problem nicht zum Vorschein kommen zu lassen. Allerdings war es fast ein Ding der Unmöglichkeit, sich auf eine Stelle im Büro zu konzentrieren, wo kein Blut war.

Zu seinem Glück kamen jetzt Kollegen vom Flur herein, um zu helfen. Der Novotny hatte aufgegeben, die Lade aufsperren zu wollen, und eilte ebenfalls herbei. Ein Mann, den der Strobel nicht kannte, schob ihn energisch zur Seite und meinte, er stehe im Weg. Bei genauer Betrachtung der Situation, traf das den Nagel auf den Kopf. Inzwischen wurde jeder der Angeschossenen von mindestens zwei Helfern umsorgt. Jemand rief, es solle endlich einer den Notarzt rufen, und wieder ein anderer forderte Verbandzeug und Decken.

Langsam, aber sicher meldete sich der Schock beim Strobel. Ihm wurde schwindlig, und er hatte Mühe, sich auf den Beinen zu halten. Mit letzter Kraft schaffte er es auf den Gang, wo er sich neben der Bürotür an die Wand lehnte. Plötzlich fühlte er den Schmerz. Am rechten Oberarm brannte es wie Feuer. Langsam senkte er den Blick und entdeckte Blut an seinem Ärmel. Einen für seine Begriffe großen Fleck. War er etwa auch getroffen worden? Vorsichtig tastete er mit der anderen Hand seinen Oberarm ab und zuckte zusammen, als er das Epizentrum des Schmerzes zusammendrückte.

Neben ihm tauchte eine Frau mit Verbandzeug auf und fragte, ob sie ihm helfen könne. Der Strobel gab keine Antwort. Seine Knie gaben nach, und er rutschte langsam an der Wand zu Boden. Völlig hilflos musste er zur Kenntnis nehmen, dass er weinte.

Schemenhaft nahm er den Notarzt und die Rettungssanitäter wahr, die an ihm vorbei zum Ort des Geschehens eilten. Es war, als hätte jemand seinen Kopf ganz dick in Watte gepackt. Alles rundum klang gedämpft und sah verschwommen aus. Vor seinem geistigen Auge liefen die Bilder der letzten Viertelstunde wieder und wieder ab. Unzählige Male sah er den Fiala das Feuer eröffnen. Hörte die Schüsse krachen. Sah seine Kollegen einen nach dem anderen umfallen.

Der Strobel konnte später beim besten Willen nicht sagen, wie lange dieser tranceähnliche Zustand angehalten hatte. In die Wirklichkeit hat ihn dann die Stimme eines Arztes zurückgeholt, der offenbar mit ihm sprach, während er den Ärmel seines Hemdes aufschnitt, um seine Wunde zu verbinden. Wie sich herausstellte, war es nur ein Streifschuss. Noch immer etwas benommen fragte er den Arzt, wie es um seine Kollegen bestellt war. Und siehst du, da war er tatsächlich überrascht, der Strobel, als ihm der Mediziner sagte, dass alle überlebt hatten. Zwar mehr oder weniger schwer verletzt, aber zumindest nicht tot.

Er ließ sich auf die Beine helfen und sah sich um. Gerade trugen zwei Sanitäter den Kostelic auf einer Bahre vorbei. Der sah gar nicht gut aus. Dem Strobel fiel es schwer zu glauben, dass der Mann noch lebte. Das sagte er auch dem Arzt.

»Den armen Teufel hat's am schwersten erwischt. Zwei Kugeln in die Brust. Eine nah am Herzen. Das sieht nicht gut aus, wenn ich ehrlich sein soll. Aber noch lebt er, und solange besteht Hoffnung …«

Der Steinwender trat durch die Tür des Nebenbüros auf den Gang heraus, sah den Strobel und ging zu ihm. Ohne ein Wort zu sagen, lehnte er sich neben ihm an die Wand. Von seiner Schläfe aus bahnte sich in einem dünnen Rinnsal Blut seinen Weg zum Hemdkragen, wo es aufgesaugt wurde. Oben auf seiner Schulter hatte sich deswegen der große Blutfleck gebildet, den der Strobel zuvor gesehen hatte und der sich bis zur Brust hinzog.

Der Steinwender bemerkte die Blicke vom Strobel und wischte mit einem Taschentuch etwas von dem Blut aus seinem Gesicht. »Ist nur ein Cut«, murmelte er und warf einen versonnenen Blick auf das Taschentuch. Offenbar hatte er sich wieder etwas gefangen und wusste, was passiert war.

»Danke, Burli«, schickte er hinterher und sah dem Strobel in die Augen. »Wofür?«, fragte der verwirrt und war dann erstaunt über die Antwort: »Du hast mein

Leben gerettet. Um ein Haar hätt' diese Sau mich auch erwischt. So kurz vor der Pension schießt der auf mich. So was ist mir in meinem ganzen Leben noch nicht untergekommen. Hättest du mich nicht umgestoßen, wär' ich jetzt vielleicht tot. Also vielen Dank, Burli.«

Der Strobel dachte einen Augenblick nach, bevor er antwortete: »Nichts zu danken. War nur ein Reflex. Aber könntest du jetzt vielleicht mit diesem dauernden ›Burli‹ aufhören?«

»Sicher, Burli. Das hast dir redlich verdient!« Mit diesen Worten nahm er den Strobel völlig unerwartet in den Arm, drückte ihn fest an sich und flüsterte ihm neuerlich seinen Dank ins Ohr. Das rührte den Strobel.

»Darf man noch mitkuscheln, oder sind alle Plätze besetzt?«

Die beiden Männer lösten ihre Umarmung ruckartig, als die Stimme vom Travnicek neben ihnen ertönte. Ungläubig, aber freilich auch total erleichtert, glotzten sie ihren Chef an, der da auf einer Bahre lag und offensichtlich schon wieder fit genug war, um blöde Sprüche zu klopfen.

»Wow, Chef! Ich hab' geglaubt, du bist da drinnen umgekommen. Der Typ hat aus nächster Nähe auf dich geschossen …«

»Stimmt, Schurli. Und getroffen hat er auch. Zum Glück aber nur meinen Oberarm und einen Oberschenkel. Beides Fleischwunden. Glatte Durchschüsse. Ich muss ins Krankenhaus und mich nähen lassen. Das kann nicht so lange dauern.«

Der Oberst Kummer gesellte sich zu ihnen. Bestürzung und Besorgnis waren ihm gleichermaßen ins Gesicht geschrieben. Und auch eine gewisse Wut, die er sich redlich zu unterdrücken bemühte.

»Wie hat das passieren können, Travnicek? Können Sie mir das bitte erklären?«

Noch bevor der Travnicek antworten konnte, redete der Offizier schon weiter. Scheinbar war ihm bewusst geworden, dass der Travnicek ebenfalls verletzt worden war. Zumindest würde das erklären, warum sein Tonfall jetzt viel milder war: »Wie geht es Ihnen und den übrigen Männern?«

Zwei Sanitäter trugen den Kollegen Malz vorbei. Auch er sah nicht sonderlich lebendig aus. Neben der Bahre ging ein weiterer Sanitäter, der eine Flasche mit einer Infusion in die Höhe hielt. Zügig eilten sie in Richtung Stiegenhaus. Der Letzte, der aus dem Raum gebracht wurde, war der Oberkofler. Der hatte zwar keine direkte Kugel abbekommen, aber dafür einen Querschläger, der ihm seinen Ellenbogen zerschmettert hatte. Dazu kam noch eine Wirbelverletzung, die er sich angeblich bei seinem Hechtsprung hinter den Schreibtisch zugezogen hatte.

»Soviel ich weiß, hat es die Kollegen Kostelic und Malz sehr schwer erwischt. Es ist noch gar nicht sicher, ob sie durchkommen. Unser Strobel hier ist mit einem Streifschuss davongekommen, und ich habe zwei schöne Löcher in der Figur, die genäht werden müssen. Den Oberkofler haben Sie ja gerade selbst gesehen. Beim Rest weiß ich es nicht.«

»Ich habe nur eine riesen Beule …« beeilte sich der Steinwender zu betonen. Den Novotny habe ich vorhin noch gesehen. Der scheint unverletzt geblieben zu sein.«

»Um Himmels willen! Das war ja ein richtiges Gemetzel!«, rief der Oberst aus und erzählte vom Kollegen Bayer, der sich im ersten Stock einen Bauchschuss eingefangen hatte und ebenfalls schon auf dem Weg ins Krankenhaus war. »Darüber müssen wir noch ausführlich reden, meine Herren! Aber zuerst schauen Sie, dass alle Ihre Wunden versorgt werden«, sagte der Oberst zum Travnicek, bevor er sich dem Strobel und dem Steinwender zuwandte: »Ich kann Sie nach diesem Ereignis freilich nicht zwingen, aber Sie sind herzlich eingeladen, sich an der Jagd nach diesem Wahnsinnigen zu beteiligen. Ich brauche jeden Mann, und Sie kennen sein Umfeld. Also wie schaut es aus? Kann ich auf Sie zählen?«

Beide Männer erklärten sich damit einverstanden zu bleiben. Genau wie der Novotny, der just in dem Moment auf der Bildfläche erschien und ebenfalls seine Jagdbereitschaft signalisierte.

»Na dann, meine Herren, in zehn Minuten im Besprechungsraum!«

Jetzt denkst du vielleicht, der Oberst Kummer war ein harter und rücksichtsloser Hund. Aber so darfst du das nicht sehen. Denn bei allem Übel, das seinen Männern widerfahren war, musste er sich trotzdem schnellstmöglich um die Fahndung nach dem flüchtigen Gewalttäter kümmern. Nicht auszudenken, was noch alles geschehen konnte, wenn sie ihn nicht dingfest machen konnten. Ich meine, natürlich hat er diese Aufgabe nicht einer Handvoll seiner Männer anvertraut, sondern sich andernorts Verstärkung besorgt. Und zwar ganz schön viel. Aber dazu komme ich später. Jetzt war erst einmal Sammeln angesagt. Geistig und körperlich, wenn du verstehst, was ich meine.

KAPITEL 18

Glücklicherweise hatte sich der Steinwender am Vortag näher mit der Familie Fiala befasst, als der Strobel auf Versöhnungstour war. Von daher war bekannt, dass die Familie Fiala insgesamt zwei Wohnsitze hatte. Einen Bauernhof im südlichen Niederösterreich und eine Wohnung in Wien. Keine schlechte Information in dem Moment. Immerhin gab es zwei mögliche Rückzugsorte, die sie durchsuchen konnten, solange sie keine besseren Informationen bekamen. Zwar waren seit der Schießerei zwei Anrufe zum Herrn Fiala eingegangen, aber die waren beide nicht besonders erbaulich.

Wie du dir wahrscheinlich denken kannst, war einer der Anrufer der Fahrschullehrer, dem sein Auto abhandengekommen war. Der zweite Anruf war aber noch wesentlich unangenehmer. Der zeigte nämlich, dass der Fiala sich wohl kaum einfach so stellen würde. Und dass er ein ziemlich kaltschnäuziger Hund war. Weil, stell dir vor, der Kerl hat auf seiner Flucht tatsächlich Halt gemacht, um einen Einkauf zu erledigen. Und zwar in einem Waffengeschäft auf der Favoritenstraße. Dort hat er sich nämlich eine weitere Pistole und 200 Schuss Munition zugelegt.

Ich meine, stellt dir das einmal vor! Der wilde Hund ist in aller Seelenruhe einkaufen gegangen, obwohl er damit rechnen musste, dass ganz Wien hinter ihm her war. Schwerverbrecher hin oder her. In der Coole-Sau-Wertung hat ihm das schon ein paar Punkte eingebracht. Gar keine Frage. Leider hat sich der Waffenhändler erst eine gute Stunde später bei der Gendarmerie gemeldet. Solange dauerte es nämlich, bis das Foto vom Fiala im Fernsehen zu sehen war. Da hatte der Bursche freilich schon einen ordentlichen Vorsprung. Der Oberst Kummer meinte zwar, es könne nicht so schwer sein, ihn zu lokalisieren, weil so ein Fahrschulauto aus der Masse der Fahrzeuge heraussteche. Aber ich glaube, dass er sich damit nur selber Mut machen wollte. Gefunden wurde das Fahrzeug jedenfalls nicht. Der Fiala auch nicht.

Deswegen mobilisierte der Oberst Kummer eine ganze Menge an Verstärkung. Der Offizier hatte die Leitung der Ermittlungen übernommen, weil der Travnicek nicht so schnell zurückgekehrt war, wie er geglaubt hatte. Und zwar nicht nur Gendarmen, sondern auch Beamte von der Wiener Polizei, die sich in der Stadt naturgemäß besser auskannten.

Der Steinwender bekam zehn Mann zugewiesen und den Auftrag, die Wohnung der Familie Fiala zu durchsuchen. Der Strobel hingegen musste mit einer halben Armee nach Oed fahren. Das lag im Bezirk St. Pölten-Land. Eine Gegend, die der Strobel noch nicht einmal vom Hörensagen kannte. Ich meine, natürlich wusste er, dass es eine Stadt namens St. Pölten gibt. Obwohl die damals noch lange nicht die Landeshauptstadt von Niederösterreich gewesen ist. Aber dass es den Bezirk St. Pölten-Land und in diesem ein 30-Seelen-Dörfchen mit dem Namen Oed gab, wusste er freilich nicht. Dagegen war Tratschen geradezu eine Großstadt gewesen. Aber das stellte der Strobel logischerweise erst fest, nachdem er mit seinem Fahrzeugtross dort angekommen war.

Zuerst galt es aber, diesen Konvoi überhaupt zusammenzustellen. Was das betraf, machte sich der Strobel ziemliche Sorgen. Immerhin hatte er keine Ahnung davon, wie die Dinge hier abliefen und wo er wen oder was finden konnte. Und ich muss zugeben, ich verstehe den Strobel da wirklich gut. Was Blöderes kann dir kaum passieren, als dich gleich bei der ersten ausgewachsenen Krise bis auf die Knochen zu blamieren. Weil die Kollegenschaft verhält sich sehr oft nicht anders als ein Haufen kleiner böser Kinder. Damals wie heute. Soll heißen, eine schlechte Nachrede hast du ganz schnell. Das mit dem Loswerden kann allerdings dauern. Manchmal sogar Jahre. Denn natürlich fragt keiner, wie lange du schon auf der Dienststelle warst, bevor du die Sache vergeigt hast. Im Gespräch bleibt nur der Bock, den du geschossen hast. Aber wie dem auch sei.

Dem Strobel ist ein solches Schicksal für den Moment erspart geblieben. Das hatte er ausgerechnet seinem

Erzfeind, dem Novotny, zu verdanken. Der erledigte doch tatsächlich alle notwendigen Vorarbeiten. Er telefonierte mit den verschiedensten Leuten und beorderte alle notwendigen Kräfte in den Kasernenhof. Bei der Gelegenheit teilte er den Kollegen auch gleich mit, dass ein gewisser Bezirksinspektor Strobel als Einsatzleiter dabei sein würde. Der Dank, den der Strobel ihm dafür aussprach, kam ihm wirklich vom Herzen. Das kannst du ruhig glauben.

Noch bevor die beiden Teams abfuhren, kamen Neuigkeiten über den Travnicek aus dem Krankenhaus. Nämlich, dass er nicht, wie von ihm angekündigt, noch am gleichen Tag wieder zum Dienst erscheinen würde. Die Kugel im Oberschenkel hatte den Knochen zersplittert, und er musste operiert werden. Ich meine, wirklich gerechnet hatte ohnehin keiner mit ihm.

Der Oberst Kummer wurde von Minute zu Minute unruhiger, weil er der Meinung war, das alles gehe nicht schnell genug. Damit tat er seinen Männern zwar unrecht, aber er konnte halt nicht anders. Ihm wäre natürlich lieber gewesen, sie hätten diesen Fiala schon eingefangen. Zudem machte ihm das Wissen zu schaffen, dass er schleunigst wieder vor die Presse treten und weitere Informationen preisgeben musste. Denn, wie zu erwarten, waren die Herrschaften nach dem ersten Bericht und dem Fahndungsaufruf zu Hunderten zur Rennwegkaserne gekommen, um mehr über diese sensationelle Geschichte zu erfahren.

Als der Strobel endlich im Kasernenhof auftauchte, standen dort schon vier Fahrzeuge bereit. Allesamt froschgrün. Eine Farbe, die bei näherer Betrachtung auch nicht viel besser war als das Mausgrau der Gendarmerieautos. Der Strobel staunte nicht schlecht, als er die drei Mannschaftswägen sah, die aufgereiht hinter dem Kommandofahrzeug standen. Voll besetzt, wie er sehen konnte. Das mussten mindestens 60 Mann sein. Schätzte zumindest der Strobel und fühlte Angst und Stolz gleichzeitig in sich aufsteigen.

Lange ließ man ihm nicht Zeit, den Augenblick in sich aufzunehmen. Ein Polizist in Uniform bewegte sich nämlich auf ihn zu, deutete einen Salut an und fragte, ob er der Bezirksinspektor Strobel sei. Als der Strobel nickte, teilte ihm der Kollege mit, dass er mit insgesamt 50 Mann angetreten sei, und nun auf seine Befehle warte. Das hört sich jetzt vielleicht ein bisschen seltsam an, aber damals spürte man viel deutlicher, dass die Executive ihren Ursprung beim Militär hat.

Viel zu befehlen gab es im Moment aber eh nicht. Alles Wesentliche wusste der Beamte ohnehin schon, wie sich herausstellte, als er den Strobel wissen ließ, dass die Fahrer sich wegen der Route informiert hatten und bereit zum Abrücken waren. Der Strobel brauchte sich also nur in den Fond des Kommandofahrzeugs zu hocken und den Befehl zur Abfahrt erteilen. Da fühlte er sich fast ein bisschen wie ein Kommandeur im Krieg. Vor sich einen überaus aggressiven und gefährlichen Feind – hinter sich eine Truppe bewaffneter Männer, die ihm während dieses Feldzugs aufs Wort gehorchen würden. Ein wenig pathetisch, wie ich zugeben muss, aber aus seiner Sicht schon verständlich. Ich meine, wie oft kommt es schon vor, dass man eine derart große Anzahl Bewaffneter kommandieren darf? Aber weil der Strobel bekanntermaßen ja kein Depp war, verwarf er den Gedanken ganz schnell wieder und beschäftigte sich stattdessen mit der vor ihm liegenden Aufgabe. Das war spannend genug, wenn du bedenkst, dass er überhaupt nicht wusste, was ihn erwartete. Es gab ja kein Internet, in dem er recherchieren und sich Bilder der Umgebung anschauen hätte können, so wie das heute gang und gebe ist. Außerdem konnte es sein, dass der Fiala sich tatsächlich auf dem Hof seiner Eltern versteckte und es zu einer Auseinandersetzung kommen würde. Ergo war der Strobel unglaublich angespannt und heilfroh, dass ihn keiner der drei Kollegen, die mit ihm im Wagen saßen, ansprach.

Während der Strobel im Geist damit beschäftigt war sich auszumalen, was ihn an seinem Ziel alles erwarten konnte, war seine Herzallerliebste in Korneuburg gerade dabei, einen stattlichen Hundehaufen vom Wohnzimmerteppich zu entfernen. Eine Art der Tätigkeit, die ihr, gelinde ausgedrückt, missfiel. Obwohl die Hinterlassenschaft weder besonders dekorativ war noch gut roch, konnte sie nicht so recht böse auf den Bruno sein. Irgendwie, so schien ihr, klappte die Konversation zwischen ihnen beiden noch nicht so, wie sie sollte. Wie sonst wäre andernfalls zu erklären gewesen, dass sie den Wunsch ihres Hundes, sich zu entleeren, nicht mitbekommen hatte? Aber wie auch immer.

Jedenfalls rutschte sie gerade auf allen Vieren durchs Wohnzimmer, als das Radioprogramm für eine Sondersendung unterbrochen wurde. Du ahnst sicher schon, worum es in dieser Sondersendung ging. Genau! Um die Schießerei in der Rennwegkaserne. Den ersten Teil des Berichts hörte die Frau Doktor nicht. Sie wurde erst aufmerksam, als von mehreren schwer verletzten Kriminalbeamten die Rede war. Aber deswegen war sie nicht weniger schockiert über die Tatsache, dass irgendein Verbrecher einfach auf Gendarmen geschossen hatte. Erst nach und nach dämmerte ihr, dass ja auch ihr Strobel in der Rennwegkaserne seinen Dienst versah. Dementsprechend aufmerksamer lauschte sie dem Rest des Beitrags. Ihre Gedanken überschlugen sich förmlich, als sie das Gehörte zu verarbeiten suchte. War da tatsächlich von der Rennwegkaserne gesprochen worden? Und wenn ja, wie ging es dann dem Strobel? War er verletzt? Vielleicht sogar schwer?

Fragen über Fragen, die sie natürlich nicht beantworten konnte. Mit zitternden Händen setzte sie sich auf einen Stuhl und starrte minutenlang auf das Radio. Die Sorge um ihren Geliebten schnürte ihr förmlich die Kehle zu. Und siehst du, das wurde auch nicht besser, als der Bruno hereingetapst kam, sich vor sie hinhockte und ihr treuherzig schauend die Hände abschleckte. Ganz im Gegenteil! Ich meine, normalerweise spricht man Tieren in solchen Situationen ja eine beruhigende Wirkung zu. Im Falle der Frau Doktor verhielt sich das allerdings total anders. Du darfst nämlich nicht vergessen, dass sie dank der Frau Kasinger Wissen mit sich herumschleppte, auf das sie in dieser Situation liebend gern verzichtet hätte. So aber kamen ihr die Worte der Heimleiterin wieder in den Sinn. Sie erinnerte sich an die Sache mit dem Pantoffel vom Strobel, den der Bruno im Garten vergraben hatte. Als erste Amtshandlung im neuen Heim quasi. Das verbesserte den Gemütszustand seines Frauchens nicht nachhaltig. Das kannst du mir ruhig glauben.

Plötzlich hatte sie das Bedürfnis, etwas zu tun. Also tat sie etwas. Telefonieren nämlich. Sie brauchte insgesamt drei Versuche, bis sie endlich die 133 gewählt hatte. Jetzt wirst du vielleicht denken, dass drei Ziffern ja nicht arg viel sind und man sich da normalerweise nicht so oft verwählen kann. Und damit hast du grundsätzlich auch recht. Aber wenn einer so zittert wie die Frau Doktor zu dem Zeitpunkt, können es auch gut und gern zehn Versuche werden. So gesehen hat sie das halbwegs souverän gelöst.

Genützt hat ihr das aber herzlich wenig, weil ihr der Beamte am anderen Ende der Leitung freilich nicht sagen konnte, ob dem Strobel etwas passiert war. Genau genommen, konnte der Mann gar nichts zu dem Vorfall sagen. Noch nicht einmal, wen die Frau Doktor anrufen könnte. Lediglich die Telefonnummer von der Kriminalabteilung konnte er ihr geben. Ihre Bewegungen waren fahrig, als sie die Nummer auf ein Blatt Papier kritzelte.

Der Anruf brachte allerdings auch nichts. Denn dort erklärte ihr ein freundlicher, aber auch sehr bestimmter Beamter, dass momentan keinerlei telefonische Auskünfte zum Tathergang erteilt würden. Da müsse sie schon persönlich zur Pressekonferenz erscheinen.

»Weil, einfach so am Telefon geht da gar nichts.«

Ihr Einwand, sie wolle ja nichts über den Tathergang, sondern nur etwas über den Verbleib vom Bezirksinspektor Leopold Strobel wissen, half ihr auch nicht, die Sturheit ihres Gesprächspartner zu überwinden. Stoisch wiederholte der Mann immer den gleichen Satz. Solange, bis die Frau Doktor resigniert auflegte.

Nach Wien zu fahren, würde für sie keinen Sinn machen. Das wusste die Frau natürlich. Da sie nicht von der Presse war, würde man sie gar nicht zur Pressekonferenz durchlassen. Und selbst wenn doch, konnte sie dort schlecht nach dem Schicksal vom Strobel fragen. Verzweifelt und weinend hockte sie also da, die Frau Doktor, und überlegte fieberhaft, wie sie an Informationen kommen könnte. Letztendlich beschloss sie, ihre Amtsstellung ein kleines bisschen auszunützen. Ich meine, normalerweise machte die Frau so etwas natürlich nicht. Im Gegenteil. Sie verurteilte Handlungen dieser Art. Jetzt allerdings verwarf sie alle moralischen Bedenken und wählte die Nummer vom örtlichen

Gendarmerieposten. Dort war die Frau Bezirksrichterin natürlich bekannt. Von daher stellte es kein großes Problem dar, den Kommandanten der Dienststelle zu beauftragen, Informationen zu der Schießerei in der Rennwegkaserne einzuholen. Auf dem Dienstweg quasi. Danach war sie zwar nicht wirklich ruhiger, hatte aber das Gefühl, etwas getan zu haben. Der Bruno seinerseits konnte zwar nicht wissen, was er mit seiner Schlapfenvergraberei für ein Drama ausgelöst hatte, schien aber zu spüren, dass er momentan keinen allzu guten Stand bei seiner neuen Besitzerin hatte. Er verkroch sich vorerst einmal hinter dem Sofa. Sicher ist schließlich sicher.

KAPITEL 19

In Oed liefen derweil die Leute auf der Straße zusammen und staunten nicht schlecht über das Massenaufgebot an Uniformierten. Die Tatsache, dass es sich um die Wiener Polizei handelte, die da aufmarschierte, sorgte für einige Verwirrung. Manch einer der alten Ortsbewohner fragte sich unwillkürlich, ob der Krieg vielleicht wieder ausgebrochen war. Immerhin waren ja mehr Uniformträger im Dorf, als es Einwohner gab. Noch dazu arbeiteten die Menschen freilich auch in Oed für ihren Broterwerb, weshalb nicht alle Bewohner anwesend waren. Eine überschaubare Zahl von elf Seelen war es, um genau zu sein, die zusammenkamen, um zu gaffen.

Darunter auch der Herr Bürgermeister, der natürlich sofort wissen wollte, was der Grund für diesen Auflauf war. Eine Frage, die den Strobel zu dem Schluss kommen ließ, dass in dem Ort offenbar niemand Radio hörte. Ansonsten hätte der Ortsvorsteher zumindest geahnt, welches Ziel die Polizisten hatten. Anschließend wandte sich der Strobel den Kollegen vom örtlichen Gendarmerieposten zu, die er über Funk um Unterstützung gebeten hatte, und holte Informationen zur Familie Fiala ein:

»Ist euch die Familie bekannt? Ich meine, sind die irgendwie negativ aufgefallen?«, wollte er wissen und erhielt prompt eine Antwort: »Das kann man wohl sagen! Am häufigsten waren Beschwerden anderer Dorfbewohner, wegen der dauernden Ballerei auf dem Hof.«

»Ballerei?«, echote der Strobel, »welche Ballerei?«

»Na die haben da wahre Schützenfeste veranstaltet. Aber nicht nur Vater und Sohn. Die Frau Fiala war auch mit von der Partie. Genau wie einige von diesen zwielichtigen Typen, die der Ernst, also der Sohn, immer wieder mitgeschleppt hat. Wir haben da einige Male intervenieren müssen«, erzählte einer der beiden. Sein Kollege stand daneben und nickte die ganze Zeit über bestätigend, bevor er sich ins Gespräch einschaltete: »Genau! Und in Tullnerbach drüben waren wir auch relativ oft. Da haben sie zwar nicht geschossen, aber dafür lautstark gefeiert. Und der Junior mit seiner Raserei war uns sowieso schon lang ein Dorn im Auge …«

»Moment, langsam!«

Da war jetzt einiges an Information drinnen, das für den Strobel neu war. Abgesehen von der Tatsache, dass anscheinend die gesamte Familie Fiala aus Waffennarren bestand, hatten sie offenbar noch ein weiteres Haus ganz in der Nähe.

»Verstehe ich das richtig, dass die Fialas noch ein Haus in Tullnerbach haben?«

Nachdem er das von den Kollegen bestätigt bekommen hatte, ließ er sich die Adresse geben. Danach musste der Strobel dringend telefonieren, um in Wien Bescheid zu geben. Denn natürlich brauchte er jetzt noch einen zweiten Durchsuchungsbefehl. Das konnte er im Haus des Ortsvorstehers erledigen.

Kaum war das geschehen, war der Spuk für die Dorfbewohner auch schon wieder vorbei. Optisch zumindest. Verbal hatte die Sache natürlich noch ein gehöriges Nachspiel, das am Ende auch noch in die Verlängerung ging.

Als der Strobel mit seiner Sturmtruppe endlich den Hof erreichte, schien dieser menschenleer zu sein. Nichts rührte sich, und auch Fahrzeug war keines zu sehen. Noch nicht einmal ein Traktor. Wie du ja weißt, hatte sich der Strobel während der Fahrt schon Gedanken darüber gemacht, wie er vorgehen sollte. Deswegen kostete es ihn jetzt auch keine Zeit mehr, die Einsatzkräfte aufzuteilen. Nachdem derart viele Beamte zur Verfügung standen, war es kein Problem, das Anwesen richtiggehend zu umstellen. Mitten in der schönsten Einteilerei ging plötzlich die Tür des Wohnhauses auf, und eine Frau erschien in seinem Blickfeld. Mit einer dieser schon berühmt berüchtigten Kleiderschürzen mit Blümchenmuster und einem nicht weniger hübschen Kopftuch.

Mürrisch sah sie zu ihnen herüber und eröffnete das Gespräch relativ unhöflich: »Was wollen S' denn da? Schauen S', dass von meinem Grundstück verschwinden!«

Eine Aufforderung, der die Polizisten natürlich nicht nachkamen. Geordnet bezogen die Außensicherer ihre Posten. Aus der Ferne betrachtet wirkte die Szene sicherlich ein wenig bedrohlich. Immerhin waren die Beamten bis an die Zähne bewaffnet. Abgesehen von ihren Pistolen führten sie auch Karabiner und sogar Maschinenpistolen mit sich. Genau wie im Krieg eben. Das schien die Frau beim Haus aber nicht zu bemerken. Oder es imponierte ihr einfach nicht. So genau konnte das später keiner mehr sagen. Aber wie dem auch sei.

Der Strobel ging jedenfalls auf sie zu, wies sich aus und fragte, ob sie die Frau Fiala sei. Als sie nickte, erklärte er ihr in kurzen Worten den Grund ihres Kommens: »Frau Fiala, wir haben einen Durchsuchungsbefehl für Ihr Grundstück und einen Haftbefehl gegen Ihren Sohn. Ist er da?«

Sie sah ihn unverändert giftig an, antwortete aber nicht. Stattdessen zeterte sie los: »Durchsuchungsbefehl? Haftbefehl? Seids deppert? Was soll denn das heißen?«

»Das soll heißen«, erwiderte der Strobel geduldig, »dass wir jetzt Ihren gesamten Hof auf den Kopf stellen. Und wenn wir dabei Ihren Sohn finden sollten, nehmen wir ihn mit und sperren ihn ein! Alles klar soweit?«

Seitens der Frau war gar nichts klar. Das brachte sie auch gerade zum Ausdruck, als der Strobel beschloss, die Sache ein wenig zu beschleunigen, und sie einfach zur Seite schob. Gefolgt von mehr als einem halben

Dutzend seiner Männer drang er unter heftigem Protest der Frau Fiala in das Gebäude ein.

»Der Ernst is net da«, kreischte die Frau immer wieder und versuchte, den Strobel am Ärmel zurückzuhalten. Vergeblich, wie sich herausstellte. Genau wie die Durchsuchung des Wohnhauses. Da war alles unverdächtig, und weit und breit kein Ernst Fiala zu finden. »Ich hab' euch doch g'sagt, dass der Ernst net da is«, maulte die Frau Fiala, als die Beamten aus dem Haus kamen und sich einem der beiden Wirtschaftsgebäude zuwandten. Die aufgeregte Frau folgte ihnen auf Schritt und Tritt und hatte ständig irgendwas zu meckern. Aber niemand hörte ihr zu. Dem Strobel fielen sofort die dicke Tür und die massiven Schlösser auf, die ihnen den Zutritt zu dem Gebäude verwehrten. Als er aber die zeternde Frau aufforderte, ihnen die Schlüssel zu geben, behauptete sie, die habe ihr Gatte bei sich, der leider so schnell nicht heimkommen würde.

»Dann eben nicht!«, sagte der Strobel und gab seinen Männern Weisung, die Tür aufzubrechen.

»Nein! Halt! Das dürfen Sie nicht!«, schrie die Frau Fiala und stellte sich theatralisch vor die Tür. Der Strobel blieb gelassen und schob sie einmal mehr zur Seite. »Doch! Darf ich. Durchsuchungsbefehl. Schon vergessen?«

Und siehst du, die Entschlossenheit vom Strobel wirkte in dem Fall wahre Wunder. Denn plötzlich erinnerte sich die Frau Fiala daran, dass sie die Schlüssel in ihrer Schürzentasche hatte. Eine kaputte Tür wollte sie offenbar nicht riskieren. Nach dem Aufsperren und dem Betätigen des Lichtschalters verstand der Strobel auch sofort, warum.

Anders, als von außen zu vermuten gewesen wäre, machte das Innere einen sehr aufgeräumten Eindruck. Das war es aber nicht, was den Ordnungshüter zum Staunen brachte. Das lag eher an den vielen Regalen, die rechts an der Wand standen und deren Inhalt. Der bestand nämlich aus Waffen. Schusswaffen aller Art, um genau zu sein. Nach einer ersten Schätzung vom Strobel mussten es an die 100 sein. Dazu kamen Unmengen an Munitionskisten und sonstiger Gegenstände, die sie erst sichten mussten.

»Oha!«, hörte der Strobel einen der Uniformierten hinter sich sagen und sah sich genötigt, das zu kommentieren: »Das kannst laut sagen Herr Kollege.«

Langsam schritt der Strobel die Regale ab und traute dabei seinen Augen kaum. Mit dieser Sammlung hätte man tatsächlich eine kleine Privatstreitmacht ausrüsten können. Abgesehen davon musste das Zeug ein mittleres Vermögen wert sein.

Hinter sich hörte er die Frau Fiala zu den Kollegen sagen, sie sollen gefälligst vorsichtig sein mit den Waffen, damit die keine Kratzer abbekommen. Ein Satz, der ihm zeigte, dass sie wohl kaum mit jenen Frauen zu vergleichen war, die er üblicherweise traf. Denn wenn eine Mutter keine anderen Sorgen hatte, nachdem ihr gesagt wurde, dass ihr Sprössling wegen mehrfachen Mordversuchs gesucht wurde, dann konnte in ihrem Hirn eindeutig etwas nicht richtig funktionieren. Synapsenkurzschluss quasi. Dachte zumindest der Strobel in dieser Situation.

Neben den Schusswaffen fanden sich auch noch Handgranaten und eine Kiste mit einem für den Strobel nicht erkennbaren Inhalt. Bei dieser Menge an Waffen erschien es dem Strobel fraglich, ob er hier überhaupt anfangen sollte, selbst alles aufzulisten und nach Spuren zu suchen. Diese Entscheidung wurde ihm in den kommenden Minuten aber gänzlich abgenommen. Zum einen durch den Fund zweier lebensgroßer Holzpuppen, die offenbar sehr oft Opfer diverser Schießübungen geworden waren, und einem ganzen Fass voll leerer Patronenhülsen. Und zum anderen durch eine weitere noch viel unglaublichere Entdeckung, die einer der örtlichen Gendarmen machte, als er sich Zutritt zu einem Raum gegenüber der Waffensammlung verschaffte.

»Herr Bezirksinspektor, kommen S' schnell einmal her. Das müssen S' Ihnen anschauen!«, rief der Mann aufgeregt und winkte zur Tür heraus. Der Strobel folgte der Aufforderung und war gespannt, was sein Kollege wohl gefunden hatte. Aber um ehrlich zu sein, hätte er wahrscheinlich tagelang spekulieren können, ohne auch nur annähernd dahinter zu kommen.

Als er sich der Tür näherte, fiel ihm auf, dass diese ziemlich dick war. Viel dicker jedenfalls als jede normale Tür. Und als er dann den Raum betrat, begriff er im ersten Moment gar nichts mehr. Soll heißen, das Hirn vom Strobel weigerte sich zunächst, den Raum als das zu erkennen, was er offenkundig war. Eine Folterkammer nämlich. Und zwar keine für Dilettanten. Es war eine solche, wie man sie aus diversen Filmen kennt, in denen zumeist ganz schlimmen Schurken auf grausamste Weise Geständnisse entlockt wurden.

Da gab es tatsächlich eine Streckbank. Ein massives Teil, aus Holz gefertigt mit Drehkreuzen am Kopf und am Fußende und Schlaufen, um Arme und Beine festzuzurren. Daneben und ziemlich nahe an der Wand stand ein Stuhl. Ebenfalls aus Holz und mit ähnlichen Befestigungsschlaufen für die Gliedmaßen. Auf der Höhe, in der bei einem sitzenden Menschen der Hals gewesen wäre, hing eine massive Eisenkette, deren Zweck sich dem Strobel erst bei näherer Betrachtung erschloss. Da erkannte er nämlich, dass die beiden Enden dieser Kette in der Wand hinter dem Stuhl verschwanden. Offenbar sollte sie dazu verwendet werden, jemanden zu würgen. Von der Decke baumelte ein Eisenkäfig, der wahrlich furchteinflößend wirkte. Am anderen Ende des Raumes stand ein großer Tisch. Ebenfalls mit Schlaufen für Hände und Füße ausgestattet, sah er ansonsten wie ein ganz normaler Tisch aus. Wären da nicht die Werkzeuge gewesen, die an einer Seite fein säuberlich aufgereiht lagen. Eines schauriger als das andere. Verschiedene Zangen, ein Messer, eine Säge und ein Hammer und noch einige andere Dinge, von denen der Strobel nicht wusste, wofür man sie unter normalen Umständen gebrauchen konnte. Er konnte sich aber sofort vorstellen, dass man einem Menschen mit diesen Dingen unglaubliche Schmerzen zufügen konnte.

An den Wänden waren ebenfalls Ketten angebracht, und es gab eine Feuerstelle mitten im Raum. Mit Rauchabzug, wie der Strobel nebenbei registrierte. Um all das zu sehen und zu verarbeiten, brauchte er nicht halb solange, wie es ihm selber vorkam. Am schlimmsten, so erzählte der Strobel später, fand er aber ein anderes Detail. Nämlich die Sauberkeit in dem Raum. Es wirkte tatsächlich so, als würde er regelmäßig gereinigt. Als würde er verwendet werden. Dieser Gedanke gefiel dem Ordnungshüter gar nicht.

Noch bevor er selber alles gesehen hatte, was es zu sehen gab, fing sich der Strobel wieder und besann sich auf den Grund seiner Anwesenheit. Als Erstes befahl er allen Kollegen, den Raum sofort zu verlassen, und kommandierte zwei von ihnen als Wachtposten ab. Anschließend begab er sich ins Wohnhaus, um die Spurensicherung zu rufen. Denn alles was er hier bisher entdeckt hatte, schrie aus seiner Sicht geradezu nach einer kriminaltechnischen Untersuchung. Und damit hatte er vollkommen recht, wie sich später herausstellen sollte.

Danach widmete sich der Strobel der Durchsuchung der Scheune und eines alten Stalls. Gefunden wurde da allerdings nichts mehr. Deshalb beschloss er, einen Teil der Männer als Wachen zurückzulassen. Mit dem

Rest wollte er nach Tullnerbach fahren, um das zweite Wohnhaus der Familie zu durchsuchen. Die Frau Fiala nahm er vorsichtshalber mit. Ganz koscher erschien ihm die Dame des Hauses nämlich nicht. Und ein paar Fragen hatte er freilich auch an sie.

Die lange Geschichte kurz erzählt ist, dass es in dem Haus in Tullnerbach, abgesehen von zwei Pistolen, nichts zu finden gab. Dafür fehlte eindeutig etwas, wie der Strobel bei einem Blick in den Kleiderschrank im Schlafzimmer unschwer feststellen konnte. Die halbe Garderobe des Hausherrn nämlich. Das kam dem Strobel schon etwas komisch vor. Hatte die Frau Fiala doch behauptet, ihr Göttergatte sei in der Arbeit. Als er jetzt noch einmal nachfragte, blieb sie auch dabei. Wenig glaubhaft, wie der Strobel fand, weshalb er nach draußen ging, um eine Funkfahndung nach dem Vater von Ernst Fiala zu veranlassen. Wissen, so dachte der Strobel, konnte man schließlich nicht, ob Vater und Sohn nicht gemeinsam auf der Flucht waren.

Bevor er mit der Frau Fiala im Schlepptau nach Wien zurückfuhr, postierte er auch bei dem Haus in Tullnerbach einige Kollegen. Nur für den Fall, dass einer der beiden Männer dorthin kommen würde, um sich zu verstecken.

Während all das geschah, verging die Frau Doktor in Korneuburg fast vor Sorge um ihren Strobel. Seit Stunden wartete sie schon auf einen Rückruf des Korneuburger Postenkommandanten, der aber nicht kam. Da beschloss die Frau in ihrer Not, selbst nach Wien zu fahren. Gerade als sie mit dem Anziehen fertig war und zur Tür hinaus wollte, klingelte das Telefon. Mit ein paar schnellen Schritten war sie beim Apparat und hob ab.

Tatsächlich war es der ersehnte Anruf. Allerdings ohne das gewünschte Ergebnis. Weil auch dem Gendarmen hatte man am Telefon nicht sagen wollen, wer von der Kollegenschaft unter den Opfern war. Während sie sprach, spürte sie plötzlich die raue Zunge vom Bruno auf ihrer herabhängenden Hand und sah zu ihm hinunter. Irgendwie kam ihr vor, dass der Hund trauriger aussah als noch vor einer Stunde, und ihr Herz zersprang förmlich in der Brust. Obwohl die Frau Doktor eine rational denkende Frau war, dachte sie ernsthaft darüber nach, ob der Hund den Pantoffel vergraben hatte, weil der Strobel sterben würde, oder ob der Strobel vielleicht würde sterben müssen, weil der Hund den Pantoffel vergraben hatte. Zwar eine ziemlich blöde Frage, aber trotzdem keine gute Voraussetzung für Streicheleinheiten. Das kannst du dir wahrscheinlich denken. Jedenfalls war die Angst inzwischen derart groß, dass die arme Frau völlig der Mut verließ und sie doch nicht nach Wien fuhr. Der Bruno bewies einmal mehr sein gutes Einfühlungsvermögen und verzog sich wieder hinter das Sofa.

Ein paar Stunden später löste sich die Situation in Wohlgefallen auf. Da kam der Strobel nämlich heim. Völlig unerwartet und zur Freude der Frau Doktor pumperlgesund. Nachdem er die Frau Fiala abgeliefert und Bericht erstattet hatte, war er vom Oberst Kummer persönlich nach Hause geschickt worden. Als Belohnung dafür, dass er den Steinwender durch seine schnelle Reaktion vor gröberem Schaden bewahrt hatte. Eine nette Geste des Offiziers. Für den Strobel war es doppelt gut. Er kam nicht nur heim und konnte im eigenen Bett schlafen, sondern auch sein Hemd wechseln, das deutliche Spuren des Tagesverlaufs aufwies. Deshalb war seine Herzallerliebste im Moment auch ziemlich geschockt, als sie das Blut und die übrigen Flecken sah. Zu waschen brauchte sie das Hemd jedenfalls nicht mehr. Das war nur noch zum Wegschmeißen. Eine Tatsache, die dem Strobel fast ein wenig peinlich war, weil es ja nicht sein Hemd war, das er da ruiniert hatte. Eigentlich ein blöder Gedanke. Aber wie dem auch sei.

Der Strobel für seinen Teil zeigte sich hoch erfreut über den neuen Mitbewohner, der seltsamerweise nicht und nicht hinter dem Sofa hervorkommen wollte. Die Tatsache, dass der Hund seine überaus bequemen Hauspatschen vergraben hatte, gefiel ihm zwar etwas weniger, aber er konnte es verschmerzen. Nach einer ausgiebigen Dusche und einem improvisierten Abendessen mit einigen Gläschen Wein, erzählte der Strobel seiner Holden von den Ereignissen des Tages. Später lagen sie eng umschlungen im Bett, und der Strobel lauschte den regelmäßigen Atemzügen der Frau Doktor. Er selbst fand keinen Schlaf. Erst jetzt wurde ihm so richtig bewusst, wie knapp es für ihn gewesen war und was alles hätte passieren können, wenn er langsamer reagiert hätte. Diese Gedanken forderten ihren Tribut. Zittern, Schweißausbrüche und Atemnot waren der Preis, den er bezahlen musste. So unruhig war er, dass die Frau Doktor davon wach wurde. Während sie dann versuchte, den Strobel zu beruhigen, war sie heilfroh, ihm nicht erzählt zu haben, was sie von der Frau Kasinger über den Bruno erfahren hatte. Das hätte dem Gemüt vom Strobel sicherlich zusätzlichen Schaden zugefügt. Letztendlich schlief der Ordnungshüter in den frühen Morgenstunden doch noch ein. Alles Zureden der Frau Doktor am nächsten Morgen, er solle sich schonen und krankmelden, nützte nichts. Denn obwohl der Strobel dieser Empfehlung sehr gern gefolgt wäre, fühlte er sich verpflichtet, seinen Beitrag zur Ergreifung des Irren zu leisten.

»Wenn sie ihn nicht ohnehin schon in der Nacht erwischt haben«, wie er hinzufügte. Sie wussten beide, dass das zwar ein frommer Wunsch, aber nicht sehr wahrscheinlich war. Ansonsten wäre es in den Nachrichten zu hören gewesen. Dort war aber immer noch von der Suche nach Ernst Fiala die Rede. Schweren Herzens machte sich der Strobel also wieder auf den Weg nach Wien. Während der Fahrt dachte er darüber nach, wie schnell das Leben vorbei sein konnte, und beschloss, seiner Geliebten einen Herzenswunsch zu erfüllen. Es war höchste Zeit, so sinnierte der Strobel, ihre Beziehung auf den nächsten Level zu heben.

KAPITEL 20

Obwohl der Strobel wieder zu früh dran war, herrschte bereits Hochbetrieb in den Büroräumen der Kriminalabteilung. Die meisten der anwesenden Kollegen kannte der Strobel nicht. Lediglich ein paar Gesichter hatte er schon einmal gesehen, konnte ihnen aber keine Namen zuordnen. Er blieb kurz stehen und sah sich um. Diese hektische Betriebsamkeit gefiel ihm gar nicht. Das lag aber nicht nur an der frühen Stunde, sondern natürlich auch an den Umständen. Eine Tasse Kaffee erschien ihm unbedingt notwendig. Zumal er hoffte, sich im Aufenthaltsraum noch ein paar Minuten vor den kommenden Aufgaben drücken zu können. Eine Hoffnung, die sich tatsächlich erfüllte. Zumindest teilweise.

Der Raum war tatsächlich leer. Die Kanne der Kaffeemaschine auch fast. Die Prozedur des Kaffeekochens wollte sich der Strobel aber auch nicht antun, weshalb er beschloss, sich mit dem Rest zufriedenzugeben. Leider wurde diese Art der Bescheidenheit nicht belohnt. Denn in einem Moment der Unachtsamkeit streifte der Strobel die Tasse von der Arbeitsplatte. Jeder, dem das schon einmal passiert ist, weiß, dass es immer so aussieht, als hätte man nicht eine halbe Tasse, sondern einen ganzen Eimer ausgeschüttet. Genauso erging es auch dem Strobel. Als ob das nicht genügt hätte, konnte er auch kein geeignetes Wischwerkzeug finden. Es blieb ihm also nur, die Putzfrau zu suchen und sie entweder zu bitten, die Sauerei für ihn wegzuputzen oder sich ihren Mopp zu leihen. Er machte sich auf die Suche und fand sie schließlich in der Toilette im dritten Stock.

Die Frau schrak zusammen, als er plötzlich hinter ihr auftauchte und sie ansprach. Sie fuhr herum und starrte ihn an. Völlig verschreckt, wie dem Strobel vorkam, und mit nur einem Auge. Das Linke war nämlich zugeschwollen. Bei diesem Anblick verstand der Strobel schlagartig, dass die Vesna diesmal wohl keinem Unfall zum Opfer gefallen war. Und die übrigen Male auch nicht. Es war unübersehbar, dass die Frau geschlagen worden war. Das wusste auch sie. Verschämt drehte sie ihr Gesicht zur Seite, als sie den Strobel erkannte, und wischte in einem der Waschbecken herum.

»Um Gottes willen, Vesna, wer hat Ihnen das angetan?«

Er berührte sie an der Schulter und versuchte sie umzudrehen. Aber die Frau wehrte sich dagegen.

»Niemand angetan! Selber machen …«

Der Strobel fühlte sich in der Situation hilflos. Das machte sich in seiner gereizt wirkenden Reaktion bemerkbar: »Selber machen … So ein Blödsinn!«, stieß er hervor, »wie soll denn das gegangen sein, mit dem selber machen? Sind S' auf eine Faust gefallen?«

»Bitte lassen mi Ruhe! I nix wollen reden. Muss putzen …«

Der Strobel dachte aber gar nicht daran, locker zu lassen. Er mäßigte nur seinen Ton, als er weitersprach: »Entschuldigen Sie bitte meinen Ton, aber ich bin wirklich erschrocken. Sie dürfen sich das nicht gefallen lassen, Vesna. Jeden Tag eine neue Blessur. Wie soll denn das weitergehen? Sie müssen den Mann anzeigen …«

Bei dem Wort fuhr die Vesna zum Strobel herum und hob abwehrend die Arme.

»Nein! Kein Anzeige!«, rief sie fast flehend. »Meine Mann gute Mann. Ist nur gerade schlechte Zeit. Keine Geld, keine Arbeit, zu viel Schnaps. Du verstehen, Chef? Ist stolzer Mann. Mag nicht leben von Geld von Frau. Darum zornig. Aber ist gute Mann …«

Dem folgte eine kurze Grundsatzdiskussion, in welcher der Strobel die Meinung vertrat, dass ein *guter Mann* nie auf die Idee kommen würde, seine Frau zu verprügeln. Aber damit drang er nicht zu Vesna durch. Im Gegenteil. Es schien fast so, als verstärkte sie mit jedem Wort, das der Strobel sagte, ihre Bemühungen, ihren ach so guten Ehemann zu verteidigen. Das erkannte letztlich auch der Strobel und beschloss, sie vorerst in Ruhe zu lassen. Statt weiter auf sie einzureden, ersuchte er sie, den Boden im Aufenthaltsraum zu wischen, und ließ sie allein.

Er schaffte es noch gerade rechtzeitig zur Morgenbesprechung, um zu hören, was in der Nacht noch alles passiert war. Viel gab es dazu allerdings nicht zu sagen. Ernst Fiala war wie vom Erdboden verschluckt. Genau wie sein Herr Papa. Einer der vielen unbekannten Kollegen hatte das Wort ergriffen und erstattete Bericht darüber, wo sie in der Nacht überall nach dem Fiala gesucht hatten.

Nach ihm übernahm ein Kollege der Spurensicherung, der interessante Details zum Gehöft der Familie Fiala zum Besten gab. Zuerst erzählte er von der umfangreichen Waffensammlung, bevor er zur »Hauptattraktion« kam, wie er die Folterkammer nannte. Mit Hilfe eines Tageslichtprojektors warf er Bilder der einzelnen Foltergeräte an die Wand und erklärte deren Funktion. Es war eine unheimliche Vorstellung, dass in dem Raum tatsächlich jemand gefoltert worden sein konnte. Zumindest theoretisch. Denn in der Praxis hatten die Spurensicherer dafür keine Beweise gefunden.

»Dass diese Leute es mit der Kammer ernst gemeint haben, zeigt für mich die Tatsache, dass der Raum schalldicht ist«, stellte der Kollege gegen Ende seines Vortrags fest und zeigte Bilder von den Wänden, die sie aufgebrochen hatten, um an die Isolierung zu kommen. Da entstand natürlich gleich eine rege Diskussion. Eine solche Vorstellung erschien den Ordnungshütern völlig undenkbar. Dass jemand eine schalldichte Folterkammer baute, um darin wer weiß was zu tun, war noch nie da gewesen.

Nachdem der Strobel ja selbst auf dem Bauernhof gewesen war, hörte er nicht sehr aufmerksam zu. Er konzentrierte sich mehr darauf, sich die Gesichter der Kollegen einzuprägen und den einen oder anderen Namen aufzuschnappen. Vor allem den Namen und den Dienstgrad des stellvertretenden Leiters der Kriminalabteilung wollte er unbedingt in Erfahrung bringen, bevor er noch in eine peinliche Situation schlitterte. Da der Mann keine Uniform trug, war das so nicht zu erkennen.

Klarheit brachte ihm der Steinwender, der plötzlich neben ihm auftauchte und ihn überaus freundlich begrüßte: »Guten Morgen, Strobel, mei Bua! Wie geht's dir denn heute?«

Wie versprochen redete er den Strobel nicht mit »Burli« an. Trotzdem war der mit der neuen Version nicht viel zufriedener. Ich meine, woher hätte er auch wissen sollen, dass es ein Zeichen höchsten Respekts war, wenn der Steinwender ihn »mei Bua« nannte. Das war quasi eine Ehre. Darüber zu diskutieren, blieb allerdings keine Zeit. Als hätte er gewusst, worüber sich der Strobel gerade den Kopf zerbrach, sagte der Steinwender: »Das ist der Oberstleutnant Wilfinger. Der hat heute das Sagen. Ich bin schon gespannt, was der Tag bringen wird …«

Damit stand der Schurli natürlich nicht alleine da. Sämtliche Leute im Raum stellten sich diese Frage. Die Antwort lieferte der Oberstleutnant, der anordnete, dass alle, und damit meinte er wirklich ALLE, wie er betonte, Freunde und Bekannten vom Ernst Fiala ausfindig gemacht und befragt werden mussten. Vielleicht war einer dabei, der wusste, wo sich der Mann verstecken konnte, oder sonst einen Hinweis hatte.

»Arbeitskollegen, Schulkollegen, seine Vereinskumpane und seine Saufbrüder. Redet mit so vielen wie möglich. Heute ist Sonntag. Die Leute sollten also großteils erreichbar sein. Gebt euch Mühe, denn im Moment wissen wir nicht, wo wir suchen sollen.«

Ganz stimmte das zwar nicht, weil in den letzten Stunden zahlreiche Anrufe von Menschen eingegangen waren, die behauptet hatten, den Fiala gesehen zu haben. Das Problem war nur, dass die Orte auf ganz Wien verteilt waren. Erfahrungsgemäß war da freilich viel Blödsinn dabei. Überprüfen mussten sie diese Hinweise trotzdem. Deswegen teilte der Oberstleutnant Wilfinger seine Truppe auch auf. Ein Teil für Freunde und Bekannte, ein Teil für die Hinweise und der Rest für Recherchen aller Art im Büro.

Damit war der Oberstleutnant aber noch nicht ganz fertig mit dem Einteilen.

»Die Kollegen Steinwender, Novotny und Strobel bitte in mein Büro«, kommandierte er mit fester Stimme und marschierte, gefolgt von drei sichtlich überraschten Ordnungshütern, voran. Alle drei fragten sich, was der Offizier wohl von ihnen wollte. Im Büro kam der Wilfinger ohne Umschweife zur Sache: »Meine Herren, wie Ihnen sicher nicht entgangen ist, sind Sie der Rest der Gruppe Travnicek. Ich kann mir vorstellen, was in Ihnen allen vorgeht und wie sehr Sie sich eine

Verhaftung des Täters wünschen. Obwohl ich es vielleicht sollte, möchte ich Sie nicht von den Ermittlungen abziehen. Im Gegenteil. Ich werde Ihnen die Verantwortung übertragen.«

Da staunten die drei Herren erst mal. Überhaupt der Strobel, für den diese Eröffnung völlig unerwartet kam. Immerhin gab es Dutzende Kollegen, die schon viel länger bei der Abteilung waren als er und demnach über wesentlich mehr Erfahrung verfügten. Als er den Einwand vorbringen wollte, unterbrach ihn der Wilfinger bereits im Ansatz: »Damit brauchen Sie mir gar nicht erst zu kommen, Strobel. Ich dachte, Sie waren Dienststellenleiter, bevor Sie zu uns gekommen sind? Dann sollte es für Sie ja kein Problem sein, ein bisserl Verantwortung zu übernehmen. Nicht wahr?«

Er schaute den Strobel an, gab ihm aber keine Zeit für eine Antwort. »Ich habe folgende Einteilung getroffen: Kollege Novotny, Sie kümmern sich um die Koordination aller Abläufe auf der Dienststelle, führen alle Informationen zusammen und leiten sie an die Einsatzkräfte weiter. Was immer Sie dafür brauchen, bekommen Sie. Der Kollege Strobel übernimmt die Führung der Männer im Außeneinsatz, und Sie, Steinwender, unterstützen ihn dabei. Noch Fragen?«

Die Art, wie er diese Frage stellte, zeigte bereits, dass er keine Fragen zulassen wollte. Deswegen schüttelten sie nur ihre Köpfe und warteten, was ihr Vorgesetzter noch zu sagen hatte.

»Na dann, Waidmanns Heil, meine Herren. Bringen Sie den Wahnsinnigen so schnell wie möglich zur Strecke. Ich erwarte spätestens morgen eine Erfolgsmeldung!«

Druck dieser Art war genau das, was sich die drei am wenigsten gewünscht hatten. Nach dieser Besprechung rief der Novotny alle seine Männer zusammen, um die Aufgaben zu verteilen. Der Strobel versuchte herauszufinden, ob der Steinwender eventuell beleidigt war. Denn grundsätzlich hätte ihm, als Dienstälterem, die Aufgabe zugestanden. Als der Strobel ihn direkt danach fragte, lachte der Steinwender und meinte, dass er herzlich gerne darauf verzichte, diese undankbare Aufgabe zu übernehmen. Sich das alles aus der zweiten Reihe anzuschauen, genüge ihm völlig. Er versicherte aber, dem Strobel mit vollem Einsatz zur Seite stehen zu wollen.

»Wir wissen beide, dass ich dir was schuldig bin, Leopold Strobel.«

Das war das erste Mal, dass der Steinwender ihn mit seinem vollen Namen ansprach. Der Strobel nahm das ohne Kommentar zur Kenntnis und ergriff die dargebotene Hand.

»Auf eine erfolgreiche Zusammenarbeit!«

KAPITEL 21

Während der Oberstleutnant dabei war, seine Anordnungen zu verteilen, begann nicht weit von der Rennwegkaserne entfernt ein weiteres trauriges Kapitel in dem Drama. Das Ehepaar Viktoria und Franz Haider war soeben mit Frühstücken fertig geworden. Der Herr Haider begann, den Wagen mit ihrem Gepäck zu beladen, das sie für ihre einwöchige Ferienreise nach Kärnten brauchten. Die Frau Haider machte derweil in der Küche klar Schiff.

Die beiden freuten sich auf diese kleine Auszeit, war es doch in diesem Jahr die einzige Urlaubswoche, die sie sich würden leisten können. Ihre finanzielle Situation war im Moment ein wenig angespannt. Das war dem Kauf ihres Ferienhauses in der Nähe von Hainburg an der Donau geschuldet. Natürlich hatten die Eheleute vorher gewusst, dass es einige Zeit geldmäßig ein wenig knapp werden würde. Trotzdem entschieden sie sich für den Kauf ihrer »Oase des Friedens«, wie sie das Häuschen nahe dem Donauufer nannten. Es war zwar ein kleiner Umweg, aber Herr Haider wollte trotzdem dort vorbeifahren, um nach dem rechten zu sehen.

Obwohl schon 17 Jahre verheiratet, führten die Haiders eine durchaus harmonische und glückliche, wenngleich kinderlose Ehe. Gegen 09.30 Uhr waren alle Vorbereitungen erledigt, und sie konnten sich auf den Weg machen. In etwa einer Stunde, so die Schätzung von Herrn Haider, würden sie das Haus erreichen, sofern verkehrstechnisch nichts dazwischen käme.

Natürlich war die Jagd auf Ernst Fiala auch an den beiden nicht unbemerkt vorbeigegangen. Deshalb verfolgten sie gespannt die Berichterstattung im Radio. Frau Haider verlieh ihrer Meinung Ausdruck, nie gedacht zu haben, dass es in Österreich einmal so weit kommen würde, dass solche Verbrecher wie der Fiala ihr Unwesen treiben konnten. Ihr Mann gab ihr Recht. Genau wie er ihr fast immer Recht gab. Eine Tatsache, die ihre Bekannten immer wieder zu kleinen Witzeleien verleitete. So in der Art, dass diese Rechtgeberei wohl das Geheimnis ihres harmonischen Beisammenseins war. Das störte den Herrn Haider aber nicht weiter. Er gab seiner Viktoria gern Recht.

Ganz so flott, wie sie es sich gewünscht hatten, kamen sie aber nicht voran, weil sie durch insgesamt drei Straßensperren mussten. Damit hatten sie natürlich gerechnet, da es im Rundfunk angekündigt worden war. Immerhin sollte ganz Wien abgeriegelt sein. Und weil die beiden wussten, dass das alles auch ihrer eigenen Sicherheit diente, ließen sie die Kontrollen stoisch über sich ergehen und tauschten ein paar freundliche

Worte mit den Beamten. Alles in allem begann ihr Urlaub sehr entspannt.

Als sie ihr Ziel endlich erreichten, geriet die Frau Haider schon bei der Zufahrt zu ihrem Häuschen ins Schwärmen: »Schau dir das an, Schatz. Ist das nicht herrlich? Das viele Grün rundum, diese Bäume ...! Das war wirklich ein guter Kauf.«

»Allerdings«, bestätigte ihr Mann. Er lenkte den Wagen durch die enge Einfahrt auf das Grundstück, stellte den Motor ab und verharrte noch ein paar Augenblicke hinter dem Steuer, um diesen bezaubernden Anblick in sich aufzunehmen. Seine Frau tat es ihm gleich. Als sie aus dem Wagen stiegen, kramte Frau Haider den Schlüssel aus ihrer Handtasche. Dabei bemerkte sie ihren Nachbarn, der auf dem Balkon seines Hauses stand und herüberschaute. Ein netter, aber auch sehr neugieriger Mensch, der auf den Namen Wurst hörte und, man mag es glauben oder nicht, von Beruf Fleischer war. Eine Tatsache, über die sich nicht nur das Ehepaar Haider sehr amüsiert hatte.

Der Nachbar grüßte freundlich herüber, und die Haiders grüßten ebenso freundlich zurück. Die Frau Haider sperrte die Eingangstür auf, und sie traten nacheinander ein. Schon im Vorzimmer kam ihnen etwas sehr merkwürdig vor.

»Bilde ich mir das ein, Franz, oder riecht es hier nach Zigaretten?«

Franz Haider hielt witternd die Nase in die Luft und bestätigte den Eindruck seiner Frau, die im selben

Moment auf der gegenüberliegenden Seite des schmalen Gangs die halb offene Hintertür bemerkte.

»Du Franz, ich glaube, da ist einer eingebrochen. Wir sollten …«

Weiter kam sie nicht, die Frau Haider. Denn von rechts aus dem Wohnzimmer kam eine Gestalt auf sie zu. Ein Mann, wie sie gerade noch feststellen konnte, bevor es zweimal hintereinander ohrenbetäubend krachte. Und noch bevor der Herr Haider den Kerl überhaupt sah, trafen ihn die Projektile in Brust und Bauch. Wie der sprichwörtliche nasse Sack sank er in sich zusammen und war auf der Stelle mausetot. Seine Frau starrte den Schützen ungläubig an. Sie konnte die Situation gar nicht so schnell erfassen, wie das alles passierte.

»Was … was wollen Sie …?«, stammelte sie mit leiser Stimme und schickte ein »bitte nicht schießen« hinterher. Der Eindringling antwortete nicht, sondern hob seine Pistole und visierte sie an. Von draußen erklang die Stimme von Herrn Wurst und weckte sie aus ihrer Erstarrung: »Herr Haider? Hallo, Herr Haider? Was ist denn los bei Ihnen?«

Da rannte die Frau los. Fatalerweise wählte sie den Weg zum Hintereingang. Wieder zuckte die Waffe vom Fiala zweimal und spuckte zwei Kugeln aus, die beide ihr Ziel nicht verfehlten. Obwohl sie getroffen war, rannte die Frau Haider weiter, während der Herr Wurst mit einem Besenstiel bewaffnet durch die Vordertür stürmte, wo er auf den Fiala traf, der ihn sofort ins Visier nahm. Zum Abdrücken kam er allerdings nicht mehr. Der Herr Wurst erkannte nämlich sofort, dass er mit seinem Besenstiel nicht gegen eine Schusswaffe angehen konnte, und schleuderte ihn in Richtung seines Widersachers. Der Fiala zuckte unwillkürlich zurück. Sekundenbruchteile, die dem Herrn Wurst wahrscheinlich das Leben retteten. Der drehte sich nämlich schneller um, als ihm das irgendjemand zugetraut hätte, und stürmte zur Tür hinaus und auf sein Haus zu. Im Hof stürzte die Frau Haider zuerst auf ihre Knie und fiel dann, mit dem Gesicht voran zu Boden. Wie in Zeitlupe.

Den Fiala kümmerte das nicht weiter. Der hatte jetzt freilich Wichtigeres zu tun. Flucht hieß die Devise. Deshalb nahm er sich wahrscheinlich auch nicht die Zeit, sich eingehender mit dem Herrn Wurst und dessen Gattin zu beschäftigen. Er nahm dem toten Herrn Haider den Autoschlüssel aus der Hand, ging zum Wagen und fuhr davon, während der Herr Wurst im Nachbarhaus schon mit der Gendarmerie telefonierte.

Es ärgerte den Fiala, dass er sein sicher geglaubtes Versteck so schnell wieder aufgeben musste. Zumal er keine Ahnung hatte, wohin er gehen sollte. Langsam aber sicher stellte er fest, dass so ein Leben auf der Flucht nichts von dieser wilden Fernsehromantik an sich hatte, die einem in diversen Krimis oder Roadmovies immer wieder vorgegaukelt wird. Ganz im Gegenteil. Er fand die dauernde Davonlauferei jetzt schon ganz schön anstrengend und nervig. Dass er sich die Suppe selbst eingebrockt hatte, störte ihn dabei nicht weiter.

In der Rennwegkaserne ging im wahrsten Sinne des Wortes ein Ruck durch die Ermittlertruppe. Einerseits weil natürlich alle bestürzt waren, dass der Fiala noch zwei Menschen erschossen hatte. Und andererseits, weil alle wussten, dass sie sich jetzt wahnsinnig beeilen mussten. So nahe würden sie dem Mann so schnell nicht wieder kommen.

Nach diesen neuerlichen Morden lief eine Maschinerie an, wie man sie in der Zweiten Republik noch nicht gesehen hatte. Und wenn du jetzt glaubst, dass ich damit übertreibe, irrst du dich gewaltig. Weil jetzt wurde wirklich alles mobilisiert, was an Männern und Technik zur Verfügung stand. Sogar Soldaten forderte der Oberstleutnant zur Unterstützung an, als er das Suchgebiet weiträumig abriegeln ließ. Aber nicht nur das. Er hielt auch sein Versprechen, das er dem Novotny gegeben hatte. In absoluter Rekordzeit wurde eine Einsatzzentrale eingerichtet, von der die Gendarmen unter normalen Umständen nicht einmal zu träumen gewagt hätten. Von null auf 100, wenn du so willst. Denn plötzlich war es möglich, 200 Funksprüche gleichzeitig zu empfangen und zu verarbeiten. Das hört sich zwar sehr viel an, war aber in Anbetracht der Hundertschaft, die da im Einsatz war, unbedingt erforderlich, um alle Beteiligten am aktuellen Stand halten zu können. »Operation Vorortelinie« taufte der Herr Oberstleutnant dieses Mammutprojekt. Mitten in den Vorbereitungen fand sich dann auch noch der Oberst Kummer ein. Als er sah, was seine Männer da auf die Beine stellten, war er sichtlich beeindruckt und sagte das auch laut und deutlich.

Und siehst du, plötzlich war der Novotny völlig in seinem Element. Offenbar hatte der Herr Oberstleutnant ihm genau die richtige Aufgabe übertragen. Schnell und mit beeindruckender Übersicht schickte er eine Streife nach der anderen zu ihrem Standort. Alle Haupt- und Nebenstraßen von und nach Wien wurden abgesperrt. Genau wie alle Hauptverbindungen im Umkreis des Haider-Hauses. Die Sicherung des Donauufers, der Hainburger Auen und des Marchufers übernahm das Bundesheer. In der neu errichteten Funkzentrale gingen am laufenden Band Funksprüche der einzelnen Patrouillen ein, die ihre Einsatzbereitschaft meldeten. Vielleicht, so mäkelten die »immer alles Besserwisser« später, hätte man diese Maßnahmen schon viel früher setzen sollen. Dieses nachträgliche »hätte man, dann wäre vielleicht« hat damals genauso wenig gebracht wie heute. Oder wie die Oma Strobel zu sagen pflegte: »Wenn meine Tante ein Zumpferl hätt', dann wär' sie mein Onkel.«

Gar nicht so falsch, wenn man es genau nimmt. Und sogar echt witzig. Trotzdem eine eher nutzlose Weisheit. Aber wie dem auch sei. Der Strobel und der Steinwender begaben sich jedenfalls zum Tatort, um von dort die Verfolgung aufzunehmen. Alles in allem hatte die Situation kriegsähnliche Züge angenommen. Eine Entwicklung, die dem Strobel tiefe Sorgenfalten auf die Stirn trieb.

»Übrigens, hast du das von deinem Bankräuber schon gehört?«, fragte der Schurli während der Fahrt unvermittelt. Worauf der Strobel schon antworten wollte, dass es nicht sein persönlicher, sondern nur irgendein Bankräuber gewesen sei. Im letzten Moment überlegte er es sich jedoch anders, weil ihm diese Anmerkung völlig sinnlos erschien. Er begnügte sich mit einem einfachen Nein.

»Den haben sie auf freien Fuß gesetzt. Angeblich wegen seiner positiven Prognose.«

»Was für eine positive Prognose?«, wollte der Strobel wissen, erhielt aber keine befriedigende Antwort: »Genau weiß ich es auch nicht. Anscheinend hat es ihm sehr geholfen, dass du geschrieben hast, er sei freiwillig vom Versuch zurückgetreten. Das ist aber nur ein Gerücht. Auf jeden Fall ist er jetzt bis zu seiner Verhandlung auf freiem Fuß.«

»Aha …«, war alles, was der Strobel dazu sagte. Ihm war wohl der seltsame Tonfall in der Stimme vom Schurli aufgefallen. Er hatte aber keine Lust, seinen Standpunkt in dieser Sache zu diskutieren. Für ihn war das eine gute Lösung. Es musste schließlich nicht jeder, der einmal einen Fehler machte, sofort die volle Härte des Gesetzes zu spüren bekommen. Eine Meinung, die so mancher im Kollegenkreis nicht teilte. Darüber zu philosophieren, machte im Moment wenig Sinn. Jetzt hatten sie anderes zu tun.

»Was glaubst du, erwischen wir den Kerl, bevor er noch mehr Menschen umbringt?«, wechselte der Strobel deswegen das Thema. Er selbst war sich da nämlich nicht so sicher. Das Gebiet, in dem der Mann sich verstecken konnte, war sehr groß. Wo sollten sie da mit einer Suche beginnen? Der Steinwender schien darüber ähnlich zu denken. Zumindest schloss der Strobel das aus der Tatsache, dass er sich mit einer Antwort reichlich Zeit ließ.

»Ich kann es nur hoffen«, meinte er schließlich und klang dabei nicht besonders zuversichtlich.

In Korneuburg verfolgte die Frau Doktor die Sache aufmerksam in den Medien. Klarerweise war sie immer noch ein wenig besorgt wegen dem Strobel und seiner Jagd auf diesen Fiala. Aber lange nicht mehr so arg wie noch am Tag zuvor. Ihre Erleichterung über die offensichtliche Fehlinformation dieser Frau Kasinger war groß. Und so ein kleines bisschen lachte sie auch über sich selber. Wie hatte sie, als erwachsene Frau, diesen Blödsinn nur glauben können? Gerade als sie darüber nachdachte, huschte der Bruno an ihr vorbei in Richtung Garten. Im Maul den neuen Hausschuh vom Strobel. Hurtig sprang die Frau Doktor aus dem Stuhl und hinter dem Hund her. Aber nicht, um ihm die Terrassentür zu öffnen, sondern um ihm den Schuh wegzunehmen.

»Nein, Bruno! Aus! Die Patschen sind ganz neu. Die kriegst du nicht. Sei ein braver Hund …«

Sie zerrte an dem Hausschuh, den der Hund offenbar nicht loslassen wollte, und musste bald einsehen, dass dieser nicht für Belastungen dieser Art gemacht war. Mit einem ratschenden Geräusch trennte sich das Obermaterial von der Sohle. Das war das schnelle Ende von Schlapfen, die dem Strobel ohnehin nicht gefallen hatten. Während sich die Frau Doktor, mit der Sohle in der Hand, über den Verlust ärgerte, saß der Bruno mit dem Stoff im Maul da und wartete darauf, in den Garten gelassen zu werden. Ein Wunsch, den ihm sein Frauerl schließlich auch erfüllte. Eine bessere Verwendung, als ihn zu vergraben, gab es für den Hausschuh ohnehin nicht mehr. Sie nahm sich aber fest vor, das nächste Paar während der Abwesenheit vom Strobel im Schuhschrank zu verwahren.

KAPITEL 22

Noch bevor der erste Streifenwagen beim Haus der Haiders eintraf, hatte der Fiala Pech mit deren Auto. In der Art nämlich, dass er sich einen Patschen* holte. Es blieb ihm also nichts anderes übrig, als den Wagen versteckt abzustellen. Auf keinen Fall durften ihn seine Verfolger zu früh finden. Denn wenn die erst einmal wussten, dass er zu Fuß unterwegs war, bekam er echte Schwierigkeiten. Das war ihm vollkommen klar. Ihm war bewusst, dass er nicht einfach zur nächsten Straße gehen und sich einen neuen Wagen besorgen konnte. Mit ziemlicher Sicherheit hatten die Gendarmen schon Straßensperren errichtet. Und zwar nur, um ihn zu fassen. Ihn, den Ernst Fiala. Ein Gedanke, der ihn sogar für einen Moment stolz machte. Denn egal, wie diese Sache ausgehen mochte, er hatte es zu Ruhm gebracht. Zeitungen, Radio und sogar das Fernsehen berichteten über ihn. Diese dämlichen Bullen hatten keine Ahnung, wo er gerade war und was er als Nächstes tun würde. Nach einer kurzen Denkpause beschloss der Fiala, sich lieber wieder in Richtung Wasser zu bewegen. Am Flussufer, so vermutete er, würden sie ihn noch nicht suchen.

* Patschen = platter Reifen

Ein Irrtum, wie er kurz darauf feststellte, als er von einem kleinen Waldstück aus Fahrzeuge des Bundesheeres beobachtete, die in Richtung Flussufer fuhren. Ärgerlich für den Fiala, machte es ihm doch einen gehörigen Strich durch die Rechnung. Als die Fahrzeuge außer Sicht waren, verließ er sein Versteck und bewegte sich durch ein Feld weiter voran.

Glück im Unglück für den Fiala war, dass es offenbar auch hier, mitten in der Pampa, Leute mit Autos gab. Denn gerade als er einen schmalen nicht asphaltierten Güterweg erreichte, bog doch tatsächlich ein quietschgrüner Ford Escort langsam auf diesen ein. Und zwar so langsam, dass der Fiala es riskierte, sich mitten auf den Weg zu stellen und den Burschen zum Anhalten zu zwingen. Kaum stand der Wagen, eilte der Fiala zur Fahrertür, riss diese auf und hielt dem jungen Mann seine Pistole unter die Nase.

»Mach keinen Blödsinn, ich bin der Fiala!«, blaffte er ihn an. Und weil der Bursche Radio gehört hatte, wusste er ganz genau, wer da vor ihm stand, und dachte gar nicht daran, sich zu widersetzen. Ohne jede Gegenwehr stieg er aus seinem Auto und überließ es dem Fiala. Der wiederum war heilfroh, dass der Kerl so vernünftig war und er nicht schießen musste. Einen Schuss hätten die Soldaten in der Nähe ganz sicher gehört. Das hätte der Fiala freilich nicht brauchen können. So aber stieg er in den Ford, wendete und fuhr davon. Auch das war wieder eine Situation, in der es sehr geholfen hätte, wäre das Mobiltelefon schon erfunden gewesen. Aber damit sind wir freilich wieder bei der Tante und ihrem nicht vorhandenen Zumpferl.

Der zurückbleibende Steiner Alexander war heilfroh, lebendig aus der Sache herausgekommen zu sein, und machte sich auf den Weg zurück zur Straße. Der Bursche konnte ja nicht wissen, dass sich gar nicht weit von ihm entfernt etliche Soldaten herumtrieben. Der Fiala hatte sich mit der gelungenen Aktion einen klaren Vorteil verschafft, da er wieder mobil war. Er wusste aber auch, dass er mit diesem Auto wie ein bunter Hund daherkam. Zudem war es nur eine Frage der Zeit, bis der Besitzer Alarm schlagen würde. Wie, so fragte sich der Fiala, konnte man bloß auf die Idee kommen, ein Auto in solch einer Farbe zu lackieren?

Der Plan konnte also nur sein, den Wagen schnellstens wieder loszuwerden und sich ein sicheres Versteck zu suchen. Lange konnte die Ordnungsmacht diese Jagd, mit dem immensen Personalaufgebot, sicher nicht durchhalten. Er brauchte also nur für ein oder zwei Tage von der Bildfläche verschwinden. Außerdem wollte er unbedingt noch Kontakt mit seinem Vater aufnehmen. Der Fiala hatte keine Ahnung, wo der sich herumtrieb. Er wusste aus den Nachrichten nur, dass die Gendarmerie ihn nicht festgenommen hatte. Irgendwo musste er also sein. Wenn er ihn finden und sich mit ihm zusammentun könnte, wäre die Situation um einiges besser zu ertragen.

In diesem Moment war der Fiala sehr froh, dass sein Vater immer darauf bestanden hatte, einen Notfallplan zu schmieden. Deswegen musste er sich jetzt nämlich keine Gedanken darüber machen, wie er ihn kontaktieren sollte. Er musste zugeben, dass die Idee, die Richard Horak ausgebrütet hatte, als er noch auf Kurs war, nahezu genial war. Genau wie ihr übriger Plan.

Der Fiala konnte noch immer nicht verstehen, was seinen einstmals besten Freund dazu gebracht hatte, ihn und seinen Vater so kurz vor der ersten Umsetzung ihrer Pläne zu verraten. Während der gesamten Vorbereitungen gab es dafür kein Anzeichen. Im Gegenteil. Der Richard hatte sich rege beteiligt und wirklich gute Ideen eingebracht. In den Tagen und Wochen, die sie gebraucht hatten, die Folterkammer zu bauen, lebte er richtig auf. Auch der Einfall, sie schalldicht zu machen, stammte vom Richard.

Ernst Fiala überlegte, wie oft er mit seinem Freund bei ein paar Bierchen darüber geredet hatte, was sie mit seinem Chef anstellen würden, wenn sie ihn in die Finger bekämen. Oder mit irgendwelchen anderen Typen, die ihnen blöd kamen und immer wieder meinten, sie wären etwas Besseres. Gar nicht erst zu reden von den Arschlöchern, von denen sie sich regelmäßig als asoziales Pack und Nazigesindel beschimpfen lassen mussten. Natürlich hätten sie diese Idioten auch einfach zusammenschlagen können. Dann hätte ihr regelmäßiges Karatetraining wenigstens einen Sinn bekommen. Aber das wäre viel zu einfach gewesen.

Und auch viel zu schnell vorbei. Feinde, so hatte der Horak immer betont, wenn er besoffen war, mussten rigoros bekämpft und restlos vernichtet werden. Da reichten ein paar Schläge nicht aus. Nach und nach erdachten sie in diesen Gesprächen grausame Rachepläne. Bis eines Tages die Frage im Raum stand, wie es wohl sein mochte, jemanden zu Tode zu foltern.

Als der Richard ihn dann eines schönen Tages auf dem elterlichen Bauernhof besucht hatte, war Fialas Vater Ohrenzeuge eines dieser Gespräche geworden und schloss sich ihnen an. Einfach so. Das hatte den Fiala tatsächlich überrascht. Ich meine, er kannte natürlich die sadistische Ader seines Vaters. Der ließ sie schließlich bei jeder Gelegenheit an ihm und auch an der Mutter aus. Aber dass der Alte so weit gehen würde, überraschte ihn trotzdem. Von da an trafen sie sich regelmäßig auf dem Hof. Dort trainierten sie nicht nur Karate, sondern übten auch mit großer Hingabe das Schießen.

Großartige Ideen wurden geboren. So wie die, eine eigene Kampfgruppe auf die Beine zu stellen. Es wäre kein Problem gewesen, genügend Anhänger zu finden. In ihrem Stammlokal, dem »Klub 88«, gab es genügend Typen, die nur darauf warteten, es allen so richtig zu zeigen. Vor allem diesem System, von dem sie sich verraten und verkauft fühlten. In ihren Augen trug es die Schuld daran, dass alles mehr und mehr den Bach hinunter ging. Alleine die Scheiße, die die Regierung mit den Tausenden von Gastarbeitern veranstaltete. Unzumutbar für jeden aufrechten Bürger.

Ernst Fiala konnte sich nicht erinnern, wie viele Führergeburtstage er im »Klub 88« bereits gefeiert hatte. Aber es waren einige gewesen. In all den Jahren hatten seine Gesinnungsgenossen dort davon gequatscht, was man alles tun sollte, um endlich etwas zu bewegen. Bei diesem Gerede war es aber immer geblieben. Bis zu dem Tag in der Scheune, an dem er, zusammen mit seinem Vater und dem Horak, beschlossen hatte, die Dinge in die Hand zu nehmen und aufzuräumen.

Ihnen war natürlich klar, dass sie zur Gründung einer solchen Kampfgruppe eine Menge Geld brauchten. Der beste Soldat nützte schließlich nicht viel, wenn er unbewaffnet war. Zuerst hatten sie über Banküberfälle nachgedacht. Sie waren aber bald zur Einsicht gelangt, dass sie auf diese Art nicht schnell genug ans große Geld kommen würden. In dieser Situation hatte der Horak die entscheidende Idee beigesteuert. Entführungen! Und zwar von wichtigen und vor allem sehr wohlhabenden Leuten. Solche, bei denen man wusste, dass sich ihre Familien würden erpressen lassen.

Und eben weil die Idee von Richard Horak gekommen war, hatte es den Fiala so überrascht, als sein Freund vor einigen Tagen plötzlich meinte, er wolle bei der Sache nicht länger mitmachen. Dieser Idiot hatte doch tatsächlich behauptet, er habe bis zuletzt an einen Scherz geglaubt. Weder Vater noch Sohn Fiala ließen bei diesem Gespräch einen Zweifel daran, dass es ihnen ernst war. Sehr ernst sogar. Und dann war er passiert. Der Verrat des engsten Freundes und Verbündeten. Dieser Scheißer hatte doch tatsächlich versucht, sie einzuschüchtern, und damit gedroht, zur Polizei zu gehen. Er hätte es besser wissen müssen. Was, so dachte der Fiala, hätte er anderes tun können, als den zum Feind gewordenen Horak zu vernichten? Und zwar restlos.

Die Tat selbst sah er jetzt wie in Zeitlupe vor seinem geistigen Auge. Wie sein Vater den Horak abgelenkt hatte und er selbst sich von hinten an ihn herangeschlichen hatte. Den Hammer noch in der Hand, mit dem er kurz vorher letzte Hand an eines der Waffenregale gelegt hatte. Alles geschah praktisch wie von selbst. Unzählige Male hatte er das Werkzeug auf den Kopf dieses Verräters niedersausen lassen. Auch dann noch, als der Horak längst am Boden lag. Solange, bis sein Vater ihm Einhalt gebot. Ein unglaubliches Blutbad war das gewesen.

Danach hatten sie, um die Identifizierung zu erschweren, den Kopf komplett vom Rumpf getrennt. Genau wie auch die Hände und die Füße. Letztere mussten sie dem Horak abschneiden, weil er sechs, anstelle von fünf Zehen hatte. Sein Vater war es dann gewesen, der sich daran gemacht hatte, den Horak fast vollständig zu entbeinen. Für ihn als gelernten Fleischer war das kein großes Problem gewesen.

Um aber ganz auf Nummer sicher zu gehen, beschlossen sie, die Leiche in die Luft zu sprengen. Das wiederum war einzig und alleine die Aufgabe vom Fiala gewesen. Seit seiner Militärzeit kannte er sich mit Sprengstoffen aus. Ein Wissen, das ihm schon einige Male von Nutzen gewesen war. Genau wie eben jetzt, wo es galt, eine Leiche verschwinden zu lassen. Den Fiala amüsierte der Gedanke, dass ausgerechnet der Staat, den er mit allen zur Verfügung stehenden Mitteln zu bekämpfen gedachte, ihn im Umgang mit Sprengstoffen ausgebildet hatte.

Sie waren überzeugt gewesen, dass es den Gendarmen nicht gelingen würde, den Toten zu identifizieren, und hatten sich nach der Tat in Sicherheit geglaubt. Von daher war es für den Fiala immer noch unverständlich, wieso er sich plötzlich auf der Flucht befand. Das hätte so nie passieren dürfen.

Er war so in seine Gedanken vertieft, dass er den Haflinger* fast übersehen hätte, der unweit der Straße zwischen den Bäumen stand. Der Wagen schien auf ihn zu warten. Er hielt an und stieß das Stück bis zur Einmündung des Weges zurück, bog ab und fuhr zu der Stelle. Er stieg aus dem Wagen und sah sich um. Aber niemand schien in der Nähe zu sein. Am Kennzeichen

* leichtes Geländefahrzeug der Firma Puch

erkannte er, dass es kein Fahrzeug des Bundesheers war. Das erleichterte ihn sehr. Als er näher heranging, hüpfte sein Herz fast vor Freude über den gebotenen Anblick.

Denn, so unglaublich das jetzt auch klingen mag, es steckte der Schlüssel. Und nicht nur das. Offenbar gehörte das Vehikel einem Jäger. Denn auf der Rückbank lagen ein Jagdgewehr mit Zielfernrohr und eine Schrotflinte. Die passende Munition fand der Fiala erst später. Für den Anfang reichte ihm aber auch das. Der Besitzer des Wagens war nirgends zu sehen. Das war dem Fiala auch lieber so. Ohne weiter zu zögern, schwang er sich auf den Fahrersitz, startete den Motor und fuhr davon.

KAPITEL 23

Schweigend sah der Strobel auf die Leiche der Frau Haider, die immer noch im Hof ihres Hauses lag. Der Bestatter hatte nur einen der toten Körper mitnehmen können. Angeblich würde er in circa 30 Minuten zurück sein. Während der Strobel so dastand, konnte er seine Empfindungen nicht einordnen. Er wusste nicht, ob er wütend auf diesen Fiala sein sollte, und überlegte, welchen Grund dieser Mann haben konnte, derart auszurasten. Dazu fiel ihm allerdings beim besten Willen keine Antwort ein.

Der Schurli war damit beschäftigt, den Herrn Wurst zu befragen. Das war höchstwahrscheinlich eine reine Beschäftigungstherapie, weil das die Kollegen in Uniform schon längst gemacht hatten. Was anderes gab es aber nicht zu tun. Sie beide waren die Spitze des Jagdtrupps. Und je länger der Strobel genau darüber nachdachte, desto klarer wurde ihm, dass er das eigentlich gar nicht sein wollte. Wie hatte er sich nur diese Verantwortung aufladen können? Was, wenn er es verbockte und der Kerl noch ein Dutzend Menschen tötete, bevor sie ihn fassten? Oder wenn der Fiala einfach von der Bildfläche verschwand? Für den

Rest seines Lebens wäre der Strobel dann derjenige gewesen, der bei der Jagd nach einem irren Mörder versagt hatte. Für derlei Überlegungen war es freilich um einiges zu spät. Jetzt stand er da, mitten auf dem Hof dieses hübschen Häuschens, und starrte auf die tote Besitzerin.

Der Nachbar hatte tatsächlich versucht, den Haiders mit einem Besenstiel zu Hilfe zu kommen. Ob der Mann schon realisiert hatte, wie viel Glück ihm beschieden war, dass er noch unter den Lebenden weilte, war fraglich. Leider hatten er und seine Frau nicht gesehen, in welche Richtung der Fiala geflüchtet war. Deswegen war der Strobel mit seinen Männern dazu verdammt, auf den nächsten Hinweis zu warten. Und das, so meinte der Strobel, konnten sie hier genauso gut machen wie anderswo. Dabei juckte es ihn in den Fingern, einfach planlos herumzufahren und auf Kommissar Zufall zu hoffen. Aber genau das durften sie freilich nicht machen. Von Wien aus war der Novotny dabei, ein Netz zu knüpfen, in dem sich der Teufel irgendwann verfangen musste. Darüber waren sich alle einig. Das Problem war nur dieses Wort »irgendwann«.

Der Strobel blickte durch den Hausflur zur offenen Eingangstür, wo der Steinwender gerade mit der Befragung des Nachbarn fertig geworden war, und ging zu seinem Kollegen. Die Aussage vom Herrn Wurst war tatsächlich nicht sonderlich ergiebig. Die Quintessenz war, dass der Fiala für den Tod der Eheleute verantwortlich war. Die beiden Beamten zogen sich in ihren Dienstwagen zurück, um dem Funkverkehr zu lauschen. Möglicherweise ergab sich in den nächsten Minuten etwas, und sie konnten loslegen. Um das Warten zu verkürzen, schnitt der Strobel ein Thema an, das ihn beschäftigte: »Sag, Schurli, kennst du diese Vesna?«

»Meinst du die Putzfrau?«

»Ja.«

»Na klar kenn' ich die. Warum? G'fällt sie dir?«

»Darum geht's nicht.«

»Worum denn dann?«

Der Strobel überlegte noch einen Moment, ob er die Sache tatsächlich thematisieren sollte, bevor er antwortete: »Ich glaube, ihr Mann schlägt sie.«

»Ah geh hör auf!«, platzte der Schurli hervor, »glaubst du, das ist was Neues? Da muss ich dich enttäuschen. Das ist ein alter Hut. Da brauchst jetzt gar nicht so entsetzt dreinschauen. Ich meine, die Frau ist seit Jahren bei uns. Denkst du wirklich, dass uns ihre dauernden Blessuren nicht aufgefallen sind? Ha? Oder dass keiner von uns sie je darauf angesprochen hat? Du bist nicht der einzige Ermittler hier!«

In der Stimme vom Steinwender schwang so viel Wut mit, dass der Strobel unwillkürlich den Kopf zwischen die Schultern zog. Mit einer derart heftigen Reaktion hatte er nicht gerechnet. Schnell versuchte er, die Wogen wieder zu glätten: »Ist ja schon gut! Ich hab' mir nur gedacht …«

»Was hast du dir gedacht? Dass der Herr Bezirksinspektor Strobel nach Wien kommen und uns zeigen muss, wie es geht …?«

Der Steinwender wurde immer lauter und der Strobel immer defensiver. Er entschied sich, ganz einfach nichts mehr zu sagen. Der Schurli würde sich schon wieder beruhigen. Doch offenbar wollte sein Kollege sich gar nicht beruhigen.

»Weißt, Strobel, das mit der Vesna ist eine riesengroße Scheiße. Dieses Arschloch hat ihr schon ein paar Knochen gebrochen. Wir haben wirklich alles versucht und auf sie eingeredet, sie soll diese Mistsau anzeigen. Aber sie wollte nicht. Und als sie es dann endlich einmal über sich gebracht hat, ist sie am nächsten Tag gekommen und hat die Anzeige wieder zurückgezogen. Und der Kerl macht einfach weiter. Unter den Augen der Gendarmerie und lacht sich über unsere Machtlosigkeit krumm. Es ist zum Kotzen!«

Nach diesem Vortrag verstand der Strobel natürlich, warum sich der Schurli so sehr aufregte. Was Gescheites zu sagen, fiel ihm aber nicht ein. Ich meine, was genau hätte er auch sagen können?

Vielleicht kann man es Glück im Unglück nennen, dass er sich keine Antwort mehr auszudenken brauchte. Es wurde nämlich laut am Funk. Da kamen plötzlich relevante Informationen herein. Zuerst die vom Steiner Alexander, dem der Fiala den Wagen geraubt hatte. Sofort waren beide Männer hoch konzentriert und lauschten der etwas hektisch klingenden Stimme, die scheinbar einem Soldaten gehörte.

Während der Schurli dann versuchte, die genannte Örtlichkeit auf der Karte zu finden, trommelte der Strobel seine Männer zusammen. Und nicht nur die Seinen. Man könnte auch sagen, er nahm alles mit, was an Kampfkraft herumlief. Bis auf vier Männer, die er als Wachen zurückließ. Es sah nicht nur spektakulär aus, als sich der Fahrzeugtross mit Blaulicht und mordsmäßigem Trara auf den Weg machte, es war auch ohrenbetäubend laut. Und weil der Strobel den Klang der Sirene seit jeher nicht gemocht hatte, befahl er sehr bald, sie abzuschalten. Noch bevor sie die Stelle erreichten, meldete sich neuerlich eine Stimme. Diesmal ging es um den Diebstahl des Haflingers durch einen vorerst unbekannten Täter. So sagte zumindest der Kollege am Funk. Aber allen war klar, dass es mit ziemlicher Sicherheit der Fiala gewesen war, der den Wagen gestohlen hatte.

Jagdfieber brandete auf, das gleich wieder merklich abebbte, als die Meldung über die Waffen kam, die dem Fiala in die Hände gefallen waren.

»Als wären die Pistolen nicht schon genug …«, fluchte der Strobel und wünschte sich zur Kaffeejause beim Mann im Mond. Als er dem Schurli ins Gesicht sah, erkannte er, dass der ähnliche Gedanken hegte. Trotzdem beschleunigte er den Wagen, um so schnell wie möglich aufzuholen. Am Funk herrschte dann eine

Weile Ruhe. Als sich das nächste Mal jemand meldete, überschlugen sich plötzlich die Ereignisse.

»Achtung! Marchegg 1 an alle eingesetzten Kräfte! Haben soeben den gestohlenen Haflinger gesichtet. Der Verdächtige fährt auf der L3005 in Richtung Gänserndorf.«

»Der muss direkt vor uns sein!«, rief der Schurli aus und drückte das Gaspedal so fest in die Bodenplatte, dass seine Sohle schmerzte. Der Strobel blickte in den Rückspiegel und sah, dass der Konvoi ziemlich weit auseinandergezogen wurde. Er hatte alle Mühe, nicht hektisch zu klingen, als er sie aufforderte, aufzuschließen. Eine Situation wie diese war völlig neu für ihn. Dementsprechend klopfte ihm das Herz bis zum Hals. Angestrengt starrte er nach vorn, soweit sein Auge reichte. Tatsächlich glaubte er, in einiger Entfernung Blaulicht zu erkennen. Sicher war er allerdings nicht, weil es einfach noch zu weit weg war.

»Achtung! Achtung!«, tönte es blechern aus den Lautsprechern, »der Verdächtige hat die L3005 soeben verlassen und ist auf einen unbefestigten Güterweg eingebogen. Marchegg 1 versucht, ihn anzuhalten …«

»Nein, tun Sie das nicht!«, schrie der Strobel ins Funkgerät, ohne dabei auf die Funkdisziplin zu achten, als er einige 100 Meter entfernt eine Staubwolke entdeckte.

»Das müssen sie sein …«

Er deutete mit dem Arm in die Richtung, und der

Schurli grunzte zustimmend, bevor er einen Gang zurückschaltete und wieder Vollgas gab.

»Der muss doch zu kriegen sein«, brummte der Schurli, »so ein blöder Haflinger ist schließlich kein Rennwagen. Wir kriegen ihn!«

Kaum hatte der Schurli das gesagt, lag die Abbiegung direkt vor ihnen. Da quietschten die Reifen des Dienstwagens, dass es eine helle Freude war, als der Schurli ihn fast ungebremst in die Kurve zwang. Der Strobel hatte seine liebe Mühe sich festzuhalten. Aber jetzt war es um die Beherrschung seines Kollegen endgültig geschehen. Mit der Staubwolke in unmittelbarer Nähe gab es kein Halten mehr. Auf dem unbefestigten Weg schüttelte es den Wagen nur so durch. Es klapperte, schepperte und ächzte an allen Enden. Aber der Steinwender hielt die Geschwindigkeit und raste auf die Staubwolke zu, die jetzt rasch immer näher kam. Zu rasch, wie der Strobel fand. Und damit behielt er recht. Denn Sekunden später erkannte er den Grund für die Wolke. Ein Gendarmeriefahrzeug lag neben dem Weg in einem Feld. Der Wagen sah gar nicht gut aus, und der Strobel nahm an, dass es sich um Marchegg 1 handelte. Eine Annahme, die sogleich bestätigt wurde, als einer der Kollegen durchgab, dass sie einen Unfall gehabt hatten, aber unverletzt geblieben waren.

»Weiterfahren«, ordnete der Strobel dem Steinwender an und befahl über Funk, dass der letzte Wagen in der Kolonne anhalten und den Kollegen aus Marchegg helfen solle.

»Alle anderen mir nach!«

Ein Satz, der sich gar nicht so schlecht anfühlte, wie der Strobel später in einem Anfall von Ehrlichkeit zugab. Jetzt brauste der Steinwender mitten durch ein tiefes Schlagloch. Die Räder verloren für Sekunden den Bodenkontakt und knallten dann unglaublich hart wieder auf die Fahrbahn. Den Strobel hob es aus seinem Sitz, und er donnerte mit dem Kopf gegen das Dach des Wagens. Zum Fluchen kam er allerdings nicht.

»Da! Da vorne ist er! Ich sehe ihn …! Gib's durch Strobel, gib's durch …!«

Der Steinwender war total aus dem Häuschen. Und auch der Strobel sah jetzt den Haflinger. Und die Richtung, in die er fuhr.

»Achtung! Achtung! An alle eingesetzten Kräfte, der Verdächtige befindet sich ungefähr 50 Meter vor uns und verlässt scheinbar die Fahrbahn! Ich wiederhole: Der Flüchtige verlässt die Fahrbahn und fährt über das Feld …«

Weiter kam er nicht, weil der Steinwender jetzt außer Rand und Band zu sein schien. Soll heißen, er machte das Manöver vom Fiala ganz einfach nach und lenkte den Dienstwagen ins Feld hinein.

»Scheiße, Schurli, was machst denn da …«, protestierte der Strobel und versuchte verzweifelt, Halt zu finden.

»An Mörder fangen!«, antwortete der Schurli und kurbelte wie ein Wilder am Lenkrad. Der Strobel schaute über die Schulter zurück und sah, dass ihnen tatsächlich noch zwei weitere Fahrzeuge gefolgt waren. Die übrigen waren am Straßenrand stehen geblieben.

»Wo will der denn hin?«, fragte der Schurli, während er versuchte, den Wagen in Bewegung zu halten. Bei dem losen Untergrund war das gar nicht so einfach. Der Fiala tat sich in dem Haflinger offenbar nicht so schwer und wechselte plötzlich die Richtung. Genau auf einen Bauerhof zu, wie der Strobel mit Entsetzen feststellte. Wenn es etwas gab, das er jetzt nicht gebrauchen konnte, dann war es ein neuerliches Blutbad mit weiteren Toten.

»Schneller, Schurli! Er darf den Hof nicht erreichen!«

Zum wiederholten Male hämmerte der Steinwender einen niedrigeren Gang ins Getriebe und versuchte zu beschleunigen. Vergeblich. Anstatt schneller, wurden sie immer langsamer, weil sich die Räder immer weiter in die Erde gruben. Den Kollegen hinter ihnen erging es nicht viel besser. Aufgeben war aber nicht drin. Schließlich wussten sie alle, was passieren konnte, wenn der Fiala sich dafür entschied, sich in dem Hof zu verschanzen, und womöglich auch noch Geiseln nahm.

Der Motor heulte und brüllte, und als der Strobel einmal zurücksah, glaubte er, Rauch aufsteigen zu sehen. Sicher war er aber nicht. Und dann war es plötzlich so weit. Der Fiala erreichte den Hof und lenkte den Haflinger auf das Hauptgebäude zu.

»Bitte, lieber Gott, nicht das!«, flehte der Strobel zu einem Gott, mit dem er normalerweise haderte. Er überlegte, aus dem Wagen zu steigen und die Verfolgung zu Fuß fortzusetzen, als der Fiala wieder die Richtung änderte. Er bog scharf nach rechts ab und verschwand kurz aus dem Blickfeld der Gendarmen. Aber nur, um unmittelbar hinter dem Gehöft wieder aufzutauchen. Offenbar hatte er nicht angehalten, sondern seine Flucht fortgesetzt. Zum Leidwesen der Gendarmen, fuhr er weiter über die Felder, und sein Vorsprung wuchs unaufhörlich. Als er in einem kleinen Waldstück verschwand, hauchte der Dienstkäfer sein Leben aus.

»Scheiße! Scheiße! Scheiße!«, brüllte der Steinwender und schlug mit den flachen Händen gegen das Lenkrad, dass es nur so krachte. »Wir hätten das Arschloch fast erwischt.«

»Ja, aber eben nur fast«, entgegnete der Strobel und gab dann über Funk ihre Position und die Fluchtrichtung vom Fiala durch. Auch ihn ärgerte der Ausgang dieser Verfolgungsjagd maßlos. Er hörte seine Kollegen im Geiste schon lachen und blöde Witze darüber reißen, dass er mit seinem Kommandofahrzeug in diesem verdammten Feld stecken geblieben war.

Auf den Hof zu gehen und den Bauern um Hilfe bei der Bergung der Fahrzeuge zu bitten, brachte der Strobel nicht über sich. Stattdessen schickte er einen jungen Kollegen, den er nicht kannte. Der bekam dann den ganzen Frust des Feldbesitzers ab, der sich über den gewaltigen Flurschaden natürlich nicht freute. Er half aber trotzdem. Am Funk blieb es still. Und zwar den Rest des Tages und die ganze Nacht. Der Fiala trat nirgends mehr in Erscheinung, und niemand wusste, in welche Richtung er hinter dem Waldstück gefahren war. Theoretisch konnte er überall sein.

KAPITEL 24

Ernst Fiala fühlte sich einmal mehr als Sieger. Er hatte es diesen blöden Bullen ganz schön gezeigt. Knapp war es zwar gewesen, aber wirklich gefährdet war er nach seiner Einschätzung nie. Liebend gerne hätte er die blöden Gesichter seiner Verfolger gesehen, als er mitten durch die Felder gefahren war. Im Moment wusste er nicht so genau, wo er sich befand. Das lag zum einen an der zunehmenden Dunkelheit und zum anderen an dem ungewöhnlichen Weg, den er genommen hatte. Die Gegend, durch die er jetzt fuhr, war sehr ruhig. Nicht ein einziges Auto war ihm in der letzten halben Stunde begegnet. Nur einmal hatte er in der Ferne Lichter gesehen.

Trotz seines Hochgefühls wusste Fiala, dass sich an seiner Situation grundsätzlich nichts geändert hatte. Er brauchte wieder einmal ein sicheres Versteck und musste den Haflinger loswerden. Der war nicht nur sehr auffällig, sondern musste auch bald einmal betankt werden. Das Risiko, sich bei einer Tankstelle blicken zu lassen und eventuell erkannt zu werden, wollte er allerdings auf keinen Fall eingehen. Also hielt er wieder einmal nach leer stehenden Häusern Ausschau. Und als hätte Beelzebub persönlich seine schützende Hand über den Fiala gelegt, wurde er abermals fündig. Und diesmal gab es in unmittelbarer Nähe keine Nachbarn, die ihm gefährlich werden konnten.

Um auf Nummer sicher zu gehen, näherte er sich dem Haus mit abgedrehten Scheinwerfern von der Rückseite und blieb in einiger Entfernung stehen. Zu Fuß schlich er näher heran, spähte durch die Fenster ins Innere, lauschte immer wieder in die Dunkelheit. Solange, bis er sicher sein konnte, dass tatsächlich niemand da war. Dann schlug er ein Fenster ein und kletterte ins Haus. Nach einer schnellen Durchsuchung war klar, dass das Gebäude tatsächlich im Moment unbewohnt war. Und zwar schon seit Längerem. Der Kühlschrank war abgeschaltet und stand offen. Das war ziemlich blöd, weil er Hunger hatte und unbedingt etwas essen musste. Zuerst aber wollte er sich um den Wagen kümmern und ihn in die Garage stellen. An einem Schlüsselbrett im Vorzimmer hingen eine Taschenlampe und einige Schlüssel mit fein säuberlich beschrifteten bunten Anhängern. Reserve Haustür, Kellerschlüssel, Sicherungskasten, Garage stand darauf unter anderem zu lesen. Das erleichterte ihm die Sache schon sehr. Der Fiala beeilte sich, den Haflinger in der Garage zu parken, und ging danach ins Haus. Er zog die schweren Vorhänge zu, um Licht machen zu können. Glücklicherweise wusste er gleich, wo der Schlüssel für den Sicherungskasten war, und hatte eine Taschenlampe zur Hand. Wer immer in dem Haus leben mochte, musste ein ordnungsliebender Mensch sein.

Als Nächstes machte er sich auf die Suche nach etwas Essbarem. Und wieder war ihm das Glück hold. Es waren zwar nur Konserven, die er fand, aber sie erfüllten ihren Zweck. Jetzt musste er nur noch schauen, ob das Telefon funktionierte, um mit seinem Vater Kontakt aufnehmen zu können. Für eine Flucht ins Ausland brauchte er nämlich unbedingt Geld. Und das zu besorgen, war Aufgabe seines Vaters. Er hob den Hörer ab und lauschte. Glücklicherweise war das Telefon nicht abgemeldet, und er würde am nächsten Morgen seinen Anruf machen können.

KAPITEL 25

Der Strobel und seine Kollegen hatten derweil andere Sorgen. Niemand hatte den Flüchtigen in den letzten Stunden gesehen, und auch das Auto blieb verschwunden. Es blieb also vorerst nichts anderes übrig, als die Suche abzubrechen und die eingesetzten Beamten auf ihre Dienststellen zurückzuschicken. Schließlich brauchten auch sie einmal eine Verschnaufpause. Genau wie der Strobel und der Steinwender auch. Zudem konnte ein neuer Wagen nicht schaden, wie der Steinwender anmerkte, als er zum wiederholten Male vergeblich versuchte, den Motor zu starten.

Zurück auf der Dienststelle musste der Strobel mit einem flauen Gefühl im Magen Bericht erstatten. Zu seiner Überraschung bekam er von den beiden Offizieren aber keine auf die Mütze, sondern sogar Lob für die bisher erbrachte Leistung. Noch nicht einmal für den ziemlich ramponierten Dienstwagen kassierte er eine Rüge.

Der Oberst Kummer berief neuerlich eine Besprechung ein, um alle an der Aktion beteiligten Beamten auf den gleichen Informationsstand zu bringen. Vor allem ging es dabei um die Ergebnisse der vielen durchgeführten Befragungen und die Aussage der Frau Fiala. Allerdings hatten Bekannte und Arbeitskollegen nicht weiterhelfen können und die Frau Fiala hatte sich ziemlich bockig gezeigt. Zwar hatte sie eingeräumt, sich an den regelmäßigen Schießübungen auf dem Hof beteiligt zu haben, bestritt aber, von der Folterkammer gewusst zu haben. Dabei blieb sie eisern. Ganz egal, wie oft man ihr erklärte, dass es in keiner Weise glaubhaft sei, dass sie von den Bauarbeiten überhaupt nichts mitbekommen hatte. Aber es half nichts.

Was den Richard Horak betraf, gab sie zu, diesen gekannt zu haben, weil er ein Freund seines Sohnes gewesen sei. Und zwar sein bester Freund, wie sie ausdrücklich betonte. Und genau das führte sie auch immer wieder als Argument an, warum ihr Sohn den Horak sicher nicht umgebracht hatte. Schon gar nicht auf solch eine grausliche Art. Es war schwer zu beurteilen, ob sie das ernst meinte oder ob sie nur Theater spielte. Sie rückte aber nicht von dieser Position ab. Keinen Millimeter.

Über den Verbleib ihres Göttergatten machte sie ebenfalls keine brauchbaren Angaben. Sie behauptete steif und fest, der Robert habe ihr nur gesagt, er habe etwas zu erledigen und komme erst gegen Abend wieder nach Hause. Mehr wisse sie nicht. Das glaubten ihr die Ermittler zwar auch nicht, aber das Gegenteil war auch nicht zu beweisen.

Natürlich hatten es die Beamten nicht dabei belassen, die Frau Fiala zu fragen, wo ihr Mann war, sondern alle Hebel in Bewegung gesetzt, ihn zu finden. Das schloss auch eine Anfrage in den Nachbarstaaten mit ein. Man konnte ja schließlich nie wissen. Und tatsächlich kam eine Antwort der Schweizer Behörden, die bestätigten, dass am Vortag ein gewisser Robert Fiala eingereist sei. Er habe bei der Passkontrolle angegeben, nach Luzern reisen zu wollen. Ich glaube, ich muss dir nicht extra erzählen, dass die Frau Fiala natürlich keinen Schimmer hatte, was ihr Mann in der Schweiz wollte. Es kam allerdings der Verdacht auf, dass auch der Ernst Fiala versuchen würde, dorthin zu flüchten. Deshalb wurden Lichtbilder von Vater und Sohn Fiala dorthin übermittelt.

Dann schob jemand eine große Tafel mit einer Karte des Suchgebietes in den Raum, auf der alle relevanten Orte eingezeichnet waren. Blau für alle Standorte der Gendarmeriepatrouillen, Grün für die Bundesheersoldaten und rot für alle Orte, an denen der Fiala gesehen worden war. Anhand dieser Karte versuchten die Beamten, eine mögliche Fluchtrichtung zu eruieren. Das war aber alles andere als eine exakte Wissenschaft. Es hatte schon eher etwas mit Kaffeesatzleserei zu tun. Denn ausgerechnet in jenem Gebiet, in dem der Strobel den Fiala aus den Augen verloren hatte, waren die Straßensperren relativ weit voneinander entfernt. Das war aber kein Fehler, den man dem Novotny zum Vorwurf hätte machen können. Denn wirklich niemand hatte damit gerechnet, dass der Fiala ein Geländefahrzeug stehlen und damit querfeldein fahren würde. Genau dadurch war es dem Mann letztlich gelungen, durch das Netz zu schlüpfen.

Dass sie im Moment keine Ahnung hatten, wo sich der Fiala herumtrieb, war beileibe nicht das einzige Problem. Da war nämlich auch noch ein gewisser Zeitdruck, der durch die Tatsache entstand, dass sie diese Aktion personell nicht mehr sehr lange würden durchhalten können. Dafür gab es schlicht und ergreifend nicht genügend Beamte. Irgendwann musste sich auch der dienstbeflissenste Gendarm ausruhen. Gar keine Frage. Denn anders als das Militär, verfügte die Gendarmerie nicht über Zelte und Schlafsäcke. Und um diese Dinge zu organisieren, hatte bisher die Zeit gefehlt. Daran gedacht hatte aber auch keiner. Bei diesem Aufgebot an Sicherheitskräften war einfach nicht damit zu rechnen gewesen, dass die Sache so lange dauern würde. Aber wie dem auch sei.

In der Kriminalabteilung erfolgte jedenfalls ein Wechsel, und die Kollegen von der Nachtschicht übernahmen. Alle anderen durften nach Hause. So auch der Strobel und der Steinwender. Beim Abschied kam der Steinwender noch einmal auf das Thema Vesna zu sprechen: »Es tut mir leid, dass ich dich am Nachmittag so angeflogen bin, aber das geht mir schon nahe mit der armen Frau. Ich habe mir schon so oft den Kopf darüber zerbrochen, wie man ihr helfen könnte. Aber es nützt halt nichts, wenn sie nicht mitmacht. Aber vielleicht kannst du ja noch einmal mit ihr reden?«

»Mach ich, Schurli. Sobald sich die Lage hier wieder normalisiert hat, rede ich mit ihr.«

Der Strobel hatte schon wieder vergessen, danach zu fragen, wo die Schlafräume waren. Das allein war aber nicht der Grund, warum er sich entschloss, trotz der Uhrzeit noch nach Korneuburg zu fahren. Vielmehr hatten ihm die Ereignisse der letzten Tage deutlich vor Augen geführt, wie schnell das Leben vorbei sein konnte. Blitzschnell konnte sich alles ändern. Und zwar auch ohne eigenes Zutun. Ich meine, es war nicht so, dass der Strobel das bis zu diesem Tag nicht gewusst hätte. Natürlich hatte er. Das hatte ihm seinerzeit der Unfall seiner Frau und seiner Tochter mehr als deutlich gezeigt. Aber irgendwie hatte er diese Tatsache verdrängt. Oder besser gesagt, war dieses Wissen auf der Strecke geblieben, nachdem er begonnen hatte, sich einzuigeln.

Die Frau Doktor hatte es dann allerdings geschafft, sich durch seinen Stachelpanzer zu wühlen und ihre Hand direkt auf sein Herz gelegt. Und wenngleich er auch lange versucht hatte, sich dagegen zu wehren, hatte er sich ihr nach und nach geöffnet. Teilweise sogar, ohne es zu bemerken. Seine Herzdame hatte nie ein Geheimnis aus ihren Wünschen und Vorstellungen gemacht, hatte ihn aber auch nicht bedrängt. Bei näherer Betrachtung kam der Strobel zu dem Schluss, dass sie es sich mehr als redlich verdient hatte, dass er endlich Nägel mit Köpfen machte. Genau das wollte er an diesem Abend machen. Zu ihr fahren, sie in die Arme nehmen, sagen, was er für sie empfand und vielleicht noch etwas mehr. Was den letzten, also diesen alles entscheidenden Schritt anging, war er immer noch ein wenig feige, der Strobel. Aber wer wollte ihm das verübeln?

Wie so oft im Leben kam alles anders. Die Frau Doktor war natürlich hocherfreut, als der Strobel doch noch auf der Bildfläche erschien. Sie hatte nämlich nicht mehr mit ihm gerechnet, da sie ja wusste, dass er mit der Fahndung nach diesem Fiala beschäftigt war. Dieses Wissen wiederum bereitete ihr große Sorgen, seitdem es diesen Schusswechsel in der Rennwegkaserne gegeben hatte. Kann man ja verstehen. Deswegen vereinnahmte sie den Strobel total, sobald er durch die Tür war. Partout wollte sie ihm etwas kochen, eine Flasche Wein köpfen, ihn von seinem Tagwerk ablenken. Sicher gut gemeint. Gar keine Frage. Nur eben nicht das, was der Strobel haben wollte. Er hätte es lieber gesehen, sie hätten sich aufs Sofa gefläzt, eng aneinander gekuschelt und das Zusammensein genossen. Der Wein hätte dabei durchaus seinen Platz gefunden. Geschichten über den Hund, der schon wieder seine Hauspatschen davongetragen hatte, interessierten ihn hingegen nicht so sehr.

Obwohl er das Tier niedlich fand – sofern man einen Hund dieser Größe als niedlich bezeichnen konnte – musste er sich freilich erst an dessen Anwesenheit gewöhnen. Der Bruno selbst schien die Aufmerksamkeit vom Strobel förmlich zu suchen. Wie aus Porzellan geformt saß er regungslos vor dem Tisch und sah den Strobel starr an. Das war fast ein bisschen unheimlich. Während also die Frau Doktor am Herd stand und ihm dabei erklärte, warum er nur einen Hausschuh hatte, und der Hund ihn anglotzte, als sei er eine große Wurst, versuchte der Strobel insgeheim, sich die Worte zurechtzulegen, die er seiner Holden sagen wollte, sobald sie zur Ruhe kam. Leider erwies sich das als ziemlich schwierig, weil er sich nicht konzentrieren konnte. Nach dem Essen und drei Gläsern Wein kam die Müdigkeit. Sie machte die Denkerei nicht gerade leichter.

Bei der Frau Doktor hingegen brach jetzt doch noch die Neugierde durch, und sie wollte unbedingt wissen, wie der Tag für den Strobel gelaufen war. Während er ihr das Nötigste erzählte, verflog die Lust, ihr sein Herz auszuschütten zusehends. Als alles erzählt war, war sie vollkommen verflogen, und der Strobel verschob die Offenbarung seines Innersten auf ein andermal. Aber nicht, dass du jetzt denkst, der Strobel war deswegen enttäuscht oder gar traurig. Überhaupt nicht! Er war sogar recht froh darüber, weil er auf diese Weise noch Zeit gewonnen hatte, um endlich einen Ring zu besorgen. Wenn er den der Frau Doktor unter die Nase hielte, würde er sich eine Menge an Worten sparen können, die auszusprechen ihm so unsagbar schwer fiel. Als sie später noch draußen auf der Terrasse saßen und schweigend ihre Gläser leerten, gesellte sich der Bruno wieder zum Strobel. Diesmal legte er sich allerdings zu dessen Füßen.

»Ich glaube, er mag dich«, meinte eine glücklich wirkende Frau Doktor.

»Ich hoffe, da ist er nicht der Einzige in diesem Haus«, antwortete der Strobel, und beide lachten. Als sie später ins Bett gingen, freute sich der Strobel über den insgesamt sehr schönen Abend, und die Frau Doktor über seine Anwesenheit. Eng umschlungen schliefen sie ein, und der Bruno lag neben dem Strobel auf dem Fußboden und schnarchte zufrieden. Sehr idyllisch und an der Grenze zur kitschigen Liebesgeschichte, das Ganze.

KAPITEL 26

Der nächste Tag brachte arbeitstechnisch eine ganze Menge an Frustration mit sich. Der Fiala war noch immer unauffindbar. Zwar kamen immer noch Hinweise herein, aber die meisten davon waren schon auf den ersten Blick als Blödsinn erkennbar. Überprüft wurden sie natürlich trotzdem. Was anderes gab es ja auch nicht zu tun. Einzig der Novotny war mit seiner Koordiniererei ganz gut ausgelastet.

In der Zwischenzeit gab es auch einen Haftbefehl für Robert Fiala, weil der dringende Verdacht bestand, er sei bei dem Mord an Richard Horak der Komplize seines Sohnes gewesen. Denn dass der Fiala junior den Horak ins Jenseits befördert hatte, daran zweifelte mittlerweile keiner mehr. Nur mit den Beweisen sah es noch ein bisschen mager aus. Aber immerhin hatte sich bei der Auswertung der einzelnen Hausdurchsuchungen ein starkes Indiz gefunden. Ein Kofferset nämlich, bei dem der größte Koffer fehlte, und dessen Materialbeschaffenheit jener der Trümmerteile vom Tatort glich. Dieser Fund war so ziemlich das Einzige, was den Tatverdacht gegen Fiala untermauerte. Natürlich konnten sie ihm die Schüsse auf ihre Kollegen und die Ermordung des Ehepaars Haider anlasten, aber das genügte freilich nicht. Jeder Mann, vom Oberst Kummer bis hin zum rangniedrigsten Beamten, wollte den Mord an Richard Horak geklärt wissen. Wahrscheinlich ging es dabei um die Sicherheit, nicht noch einen Verrückten vom Kaliber eines Ernst Fiala herumrennen zu haben. Aber wer weiß?

Von daher wurden auch an diesem Tag wieder alle Hebel in Bewegung gesetzt, die sich finden ließen. Der Strobel und der Steinwender beteiligten sich an den letzten Befragungen des Freundeskreises. Lauter unangenehme Typen aus dem »Klub 88«, die allesamt kein Geheimnis daraus machten, was sie von den Gendarmen hielten. Zumeist ohne geregelte Arbeit, dafür mit einer satten Liste an Vorstrafen.

»Wenn du die alle miteinander in einen Sack stopfst, ihn zubindest und hineintrittst, triffst du nie den Falschen«, sagte der Steinwender und machte eine ausladende Handbewegung in Richtung der wartenden Zeugen. Diese Bemerkung war zwar politisch nicht korrekt, beinhaltete aber eine Menge an Wahrheit, wie der Strobel fand, der sich die Szene bildlich vorstellte.

Um die Mittagszeit wollte er sich dann die Zeit nehmen, um mit der Vesna zu reden. Da erst fiel ihm auf, dass er sie den ganzen Vormittag noch nicht gesehen hatte. In der Hektik war das zuerst vollkommen untergegangen, obwohl ein Blick in den Aufenthaltsraum es verraten hätte. Als er sich bei seinen Kollegen erkundigte, ob einer von ihnen die Reinigungskraft gesehen habe, erfuhr er, dass sie sich krankgemeldet hatte. Eine Nachricht, die ihn Böses ahnen ließ. Im Moment konnte er jedoch nichts weiter tun.

Zusammen mit dem Steinwender machte er sich auf den Weg zum Mittagessen. Da der Fiala jeden Moment aus der Versenkung auftauchen konnte, gingen sie nur in das Wirtshaus ums Eck. Auf dem Weg dahin fragte der Strobel ganz beiläufig, ob der Steinwender in der Nähe ein Juweliergeschäft wisse. Und weil der Schurli schon seit vielen Jahren in der Rennwegkaserne Dienst machte und die Gegend kannte, wusste er gleich einen. Von Natur aus eine neugierige Nase, wollte er natürlich den Grund für die Frage wissen. Der Strobel erwischte sich dabei, wie er ihm, ohne auch nur eine Sekunde zu zögern, erzählte, dass er seiner Frau Doktor einen Antrag machen wolle. Der Schurli gratulierte ihm und meinte, ein ganz besonderes Geschäft für den Kauf eines Verlobungsringes zu kennen. Gar nicht weit weg, wie er betonte. Ums Eck quasi. Der Strobel ließ sich den Weg beschreiben und beschloss, nach dem Essen dort vorbeizuschauen. Der Steinwender bot an mitzukommen.

»Weißt, ich kenne die Inhaberin näher. Die macht dir einen Spezialpreis, wenn ich dabei bin.«

Ein Argument, dem sich der Strobel, als Sparmeister vor dem Herrn, nicht verschließen konnte.

Leider zeigte sich dann, dass er sich, was die möglichen Kosten eines ordentlichen Verlobungsringes anging, mordsmäßig verkalkuliert hatte. Alle, die ihm gefielen, kosteten mehr als das Doppelte der Summe, die er ausgeben wollte. Die billigeren Ringe sahen für ihn Großteils nach Kaugummiautomat aus, wenn du weißt, was ich meine. Goldfarbene Drahtschlaufen mit Glassplitterbesatz halt. So etwas wollte der Strobel auf keinen Fall kaufen. Für das Exemplar, das ihm mit Abstand am besten gefiel, waren laut Preisschild 22.000 Schilling veranschlagt. Ganz schön viel Holz, wie der Strobel unverblümt feststellte. Eine Äußerung, die die Verkäuferin nicht sehr gerne hörte. Sie rührte aber auch kein Ohrwaschel, um ihm entgegenzukommen. Bis der Steinwender erwähnte, dass er ein Freund der Chefin sei, und fragte, ob er sie eventuell sprechen konnte. Daraufhin verschwand die Verkäuferin kurz hinter einem Vorhang, wo sie offenbar ein Telefonat führte. Kurz darauf schwebte die Inhaberin höchstpersönlich in den Verkaufsraum und begrüßte den Schurli auf eine Art, die den Strobel Anrüchiges ahnen ließ.

Nach einer ziemlich langen Phase des Small Talks zwischen den beiden, kam der Steinwender schließlich zum Thema. Er zeigte auf den Strobel und erklärte der Frau, dass dieser ein guter Freund von ihm sei und einen Verlobungsring kaufen wolle. Da strahlte die Dame den Strobel an und meinte, man werde sicherlich den richtigen Ring für ihn finden.

»Er hat mir übrigens das Leben gerettet, Alma«, erwähnte der Steinwender ganz nebenbei und erhob den Strobel damit in den Augen der Ladenbesitzerin zum Helden.

»Na das muss doch wohl belohnt werden!«, rief sie aus und fragte den Strobel, ob er denn schon etwas Passendes gefunden habe. Der zierte sich mit der Antwort, weil ihm der Preis viel zu hoch war. Aber der Schurli fiel ihm in den Rücken und zeigte der Alma das Schmuckstück.

»Was denkst du, was der für meinen Freund kosten würde?«, fragte der Steinwender und legte der Frau seinen Arm um die Schulter. Sie genoss das sichtlich und tat zumindest so, als müsse sie darüber nachdenken, bevor sie antwortete: »Na ja, für deinen Lebensretter kann ich schon was machen …, sagen wir … 19.«

»Also bitte, Alma. So viel Rabatt kriegt ja ein jeder, der bei dir einkauft«, murrte der Steinwender und brachte die Frau damit zum Lachen. Sie meinte dann, dass dieser Preis nur ein Scherz gewesen sei. Als Strafe für den Schurli, weil der sich so selten bei ihr blicken ließe. Der gelobte Besserung, und Alma nannte einen neuen und für den Strobel völlig unfassbaren Preis: »Sagen wir 11.000 Schilling …«

Da war er völlig geplättet, der Strobel. Als er sich gefangen hatte, versuchte er, das Angebot abzulehnen, weil es ihm fast peinlich war. Aber weder die Alma noch der Schurli ließen locker und drängten ihn förmlich, den Ring zu kaufen.

»Nehmen Sie ihn ruhig und laden Sie mich dafür zur Hochzeit ein, Herr …?«

»Strobel, Leopold Strobel«, sprang der Steinwender in die Presche. Der Strobel ließ sich tatsächlich breit schlagen und bedankte sich überschwänglich. Dann kam der Moment, in dem die Alma nach der Ringgröße der Frau Doktor fragte. Der Strobel musste zugeben, dass er nicht die leiseste Ahnung hatte. Da schlug Alma vor, er solle doch einfach heimlich einen Ring aus dem Schmuckkästchen nehmen und mitbringen. Dann würde sie schon dafür sorgen, dass dieses Prunkstück auch passte. Der Strobel willigte ein und kündigte an, in den nächsten Tagen wieder vorbeikommen zu wollen.

Auf dem Rückweg zur Dienststelle verlieh er seiner Dankbarkeit mehr als nur einmal Ausdruck. Er bedrängte den Steinwender, ihm zu sagen, wie er sich erkenntlich zeigen konnte.

»Gar nicht Strobel. Du bist auf ewige Zeiten bei mir im Plus!«

Zurück auf der Dienststelle fanden sie eine unveränderte Situation vor. Der Oberstleutnant Wilfinger kam vorbei und bot an, einer von ihnen könne früher Schluss machen. Und siehe da, der Steinwender traf die Entscheidung, dass der Strobel das sein sollte, weil er die Ringsache noch erledigen musste.

»Mei Bua, was Wichtigeres hast du im Moment nicht zu tun!«

So ist es halt gekommen, dass der Strobel viel früher als sonst den Heimweg antrat. Er konnte immer noch nicht fassen, dass er den Ring für die Hälfte des Preises bekommen hatte. Das war zwar immer noch mehr, als er ursprünglich ausgeben wollte, aber dafür würde er unglaublichen Eindruck schinden können. Hätte der Strobel auch nur geahnt, was ihn am nächsten Tag erwartete, wäre er wahrscheinlich nicht ganz so unbeschwert in den Feierabend gegangen. So aber machte er noch einen Besuch bei der alten Blumenfrau. Und diesmal brauchte er keine Nachhilfe in Sachen Blumensprache. Er kaufte einfach sieben rote Rosen samt diversem Beiwerk. Dann machte er sich auf die Socken, um vor seiner Angebeteten daheim zu sein. Er musste ihr ja einen Ring stibitzen.

Die Frau Doktor war total überrascht, weil der Strobel schon daheim war, als sie von der Arbeit kam. Sie freute sich total über die Rosen und hatte ebenfalls ein kleines Geschenk für den Strobel dabei. Hausschuhe nämlich. Wieder einmal. Diesmal allerdings welche aus einem wirklich schönen Leder. Der Verkäufer, so erzählte sie dem Strobel vergnügt, habe gemeint, dieses Leder überstünde auch ein paar Hundebisse. Der Rest des Abends war Privatsache.

KAPITEL 27

In einem Haus, mitten im Nirgendwo, hockte der Fiala vor dem Fernseher und sah sich die Nachrichten an, in denen er das Hauptthema war. Das erfüllte ihn sichtlich mit Stolz. Er verfolgte die Berichterstattung mit großem Interesse. Als der Nachrichtensprecher bekannt gab, dass es zwischenzeitlich auch einen Haftbefehl für seinen Vater, Robert Fiala gab, zuckte er zusammen. Denn damit hatte er überhaupt nicht gerechnet. Das widersprach allem, was aus seiner Sicht zu erwarten gewesen war. Sie durften seinen Vater auf keinen Fall verhaften. Ernst Fiala hatte, was polizeiliche Verhöre anging, nämlich nicht besonders viel Vertrauen in die Standhaftigkeit seines alten Herrn. Möglicherweise würde der mehr ausplaudern, als gut war.

Als er dann auch noch hören musste, dass seine Mutter ebenfalls in Polizeigewahrsam war, packte ihn unbändige Wut. Er schnappte sich die Bierflasche vom Wohnzimmertisch und pfefferte sie mit viel Schwung in den Fernseher. Das Gerät quittierte das mit einer gediegenen Implosion, begleitet von gehörigem Funkenflug und einem Stromausfall.

Fluchend stand der Fiala auf und tastete nach der Taschenlampe. Auch im Sicherungskasten spiegelte sich die Gründlichkeit seines Gastgebers wieder. Es gab jede Menge Ersatzsicherungen. Somit konnte er das Problem schnell beheben.

Da Fernsehen für diesen Abend ausfiel, brauchte er eine neue Beschäftigung. Deswegen nahm er sich vor, seine Waffen zu reinigen. Es konnte schließlich jederzeit sein, dass er sie einsetzen musste. Dann sollten sie natürlich auch funktionieren.

Er begab sich in die Garage, um die Gewehre zu holen, die er mit dem Haflinger erbeutet hatte. Zu seiner Überraschung waren es mehr als die beiden, die er schon gesehen hatte. Im Fußraum lag nämlich noch ein Kleinkalibergewehr. Außerdem fand er schachtelweise Munition. Wer auch immer der Besitzer des Wagens war, hatte keinen Grund zur Vorsicht gesehen. Ihm konnte das nur recht sein. Die Waffen erhöhten seine Wehrhaftigkeit immens.

Im Haus stellte er fest, dass es mit dem Putzen nichts werden würde, weil es ihm an Waffenöl fehlte. Da bereute er für einen Moment, die Beherrschung verloren zu haben. Dann aber fiel sein Blick auf den Plattenspieler, und er beschloss, sich ein wenig Musik und ein weiteres Bier zu gönnen. Wenn er Glück hatte, so dachte der Fiala, konnte er die nächsten zwei bis maximal drei Tage in diesem Haus bleiben. Länger würde es bis zum Eintreffen seines Vaters sicher nicht dauern. Danach konnten sie auf nimmer Wiedersehen verschwinden. Zuerst musste er aber noch die Nachricht abschicken. Das wollte er gleich am nächsten Morgen machen, um es noch in die Abendausgabe zu schaffen.

KAPITEL 28

Im Aufenthaltsraum sah es aus, als hätte eine Bombe eingeschlagen. Als der Strobel das sah, wusste er sofort, dass die Vesna auch an diesem Tag nicht zur Arbeit erschienen war. Das machte ihm große Sorgen. Vielleicht fragst du dich ja, warum dem Strobel das Schicksal dieser Frau so wichtig war, obwohl er sie erst ein paar Mal gesehen hatte? Und siehst du, das ist wirklich eine sehr gute Frage, die sich der Strobel selbst auch stellte. Zu einem Ergebnis kam er allerdings nicht. Wahrscheinlich lag es rein an seinem Wissen, dass die Frau unter ihrem gewalttätigen Ehemann zu leiden hatte. Wer weiß?

Wieder war die Nacht ruhig gewesen. Langsam aber sicher verloren auch die Spinner den Spaß daran, ständig anzurufen und zu behaupten, den Flüchtigen irgendwo gesehen zu haben. Unter den Beamten machte sich die Sorge breit, der Fiala könnte ihnen entwischt sein. Dieser Meinung stellte sich allerdings der Novotny vehement entgegen, der meinte, das Suchgebiet derart abgeriegelt zu haben, dass da keine Maus mehr hinauskonnte. Da war manch einer durchaus anderer Meinung.

Trotz der Situation gab es für den Strobel und den Steinwender nicht wirklich was zu tun. Ein Umstand, für den der Strobel dankbar war, weil er es ihm ermöglichte, den Ring beim Juwelier vorbeizubringen. Diesmal empfing ihn die Verkäuferin viel freundlicher und versprach, das gute Stück in spätestens zwei Tagen fertig zu haben. Bis dahin, so spekulierte der Strobel, konnte die Jagd nach dem Fiala auch vorbei sein. Denn natürlich wollte er seinem Herzblatt den Ring in völlig entspannter Atmosphäre überreichen.

Gegen Nachmittag war die Moral der Truppe auf einem neuen Tiefpunkt angelangt. Kaum einer wollte noch so recht an den Erfolg ihrer Mission glauben. Genau da bekamen die Beamten wieder einmal Unterstützung von Kommissar Zufall. Dieser trat kurz vor 18.00 Uhr in Gestalt eines gewissen Herrn Professor Unmut auf. Der kam mit einer Zeitung unter dem Arm anmarschiert und wünschte den Leiter der Ermittlungen zu sprechen. Als einer der Beamten ihn fragte, was er denn wolle, sagte er seelenruhig: »Ich glaube, ich weiß, wo dieser Fiala ist.«

Der Strobel schnappte diesen Satz im Vorbeigehen zufällig auf und mischte sich sofort ins Gespräch.

»Was haben Sie gesagt, Herr …?«

»Professor Unmut. Ich glaube, ich weiß, wo dieser Mörder sich versteckt.«

Während er diese Worte sprach, wedelte er dem Strobel mit der Abendausgabe der Arbeiterzeitung vor der Nase herum.

»Steht das leicht in der Zeitung?«, fragte der Steinwender süffisant, der ebenfalls dazugekommen war.

»Ich denke schon«, antwortete Professor Unmut ungerührt und redete gleich weiter, bevor die Beamten ihn als weiteren Idioten abstempeln konnten: »Also, meine Herren, die Sache ist ein bisschen knifflig, wie ich zugeben muss. Aber wenn Sie mir zwei Minuten Ihrer Zeit schenken, werde ich sie Ihnen gerne erläutern.«

»Na dann erläutern Sie mal«, ätzte der Steinwender neuerlich und handelte sich dafür einen tadelnden Blick dieses distinguiert wirkenden Herren ein. Sauber und gepflegt, teuer gekleidet und mit einem Hauch von Vornehmheit in seinem Gehabe, sprach der Mann weiter: »Ich kaufe jeden Tag die Abendausgabe der Arbeiterzeitung. Ich lebe alleine. Meine Frau ist bereits vor Jahren verstorben, und unser Sohn lebt in Frankreich. Wir haben kaum Kontakt. Wie auch immer. Jedenfalls lese ich die Zeitung immer komplett durch. Von der ersten bis zur letzten Seite. Inklusive der Kleinanzeigen. Ich hoffe nämlich doch, auf diese Weise noch einmal eine Dame kennenzulernen, wissen Sie …«

Sowohl dem Strobel als auch dem Steinwender war die Ungeduld anzusehen, während sie darauf warteten, dass der Professor zum Punkt kam. Der aber schien unbedingt noch ein paar Details zu seiner Einsamkeit loswerden zu wollen. Ein Thema, das sie beide nicht interessierte. Während der Strobel noch überlegte, wie er dem Mann auf höfliche Art sagen konnte, was er dachte, nahm der Schurli kein Blatt vor den

Mund: »Tut mir leid, wenn Sie alleine sind, Herr Professor, aber dafür sind wir nicht zuständig. Wir vermitteln keine Damen und organisieren auch keine Kaffeekränzchen. Wir versuchen, einen Mörder zu fangen. Und Sie, wenn ich so ehrlich sein darf, stehlen uns im Moment die Zeit!«

Bei so wenig Einfühlungsvermögen blieb dem Strobel fast die Luft weg. Dem Herrn Professor nicht. Der ging zum nächsten Tisch, legte die Zeitung darauf und blätterte schweigend darin. Auf einer der letzten Seiten hielt er inne und klopfte mit der Spitze seines rechten Zeigefingers auf das Papier.

»Hier! Das ist es. Da steht alles, was Sie wissen müssen.«

Gespannt traten die beiden Ordnungshüter an den Tisch und lasen das Inserat, auf das der Mann gezeigt hatte. Aus dem Text wurden sie allerdings beide nicht schlau.

1919, habe Montag vergeblich beim Turm auf dich gewartet, werde es Mittwoch und Donnerstag gegen 22 Uhr nochmals probieren. Bin momentan unter 02282/251 zu erreichen.

Der Steinwender hatte wohl genug gelesen. Wortlos drehte er sich um und ging. Um sicherzugehen, dass er nichts überlesen hatte, las der Strobel das Inserat noch ein zweites und sogar ein drittes Mal. Aber auch danach machte es für ihn nicht mehr Sinn. Deshalb fragte er den Professor, ob dieser ihm den Text vielleicht erklären könne.

»Natürlich kann ich Ihnen das erklären. Das ist die Telefonnummer von meinem Haus in der Nähe von Gänserndorf.«

»Und wer wohnt jetzt dort?«

»Ja Herrgottszeiten! Begreifen Sie es denn nicht? Niemand wohnt dort. Das Haus steht leer! Das Inserat ist wahrscheinlich von dem Gesuchten!«

Der Herr Professor Unmut verlor jetzt langsam aber sicher seine Contenance. Offenbar litt er sehr unter der Begriffsstutzigkeit der Polizisten. Also setzte er noch einen drauf:

»In dem Fernsehbericht gestern, in dem gesagt wurde, dass es auch einen Haftbefehl gegen diesen Robert Fiala gibt, also da haben sie auch das Geburtsdatum gesagt, und in der Zeitung ist es auch gestanden, also das Geburtsjahr meine ich. Das war 1919. Verstehen Sie jetzt, was ich meine?«

Jetzt verstand der Strobel tatsächlich. Allerdings war er sich wegen des Geburtsjahres von Robert Fiala nicht so sicher. Deshalb ging er zu seinem Schreibtisch, um einen Blick in die Unterlagen zu werfen. Und tatsächlich, das Geburtsjahr war 1919. Von einer Sekunde zur nächsten war der Strobel wie elektrisiert. Konnte es tatsächlich sein, dass dieser alte Herr mit seiner Vermutung richtig lag? Er rief den Steinwender zu sich und erklärte ihm in einem kurzen, klaren Satz, was sich ergeben hatte. Und siehe da, der Schurli sprang sofort auf diesen Zug auf. Die Ordnungshüter waren sich absolut darüber einig, dass sie das unbedingt überprüfen mussten. Und zwar so schnell wie möglich.

Plötzlich kam Leben in die Bude. Der Schurli entschuldigte sich artig bei Professor Unmut und ließ sich die genaue Adresse des Hauses geben. Danach markierte er den Ort Dörfles sorgfältig auf der großen Karte, um zu sehen, wo genau das war. Er beorderte den Novotny zu sich und trug ihm auf, so viele Leute wie möglich in Gänserndorf zusammenzuziehen und auch ein paar Scharfschützen zu organisieren. Hastig schlüpfte er dann in sein Sakko, kontrollierte seine Waffe und ergriff den Autoschlüssel. Der Strobel hatte alle Mühe, mit ihm Schritt zu halten.

Hochkonzentriert und in einem wahren Höllentempo raste der Schurli dann in Richtung Gänserndorf. Es schien fast, als habe er Angst, der Fiala könnte ihnen wieder entwischen. Als die erste Straßensperre in Sicht kam, schaltete er Blaulicht und Sirene ein und raste fast ungebremst weiter. Hektische Stimmen drangen aus den Lautsprechern des Funkgeräts. Dann ertönte die Stimme vom Novotny, der sie bei allen Straßensperren auf ihrem Weg anmeldete und so dafür sorgte, dass sie zügig vorankamen.

Der Gendarmerieposten von Gänserndorf lag direkt am Hauptplatz. Als der Strobel und der Steinwender dort ankamen, trauten sie ihren Augen kaum. Es war eine Hundertschaft, die der Novotny da innerhalb kürzester Zeit organisiert hatte. Da lobte der Strobel im Stillen jenen Menschen, der auf die Idee mit dieser Funkzentrale gekommen war. Ohne diese Einrichtung wäre das hier wohl kaum möglich gewesen.

Es waren so viele Beamte anwesend, dass es nicht möglich war, alle an der Einsatzbesprechung teilnehmen zu lassen. Deshalb holte sich der Strobel nur die wichtigsten Kollegen, um sie zu instruieren. Diese mussten dann ihre Männer in Kenntnis setzen. Sehr kompliziert war der Plan ohnehin nicht. Hinfahren – Haus umzingeln – Fiala rausholen. Nicht mehr, aber auch nicht weniger.

Der Kommandant der örtlichen Dienststelle bremste den Elan der Männer ein wenig. Er wandte ein, dass er das Haus vom Professor Unmut kenne und deshalb wisse, dass es alleine auf einer kleinen Anhöhe stehe, von der man einen guten Überblick über die Umgebung habe.

»Es wird also schwierig bis unmöglich sein, mit der Truppe ungesehen dorthin zu kommen. Das schaffen wir wahrscheinlich nicht einmal zu Fuß …«

Das war nicht unbedingt das, was der Strobel hören wollte. Dennoch musste er sich, zur Sicherheit seiner Leute und auch seiner eigenen, mit dieser Tatsache auseinandersetzen. Weil er ein kluger Kopf war, entschied er nicht alleine, wie es jetzt weitergehen sollte, sondern fragte den Kommandanten, wie sie seiner Meinung nach am nahesten an das Objekt herankamen. Die Antwort gefiel dem Strobel nicht sonderlich, weil doch ein ganz schönes Stück Fußmarsch blieb. Aber was sein musste, musste eben sein. Als er gesagt hatte, was zu sagen war, gab er den Männern zehn Minuten Zeit, um ihre Leute zu informieren. Pünktlich um 20.00 Uhr setzte sich die Kolonne, mit dem Strobel an der Spitze, in Bewegung.

Alles lief wie besprochen. Circa einen Kilometer vor dem Haus stoppte der Konvoi, und die Beamten stiegen aus den Fahrzeugen, um sich zu formieren. Um dem Fiala die Flucht so schwer wie möglich zu machen, hatten sich die Männer darauf geeinigt, auf dem Vormarsch eine Kette zu bilden. Je näher sie dem Zielobjekt kamen, desto langsamer rückten sie vor. Der Strobel warf einen Blick durch sein Fernglas und erkannte deutlich, dass hinter einem der Vorhänge Licht brannte. Diese Information gab er sofort über Funk weiter.

Mit jedem Schritt stieg die Spannung. Aber nicht nur beim Strobel, sondern bei allen Beteiligten. Wenn der Professor Unmut richtig lag, würden sie in den nächsten Minuten den Fiala verhaften. Wenn nicht, vielleicht nur einen Einbrecher.

Als der Strobel sich aus seiner Deckung erheben und weiter vorrücken wollte, spürte er eine Hand auf seiner Schulter, die ihn zurückhielt. Er drehte sich um und sah ins Gesicht vom Steinwender, der ihm riet, nicht weiterzugehen, sondern die Truppe besser von hier aus zu kommandieren. Unter normalen Umständen hätte der Strobel das vielleicht sogar gemacht. Aber hier und jetzt wollte er sich keinesfalls eine Blöße geben. Wenngleich er natürlich genau wusste, dass der Schurli es nur gut mit ihm meinte.

Nach und nach bildeten die Beamten einen Ring um das Gebäude und die Schlinge zog sich langsam, aber sicher immer weiter zu. Im Haus schien sich nichts zu rühren. Es hörte sich aber so an, als spielte Musik. Das war natürlich optimal für die sich nähernden Gendarmen, weil eventuelle Geräusche überdeckt wurden. Als die ersten Männer die Hauswand erreichten, merkte der Strobel, dass er schwitzte und seine Hände ein wenig zitterten. Er zog seine Pistole und machte noch zwei schnelle Schritte und fand sich ebenfalls kniend an der Hauswand wieder. Da fragte er sich dann doch, was er da eigentlich machte. Aber es war natürlich zu spät.

Wie vereinbart wartete er noch, bis der Rest der Truppe einen zweiten Ring um das Gebäude gezogen hatte. Als Rückendeckung quasi. Dann gab er das verabredete Zeichen, und der Zugriffstrupp drang in das Haus ein. Durch Türen und Fenster gleichzeitig. Und der Strobel mitten drin. Glas splitterte, Holz barst und Stiefel dröhnten, und irgendwo hinter dem Haus krachte ein Schuss. Da ging ganz schön die Post ab. Das kannst du ruhig glauben. Später stellte sich heraus, dass einer der Dorfgendarmen gestolpert war und sich selbst in den Fuß geschossen hatte.

Nur Minuten später war das Objekt gesichert, und es stand fest, dass der Fiala nicht drinnen gewesen war.

Zwar lief der Plattenspieler, aber es war keiner mehr da. Die anfängliche Unsicherheit, ob sie tatsächlich das Versteck des Mörders gefunden hatten, legte sich, als die Garage durchsucht und der gestohlene Haflinger darin gefunden wurde. Ein schwacher Trost, wenn man bedenkt, dass ihnen der Fiala wieder entwischt war.

Weit weg konnte er nach der Einschätzung vom Strobel allerdings nicht sein. Das leitete er von der aufgelegten Schallplatte ab, deren Spielzeit bei 45 Minuten pro Seite lag. Demnach konnte der Fiala kaum mehr als eine halbe Stunde weg sein. Ein kluger Gedankengang, wie ich zugeben muss. Sich auszurechnen, in welche Richtung der Fiala gegangen war, stellte ebenfalls keine besondere Schwierigkeit dar. Er musste also nur noch gefunden werden.

KAPITEL 29

Zufall war es gewesen, dass der Fiala zum Fenster hinausschaute, als die Wagenkolonne der Gendarmerie in einiger Entfernung auf eine Wiese abbog. Von seiner Position aus hatte er zwar nicht erkennen können, um welche Fahrzeuge es sich handelte, aber das war nicht besonders schwer zu erraten. In dieser Gegend, wo sich Fuchs und Hase Gute Nacht sagten, sah man so viele Fahrzeuge höchstens beim Volksfest. Jetzt konnte ein derartiger Auflauf nur bedeuten, dass sie ihn gefunden hatten. Der Fiala hatte zwar keine Ahnung, wie das hatte passieren können, aber auch keine Zeit, darüber nachzudenken. Er musste schnellstens weg. Das Problem war nur, dass er kein Auto hatte, da der Tank des Haflingers fast leer war. Zu Fuß würde er weit unauffälliger verschwinden können. Zwei Kilometer, so schätzte er, waren es bis zu den nächsten Häusern. So weit musste er es schaffen, um wieder an einen fahrbaren Untersatz zu kommen.

Hastig schnappte er sich seine Waffen, wobei er sich entschied, die Schrotflinte und das Kleinkalibergewehr zurückzulassen. Das Jagdgewehr nahm er mit. Mit dem montierten Zielfernrohr würde es ihm im Ernstfall sehr gute Dienste leisten. In einem der Schränke hatte er einen Rucksack gefunden. In diesem verstaute er jetzt hastig ein paar Konservendosen und die Schachteln mit der Munition. So wie er gekommen war, verschwand der Fiala auch wieder. Durch das Fenster an der Hinterseite.

Im Schutz des Gebäudes musste er nicht vorsichtig sein. Niemand würde ihn sehen können. Er konnte also laufen, so schnell ihn seine Beine trugen, und sich einen ordentlichen Vorsprung herausholen. Die Bullen würden sicherlich versuchen, sich möglichst unauffällig anzunähern und dementsprechend lang brauchen, bis sie beim Haus waren. Seine Chancen standen also nicht schlecht.

Womit der Fiala natürlich nicht rechnen konnte, war der Jägersmann, der auf etwa halbem Weg zu seinem Ziel auf einem Hochstand hockte und mit seinem Fernglas Löcher in die Luft glotzte. Ich meine, im Unterschied zu seiner bisherigen Flucht, hatte der Fiala jetzt ausgesprochenes Pech. Der Waidmann schwenkte just in dem Moment in seine Richtung, als er eine baumfreie Fläche überqueren musste. Da der Fiala das in gebückter Haltung machte, hielt ihn der Jäger zunächst für ein Reh. Um das vermeintliche Tier identifizieren zu können, folgte er ihm mit seinem Fernglas, bis der Fiala wieder zwischen den Bäumen verschwand und er ihn aus den Augen verlor. Vorübergehend zumindest. Die Neugier des Mannes auf dem Hochsitz war jedenfalls geweckt.

Zum Leidwesen vom Fiala standen die Bäume auf seinem Weg immer in kleinen Gruppen, sodass er nicht die ganze Zeit über Deckung hatte. Deswegen war er heilfroh, dass er einen gehörigen Vorsprung hatte. Ansonsten hätte er ganz schöne Schwierigkeiten bekommen können. Dass das Schwert des Damokles schon über ihm schwebte, konnte er ja nicht ahnen. Sein Vorteil war aber, dass er sich sehr schnell bewegte. Sein betagter Beobachter tat sich deswegen schwer, ihn im Auge zu behalten und als das zu erkennen, was er war. Als Mensch.

Hartnäckig war er trotzdem, der Jägersmann. Er starrte durch das Fernglas, bis ihm die Augen tränten. Diese Ausdauer wurde belohnt. Glaubte er zumindest, als er den Schatten in unmittelbarer Nähe einiger Häuser wieder zwischen den Bäumen hervorhuschen sah. Er griff zu seinem Gewehr und visierte in die Richtung. Durch das Zielfernrohr sah er etwas besser, was er da vor sich hatte. Nur deshalb blieb es dem Fiala erspart, erschossen zu werden. Denn im allerletzten Moment erkannte der Jäger seinen Irrtum und drückte nicht ab.

Stattdessen überlegte er, was der Kerl, der da zwischen Bäumen umherrannte, wohl vorhaben konnte. Das interessierte ihn schon deshalb, weil eines der Häuser, auf die sich der Fiala jetzt zubewegte, seines war. Handelte es sich etwa um einen Einbrecher? Um das festzustellen, beobachtete er den Fiala weiter, der sich jetzt vorsichtiger bewegte und auf das erste Haus zusteuerte. Der Jäger wusste, dass die Familie im Urlaub war. Wenn der Typ also wirklich ein Einbrecher war, würde er wahrscheinlich gleich zuschlagen.

Genau das machte der Fiala dann unter den Augen des Jägers auch. Und damit setzte er eine Reihe von folgenschweren Ereignissen in Gang. Trotz seines Alters kletterte der Jäger hurtig von seinem Hochstand. Er eilte zu seinem Wagen, um zur nächsten Telefonzelle zu fahren und die Gendarmerie zu verständigen. Selber wollte er sich nämlich nicht in Gefahr bringen. Auf die Idee, es könnte sich um den meist gesuchten Mann Österreichs handeln, kam er gar nicht.

Kurz darauf läutete auf dem Gendarmerieposten in Gänserndorf das Telefon. Ein aufgebrachter Waidmann meldete den eben beobachteten Einbruch, während der Strobel mit seinen Männern das alte Versteck vom Fiala stürmte. Und siehst du, auch der Revierinspektor, der diese Anzeige aufnahm, dachte nicht, dass es sich um den Fiala handeln könnte. Er musste ja davon ausgehen, dass der gerade verhaftet wurde. Deshalb sendete er den Funkspruch nicht auf der Frequenz vom Strobel, sondern auf der seiner eigenen Kollegen, um sie zur angegebenen Adresse zu schicken. Manchmal läuft es eben einfach ein bisschen blöd.

KAPITEL 30

Der Strobel stand gerade ziemlich genervt im Wohnzimmer und haderte mit der Tatsache, dass der Vogel schon wieder ausgeflogen war. Der Kerl musste mit dem Teufel im Bunde sein. Andererseits waren sie ihm noch nie so dicht auf den Fersen gewesen. Er brauchte unbedingt einen Fährtenhund. Dann würden sie die Spur des Wahnsinnigen schnell finden und konnten die Verfolgung aufnehmen. Soweit der Plan vom Strobel.

Im Vorfeld wollte er noch abklären, welche Rückzugspunkte der Fiala in der Nähe haben könnte. Er ging deshalb hinaus, um mit den örtlichen Kollegen zu sprechen. Als er sich den Männern näherte, schnappte er auf, dass einer von ihnen am Funk gerade über irgendeinen Einbruch sprach. Wenn der Kollege nicht erwähnt hätte, dass sie nicht weit vom Tatort entfernt waren und gleich losfahren würden, hätte er dem keine Beachtung geschenkt.

Da schaltete der Strobel natürlich und ließ sich die Einbruchssache genauer erklären. Schlagartig kehrte sich der Frust von eben wieder in Jagdfieber um, und sein Blutdruck stieg schlagartig.

»Na das passt doch wie die Faust aufs Auge!«, rief er aus und trommelte eilig die Männer zusammen. Die Frage war, ob sie zurück zu den Fahrzeugen gehen oder lieber gleich zu Fuß zum Ort des Geschehens eilen sollten. Nach einer kurzen Absprache mit dem Steinwender, entschloss sich der Strobel, die Truppe zu teilen, um sich von mehreren Seiten gleichzeitig nähern zu können. Noch einmal wollte er diesen Mistkerl nicht entkommen lassen.

Vielleicht war es das Glück des Tüchtigen. Aber vielleicht hatte der Teufel auch seinen Spaß an der Sache verloren. Wer weiß? Jedenfalls sah der Fiala die Gendarmen diesmal nicht schon von Weitem auf sich zukommen, und es gelang ihnen, das Haus zu umstellen. Gespannt beobachtete der Strobel die Fenster und wartete darauf, eventuell Licht zu sehen. Oder zumindest den Schein einer Taschenlampe. Aber nichts rührte sich.

Jetzt geriet der Strobel in eine Zwickmühle. Falls er nämlich hier wieder vor einem leeren Haus hockte, konnte der Fiala seinen Vorsprung ausbauen. Da er nach wie vor auf den Suchhund warten musste, würde er zusätzlich wertvolle Zeit verlieren. Von daher musste jetzt dringend etwas geschehen. Vorrücken hieß die Devise. Wieder sprach sich der Strobel kurz mit dem Steinwender ab. Irgendwie wollte er diese Entscheidung nicht alleine treffen. Auch der Steinwender vertrat die Ansicht, dass sie etwas unternehmen sollten.

Gerade als der Strobel sich zu einem Plan durchgerungen hatte und den Befehl zum Sturm auf das Haus geben wollte, nahm ihm der Fiala die Entscheidung aus der Hand. Der hatte nämlich wieder einmal seinen sechsten Sinn bewiesen. Er war ins obere Stockwerk gegangen und hatte zum Fenster hinausgesehen, um sich ein Bild davon zu machen, wie weit seine Verfolger noch entfernt waren. Zu seiner Überraschung waren sie viel näher, als er gedacht hatte. In Griffnähe nämlich.

Kurz überlegte er, von oben das Feuer auf die Gendarmen zu eröffnen und so viele wie möglich von ihnen zu töten. Diesen Plan verwarf er allerdings wieder, weil er in diesem Fall keine Chance sah, lebend aus dem Haus zu kommen. So wie er es sah, war er umstellt und konnte nur noch versuchen, irgendwie durch den Ring seiner Verfolger zu schlüpfen. Ein gewagter Plan, wie ihm selber klar war. Eine andere Wahl hatte er allerdings nicht.

Hinter den Häusern sah er die Einsatzfahrzeuge stehen. Eines davon würde er sich krallen müssen. Verheißungsvoll waren seine Aussichten nicht gerade, aber er hatte das Überraschungsmoment auf seiner Seite. Denn mit einem Ausbruchsversuch rechnete da draußen sicherlich keiner. Damit lag der Fiala richtig. Er ging wieder hinunter ins Wohnzimmer und kontrollierte seine Waffen. Eine der Pistolen steckte er in seinen Hosenbund, hängte das Jagdgewehr über seine Schulter und nahm die beiden anderen Pistolen in seine Hände.

Laufen und schießen. Das hatte er auf dem Hof tausendfach geübt. Es sollte also kein Problem für ihn darstellen, sich den Weg bei Bedarf freizuschießen. Bis unter die Haarspitzen voller Adrenalin sammelte er noch einmal all seine Kräfte, bevor er die Haustür aufriss und hinausstürmte. Genau auf die Lücke zu, die er von oben ausgemacht hatte. Aber da war gar keine Lücke. Er hatte den Beamten, der sich hinter einem Brennholzstapel in Deckung begeben hatte, schlicht und ergreifend übersehen. Der wieder übersah den Fiala zwar nicht, war aber viel zu überrascht, um die anderen zu warnen.

Weil der Fiala direkt auf ihn zu rannte und dabei mit zwei Pistolen auf ihn zielte, geriet der junge Beamte ein wenig in Panik und warf sich zu Boden. Dabei betätigte er versehentlich den Abzug seiner Pistole. Es krachte, und die Zeit schien für Sekunden still zu stehen. Danach brach die Hölle los!

Rundum waren die Männer auf den Fiala aufmerksam geworden und eröffneten das Feuer, ohne auf den Befehl vom Strobel zu warten. Schwer zu sagen, wie viele Kugeln dem Fiala da um die Ohren flogen. Aber ein paar Hundert werden es wohl schon gewesen sein, wenn man bedenkt, dass jeder der Schützen mehrfach abdrückte.

Entgegen seinem Plan kam der Fiala nicht dazu, selbst auf irgendjemanden zu schießen. So hart gesotten, dass ihm die Knallerei rundum nichts ausmachte, war er dann doch nicht. Und seine Bereitschaft, hier den Heldentod zu sterben, hielt sich schwer in Grenzen. Er machte also, was jeder normale Mensch gemacht hätte. Er versuchte, wieder in Deckung zu kommen.

Der Mann stand unglaublich unter Strom und bemerkte überhaupt nicht, dass er mehrere Male getroffen wurde. Als er erkannte, dass nur der Rückzug ins Haus blieb, wandte er sich um und rannte zurück. Dabei ballerte er wild in der Gegend herum, bis die Magazine leer waren. Mit einem Hechtsprung rettete sich der Fiala vor dem Kugelhagel und trat die Tür zu.

Erst jetzt bemerkte er, dass er mehrfach getroffen worden war. Wie oft, konnte er nicht zweifelsfrei feststellen. Draußen schossen die Gendarmen immer noch, als gelte es, den Angriff einer fremden Armee abzuwehren. Manche der Projektile durchschlugen die Eingangstür, und der Fiala entschied, dass es sicherer wäre, sich ins Wohnzimmer zurückzuziehen.

Er versuchte sich aufzurichten, musste aber feststellen, dass ihm das nicht möglich war, weil sein linkes Bein extrem schmerzte. Er hatte eine Kugel im Oberschenkel. Eine von vielen Baustellen an seinem Körper. Robbend bewegte er sich weiter. Im Wohnzimmer hagelte es Glasscherben und Holzsplitter von den zerschossenen Fenstern. Etliche davon landeten auch in seinem Gesicht.

Jetzt erst bemerkte er, dass er das Jagdgewehr verloren hatte. Seine Schulter brannte höllisch, und als er einen Blick darauf warf, sah er die klaffende Wunde unmittelbar über seinem Schlüsselbein. Außerdem hatte es ihn im Bereich der Lende erwischt. Das geringste Übel schien ihm der Streifschuss am rechten Oberarm. Diese Bestandsaufnahme war allerdings alles andere als vollständig. In Anbetracht der abgefeuerten Projektile, war er jedoch relativ glimpflich davongekommen.

Fieberhaft überlegte der Fiala, welche Möglichkeiten er jetzt noch hatte. Das Ergebnis dieses Denkprozesses war, gelinde gesagt, verheerend. Im Grunde konnte er nämlich gar nichts tun. Ein neuerlicher Fluchtversuch schied aus, weil er nicht mehr gehen konnte. Außerdem waren da draußen eindeutig zu viele Waffenträger versammelt. Natürlich konnte er versuchen, sich ins obere Stockwerk zu schleppen und von dort das Feuer der Ordnungshüter erwidern. Ohne das Jagdgewehr wäre das wahrscheinlich nicht besonders effektiv gewesen.

Während der Fiala im wahrsten Sinne des Wortes mit dem Rücken zur Wand auf dem Fußboden kauerte, schaffte es der Strobel draußen endlich, sich Gehör zu verschaffen und der Ballerei ein Ende zu machen. Für seinen Geschmack war schon viel zu viel geschossen worden. Es war derartig laut, dass er Probleme mit seinem Gehör hatte. Als es endlich ruhig war, klingelte es in seinen Ohren.

Woher auch immer das Ding gekommen war, aber plötzlich hielt jemand dem Strobel ein Megafon vor die Nase. Er nahm es entgegen und bedankte sich. Beim ersten Versuch, etwas zu sagen, gab das Gerät lediglich einen schrillen Pfiff von sich. Erst im zweiten Anlauf klappte es dann:

»Herr Fiala, hier spricht die Polizei! Wir haben Sie umstellt. Geben Sie auf. Werfen Sie die Waffen aus dem Fenster und kommen Sie dann mit erhobenen Händen aus dem Haus!«

Eine Rede, die der Strobel bisher nur aus diversen Filmen kannte. Er hatte jedoch keine Skrupel, diesen Text zu klauen. Er passte halt so gut zur Situation. Wenngleich er sich nicht erinnern konnte, aus welchem Film er stammte.

Es blieb minutenlang völlig ruhig. Im Haus rührte sich nichts. Da setzte der Strobel das Megafon erneut an den Mund: »Herr Fiala, das hat doch alles keinen Sinn mehr! Geben Sie auf, oder wir müssen das Haus stürmen …«

Im Inneren des Gebäudes hörte der Fiala den Strobel natürlich reden. Und er wusste, dass dieser Bulle recht hatte. Widerstand machte für ihn tatsächlich keinen Sinn mehr. Aber welche Alternativen hatte er? Für den Rest seines Lebens ins Gefängnis zu gehen, war jedenfalls keine Option. Genau das stand ihm aber bevor. Da wollte er doch lieber im Gefecht sterben. Erneut versuchte er, wieder auf die Beine zu kommen. Vergeblich. Der Schmerz war viel zu stark, und er hatte auch keine Kraft. Noch nicht einmal ordentlich abstützen konnte er sich. Damit starb der Plan, sich heroisch in eine letzte Schlacht zu werfen.

Draußen ertönte die Stimme ein zweites Mal. Der Fiala hörte allerdings nicht hin. Er war zu sehr mit seinen Überlegungen beschäftigt. Zu erkennen, dass keine der drei Möglichkeiten, die er bisher in Betracht gezogen hatte, für ihn umsetzbar war, machte ihm zu schaffen. Was war aus den großen Plänen geworden, die er zusammen mit seinem Vater und Richard Horak geschmiedet hatte? Das alles endete scheinbar hier in einem Desaster. Er hatte jämmerlich versagt. Dieser Gedanke gab den Ausschlag. Als die Stimme vor dem Haus ein weiteres Mal ertönte, steckte sich der Fiala den Lauf seiner Pistole in den Mund und drückte ab.

Die Beamten vor dem Haus verschanzten sich unwillkürlich tiefer hinter ihren Deckungen, als der Schuss krachte. Der Strobel senkte das Megafon mitten im Satz. Er ahnte schon, dass dieser Knall das Ende dieser unheilvollen Geschichte gewesen war. Trotzdem versuchte er noch einmal, mit dem Fiala in Kontakt zu treten, bevor er ein Team vorausschickte, um die Lage zu sondieren. Verständlicherweise fanden sich für diese Aufgabe nicht viele Freiwillige. Genauer gesagt, gar keiner. Deshalb war der Strobel gefordert, jemanden zu bestimmen. Das wieder wollte er nicht machen. Der Gedanke, einer dieser Männer könnte wegen seinem Befehl zu Schaden kommen, verursachte ihm mehr als nur Unbehagen. Deswegen fragte er den Steinwender, ob er mit ihm diesen Stoßtrupp bilden würde. Wie das ausgegangen ist, muss ich ja nicht lange erzählen, da du ja schon weißt, dass der Fiala nicht mehr unter den Lebenden weilte.

Der mediale Aufschrei war unglaublich. Sondersendungen im Fernsehen, ausführliche Berichterstattung im Radio und haufenweise Interviews. Stress der anderen Art, der aber am Strobel vorüberzog, weil sich die beiden Offiziere die Pressearbeit teilten. Er selbst war heilfroh, dass er die Sache zu aller Zufriedenheit erledigt hatte. Die Frage, ob er alles richtig gemacht hatte, war allerdings eine andere. Vor allem beschäftigte ihn der Schusswechsel. Wäre der zu verhindern gewesen? Oder der Selbstmord vom Fiala? Ein Teil von ihm sah es genau wie viele seiner Kollegen. Schade war es um einen Menschen wie dem Fiala nicht. Ein Gedanke, für den er sich trotz allem ein bisschen schämte. Glücklicherweise brauchte er das niemandem auf die Nase zu binden.

Anders als er es von Tratschen gewohnt war, feierte man Siege bei der Kriminalabteilung ausgiebig. So gerne sich der Strobel auch gedrückt hätte und nach Hause gefahren wäre, er musste der Veranstaltung zumindest kurz beiwohnen. Wegen dem Zusammenhalt in der Gruppe, wie ihm der Oberstleutnant Wilfinger erklärte. Das sah der Strobel natürlich ein. Die Feier fand in einem Lokal mit dem treffenden Namen »Blaulicht« statt, das von einem ehemaligen Gendarmen geführt wurde. Man blieb sozusagen unter sich.

Es floss reichlich Alkohol, und vordergründig herrschte eine bomben Stimmung. Aber es war zu spüren, dass die Ereignisse der letzten Woche bei vielen Kollegen deutliche Spuren hinterlassen hatten. Daran konnte auch die »gute Nachricht«, dass die Opfer aus den eigenen Reihen alle über den Berg waren, nichts ändern. Dass die Wirbelverletzung vom Oberkofler in Wahrheit nicht vom Hechtsprung hinter den Schreibtisch, sondern von einer Kugel kam, erwähnte der Oberst Kummer allerdings nicht. Genauso wenig wie die Tatsache, dass er den Rest seines Lebens im Rollstuhl verbringen würde. Der Kollege Bayer würde ebenfalls sein ganzes Leben lang unter den Folgen des erlittenen Bauchschusses zu leiden haben. Das war der Preis, den die Kriminalisten bezahlen mussten.

Obwohl ihm nicht nach Trinken und Feiern war, blieb der Strobel ganze zwei Stunden, bevor er sich auf den Weg nach Korneuburg machte. Während der Fahrt dachte er ernsthaft darüber nach, ob die Kriminalabteilung wirklich seine Welt war. Ich meine, der Strobel hatte im Laufe seiner Dienstzeit schon einiges gesehen, aber so viel maßlose Gewalt wie in den letzten Tagen war schon heftig. In Tratschen hatte es freilich auch ab und an Gewaltverbrechen gegeben, um deren Aufklärung er sich hatte kümmern müssen, aber das hier war anders. Deswegen nämlich, weil er nur noch solche Verbrechen bearbeiten würde. Genau das war der Knackpunkt. Diese Vorstellung gefiel dem Ordnungshüter überhaupt nicht.

KAPITEL 31

Während der Tod des Ernst Fiala in Wien gefeiert wurde, saß sein Vater Robert in einem Hotelzimmer in Lüneburg. Er war erst am Morgen aus der Schweiz nach Deutschland gekommen. Bisher war für ihn alles nach Plan verlaufen. Er hatte sämtliches Geld von den Konten in der Schweiz und Deutschland abgehoben. Jetzt musste er nur noch zurück nach Österreich, um seinen Sohn zu treffen. Er hatte mit dem Ernst vereinbart, dass dieser eine Anzeige mit dem Treffpunkt in der »Arbeiterzeitung« schalten würde. Wie Robert Fiala hatte feststellen müssen, war es gar nicht so einfach, in Lüneburg an eine Ausgabe der »Arbeiterzeitung« zu kommen. Aber er hatte es geschafft, eine zu bekommen.

Jetzt saß er auf seinem Bett, die Zeitung in Händen, und musste auf der Titelseite lesen, dass der Ernst erschossen worden war. Genau wie sein Sohn, verstand auch Vater Fiala nicht wirklich, warum ihnen die Sache derart entglitten war. Sie waren davon ausgegangen, alle Eventualitäten bedacht zu haben. Ein fataler Irrtum, wie er jetzt erkennen musste. Es war nicht damit zu rechnen gewesen, dass Richard Horak einen Rückzieher machen würde. Immerhin war er bei der Planung mit Feuereifer dabei. Als es dann um die Umsetzung ging, hatte er kalte Füße bekommen. Darüber zu grübeln, machte jetzt keinen Sinn mehr.

Genau wie der Koffer voller Geld. Knapp eine Million Schilling in drei verschiedenen Währungen für die Flucht nach Brasilien. Er war zu spät gekommen. Das wusste Robert Fiala. Er hatte länger gebraucht, um an das Geld auf dem Schweizer Konto zu kommen. Es war nicht seine Schuld gewesen. Dem Ernst nützte das freilich nichts mehr.

Robert Fiala selbst musste sich jetzt fragen, wie viel Sinn es für ihn machte, die weitere Flucht alleine anzutreten. Seine Frau mitzunehmen, war nie Thema gewesen und wurde es auch jetzt nicht. Diesen Trampel hatte er schon längst loswerden wollen. Für ihn wäre sie die Nummer eins auf der Liste der potenziellen Opfer gewesen. Aber auch das spielte jetzt keine Rolle mehr.

Was die Situation für Robert Fiala massiv verkomplizierte, war, dass auch er bereits per Haftbefehl gesucht wurde, wie er dem Zeitungsartikel entnommen hatte. So gesehen hatte er großes Glück gehabt, überhaupt bis nach Lüneburg gekommen zu sein. Wo aber sollte er jetzt hin? Wegfliegen konnte er jedenfalls abhaken. Auf dem Flughafen würden sie ihn sofort verhaften.

Alles in allem war seine Lage ziemlich hoffnungslos, wie er fand. Stellen und ins Gefängnis gehen, kam aber nicht infrage. Zwar wusste er, dass es um seine Gesundheit sehr schlecht stand und er deswegen maximal zwei Jahre im Gefängnis sitzen würde, aber so wollte er den kläglichen Rest seines Lebens nicht verbringen. Die Konsequenz aus all diesen Punkten war, dass Robert Fiala seinen Revolver aus dem Geldkoffer nahm, es seinem Sohn gleichtat und sich eine Kugel in den Kopf jagte.

Für die Opfer und deren Hinterbliebene war es ein zweischneidiges Schwert, dass Vater und Sohn Fiala ihr Leben aushauchten. Einerseits waren sie natürlich froh. Andererseits aber wirkte es wie ein Reißnagel im Schuh. Denn nun würden sie nie mehr erfahren, warum man ihnen und ihren Familien dieses Leid zugefügt hatte. Schlimm, wenn man bedenkt, dass der Mensch für alles, was passiert, einen Grund braucht.

KAPITEL 32

Einen Tag nach der Ergreifung des Fiala gab es selbstverständlich eine Pressekonferenz. Der Oberst Kummer trat sichtlich stolz vor die Kameras und erzählte haargenau, wie die Jagd nach dem Amokschützen gelaufen war. Dabei sparte er nicht mit Lob für »seine Beamten«. Zudem setzte es eine ellenlange Danksagung an alle Abteilungen, die Mensch und Material unterstützt hatten. Diese Auflistung erspar ich dir aber. Für den Strobel, den Steinwender und den Novotny gab es als kleine Belohnung einen freien Tag.

Gleich nach der Pressekonferenz ging der Strobel zum Juwelier, um den Verlobungsring abzuholen. Zu seiner Freude hatte das gute Stück nicht umgearbeitet werden müssen. Der Anblick des funkelnden Ringes machte den Strobel schon ein wenig stolz, und er war gespannt auf das Gesicht von der Frau Doktor. Er beschloss, nicht länger zu warten, sondern ihr den Antrag noch an diesem Abend zu machen. Ungewohnt spontan, diese Entscheidung.

Während der Strobel gut gelaunt zur Rennwegkaserne zurück schlenderte, hatte die Frau Doktor in Korneuburg ein Déjà-vu-Erlebnis. Sie war beim Aufräumen und hatte gerade die Schuhe im Vorzimmer geordnet und in Reih und Glied gestellt. Zwei Minuten später stellte sie fest, dass genau in der Mitte der Reihe ein Schuh fehlte. Ich weiß, du denkst jetzt an einen Hausschuh vom Strobel. Und du hast recht. Es fehlte tatsächlich schon wieder einer dieser teuren Ledertreter. Das ärgerte sie einigermaßen, und sie überlegte, wie sie dem Hund diese Unsitte abgewöhnen könnte.

Beunruhigen ließ sie sich davon aber nicht mehr. Schließlich hatte auch sie mitbekommen, dass der Mörder tot war. Es gab also keinen Grund mehr, sich zu fürchten. Für den Bruno, der wieder einmal ein Loch in den Rasen buddelte, allerdings schon. Auf den eilte jetzt nämlich die Frau Doktor zu. Bewaffnet mit einer zusammengerollten Zeitung.

Der Strobel spazierte derweil ums letzte Eck vor dem Kaserneneingang. Auf der anderen Straßenseite erblickte er die Vesna, die aus der Gegenrichtung angerannt kam. Der Strobel hatte den Eindruck, dass sie gehetzt wirkte. Immer wieder drehte sie sich um. Kurz darauf sah der Strobel auch den Grund dafür. Einige Meter hinter ihr rannte ein Mann ums Eck, der es offenbar auf die Vesna abgesehen hatte. So schnell konnte der Ordnungshüter gar nicht schauen, wie der Kerl die Frau einholte, sie bei den Haaren packte und gegen die Hauswand drückte.

»He«, schrie der Strobel über die Straße und setzte sich in Bewegung, »Gendarmerie! Lassen Sie die Frau sofort los …!«

Der Kerl reagierte nicht. Er schlug jetzt heftig auf die Frau ein, die vor ihm auf die Knie gesunken war und die Hände schützend über den Kopf hielt. Der Strobel eilte auf den Mann zu. Er ergriff dessen erhobene Hand und riss ihn zu sich herum. Als er das Gesicht sah, glaubte er, den Mann zu kennen, konnte sich aber nicht gleich erinnern. Bis der den Mund aufmachte und den Strobel anfauchte:

»Du schon wieder, du Arschloch? Kommst leicht wieder, um mich zum Aufgeben zu überreden? Du kommst mir gerade recht, du Vogel. Wegen dir hab ich alles verloren. Nur weil du dich unbedingt hast einmischen müssen. Hätt ich bloß nicht auf dich gehört …«

Jetzt fiel der Groschen beim Strobel, der den Kerl auf sich zukommen sah.

»Jesses na, der Bankräuber …«, entfuhr es ihm, und er fragte sich natürlich, was der mit der Vesna zu tun hatte. Der wütende Kerl brachte aber gleich Licht ins Dunkel.

»Misch dich nicht auch noch in meine Ehe ein. Oder willst du die auch noch zerstören?«

Der Strobel kam nicht mehr dazu, sich zu fragen, was es an einer solchen Ehe eigentlich noch zu zerstören gab, weil sich die Frau zwischenzeitlich hochgerappelt hatte und ihn ansprach: »Bitte nix machen! Bitte nix …«

Sie wirkte ziemlich hysterisch. Was den Strobel natürlich wunderte, weil er ja bisher noch gar nichts getan hatte. Sekunden später begriff er, dass nicht er es gewesen war, den die Vesna angefleht hatte. Sie meinte ihren Mann. Denn der stand jetzt ganz dicht beim Strobel, packte ihn mit der linken Hand an der Schulter und ließ die rechte in Richtung Unterleib nach vorne schnellen.

»Da hast, du Hund! Das hast jetzt vom dauernden Einmischen …«

Zuerst spürte der Strobel keinen Schmerz. Es war eher ein Druckgefühl. Erst als der Kerl die Hand zurückzog und der Strobel das blutverschmierte Springmesser darin sah, wurde ihm bewusst, dass etwas Schlimmes passiert sein musste. Die Vesna stürzte schreiend auf ihn zu, und bevor der Strobel etwas rufen konnte, rannte sie ihrem Göttergatten direkt in die spitze Klinge.

In der Zwischenzeit waren mehrere Kollegen auf den Zwischenfall aufmerksam geworden und kamen angelaufen, um zu helfen. Jemand brüllte Kommandos und irgendwo kreischte jemand. Explosionsartig setzte der Schmerz ein, und der Strobel presste automatisch die Hand auf die Wunde. Seine Beine gaben nach, und er versuchte vergeblich, sich an der Hauswand abzustützen. Er glaubte, einen Schuss zu hören, war sich aber nicht sicher.

Nur ganz verschwommen bekam er mit, dass der Attentäter vom Schurli niedergeschossen wurde. Und es interessierte ihn auch gar nicht. Der Bezirksinspektor Leopold Strobel hatte nämlich ganz andere Sorgen.

»Wo ist der Ring«, flüsterte er kraftlos und tastete mit seinen blutigen Händen seine Taschen ab. Er spürte das Schächtelchen in der Sakkotasche, und große Erleichterung kam auf. »Ich darf ihn auf keinen Fall verlieren«, murmelte er und umschloss die Schachtel fest mit seiner Hand.

ENDE

OSKAR FEIFAR
Zwergenaufstand

978-3-8392-1669-9 (Paperback)
978-3-8392-4615-3 (pdf)
978-3-8392-4614-6 (epub)

SO EIN ZIRKUS 150 Jahre Tratschen. Das muss gefeiert werden! Die Vorbereitungen laufen auf Hochtouren und wie bestellt kommt ein Wanderzirkus in den Ort. Alles scheint perfekt, bis ein Unwetter losbricht und alles gehörig durcheinanderwürfelt. Ein toter Zirkusdirektor, dessen Leiche verschwindet, mehrere Kleinwüchsige, die behaupten den Mann ermordet zu haben, eine Gruppe verschwundener Kinder und ein entlaufener Löwe verlangen Bezirksinspektor Strobel einiges ab.

OSKAR FEIFAR
Wer mordet schon in Salzburg?

978-3-8392-1504-3 (Paperback)
978-3-8392-4303-9 (pdf)
978-3-8392-4302-2 (epub)

MORDE UND MEHR Mord und Totschlag in Stadt und Land Salzburg? Unmöglich, möchte man denken, wenn man die traumhafte Kulisse dieser Region betrachtet. In Wahrheit ist es vielleicht auch ruhig und beschaulich. Literarisch ist das jedoch anders, zumindest bei Oskar Feifar. Der Autor hat einen »kriminellen« Freizeitplaner verfasst, der sich mit Stadt und Land gleichermaßen auseinandersetzt.

OSKAR FEIFAR
Saukalt

978-3-8392-1377-3 (Paperback)
978-3-8392-4077-9 (pdf)
978-3-8392-4076-2 (epub)

OSTWIND Tratschen 1971. In dem kleinen Ort in der Provinz wird der aktenkundige Fritz Fellner erhängt im Wald aufgefunden. Was auf den ersten Blick wie Selbstmord aussieht, entpuppt sich als rätselhafter Mord, der in dem ach so biederen Ort einen ungeahnten Skandal ans Tageslicht bringt. Es zeigt sich, dass nicht nur die guten Sitten offensichtlich zu wünschen übrig lassen, sondern auch das dörfliche Miteinander nicht das ist, was es zu sein scheint …

GMEINER SPANNUNG

WWW.GMEINER-VERLAG.DE
Wir machen's spannend

EIN BOMBIGER EINSTAND

krater neben der Autobahn und
kleiner Leichenteile bilden den
einer besonderen Tragödie. Ein
Opfers liefert ein falsches Alibi.
zweiten Vernehmung darauf angesprochen, zieht er zwei Waffen aus seinen Sakkotaschen und eröffnet das Feuer. Vier zum Teil schwer verletzte Beamte sind nur der Beginn einer blutigen Flucht und einer Menschenjagd, wie man sie in Österreich noch nicht gesehen hat. Inspiriert von wahren Begebenheiten.

Sein erster Fall bei der Kriminalabteilung führt Leopold Strobel hart an seine Grenzen.

OSKAR FEIFAR Gendarmentod

GMEINER SPANNUNG

Originalausgabe

ISBN 978-3-8392-2113-6 € 12,00 / 12,40 [A]
9 783839 221136